公事宿事件書留帳

血は欲の色

澤田ふじ子

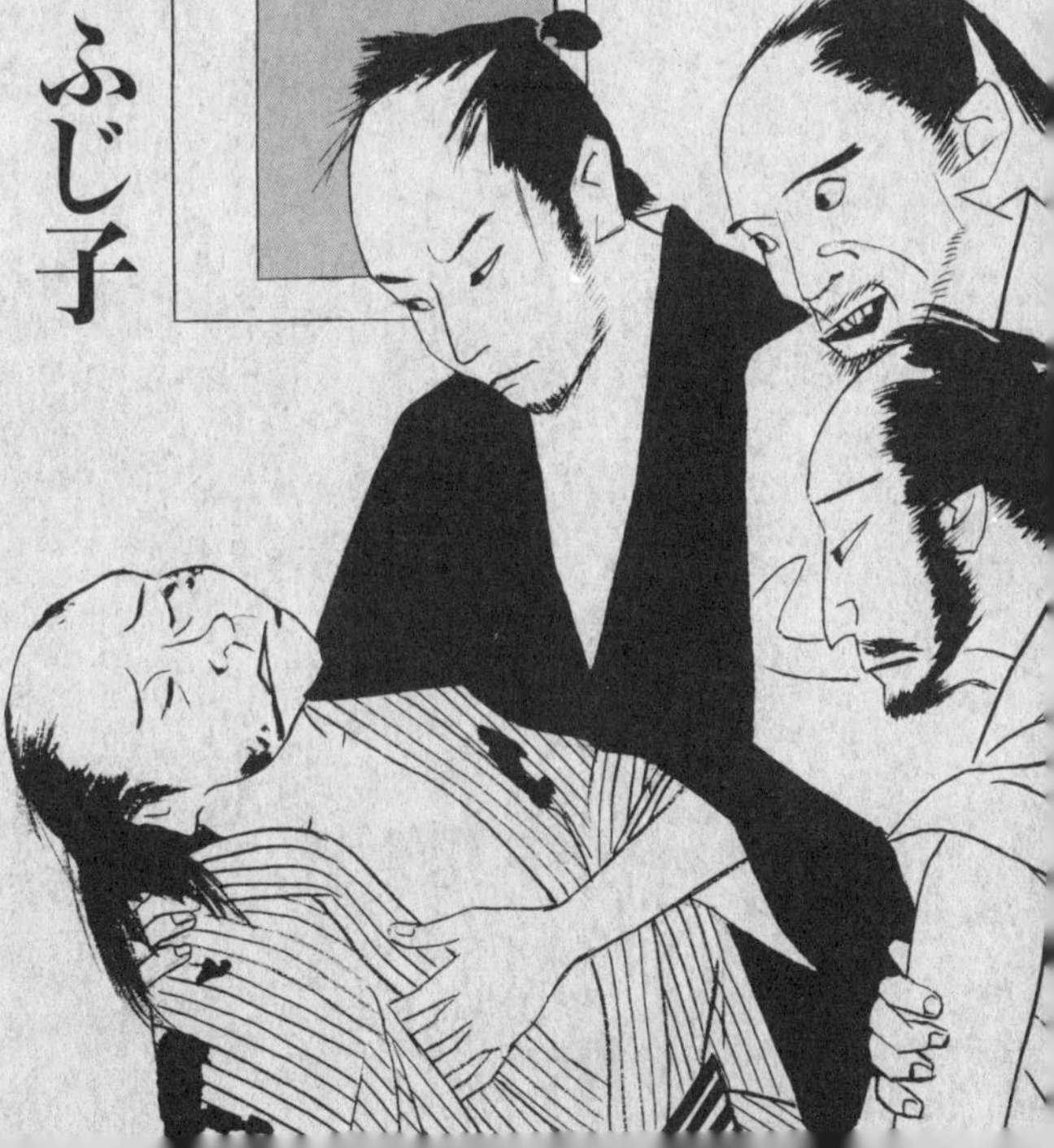

幻冬舎

血は欲の色

公事宿事件書留帳

装幀・装画　蓬田やすひろ

目次

主な登場人物

田村菊太郎《たむらきくたろう》　京都東町奉行所同心組頭の家の長男に生まれながら、妾腹のため腹違いの弟に家督を譲ろうと出奔《しゅっぽん》した過去をもつ。公事宿《くじやど》（現在でいう弁護士事務所兼宿泊施設）「鯉屋《こいや》」に居候《いそうろう》しながら、数々の事件を解決する。

お信《のぶ》　菊太郎の恋人。夫に蒸発され、料理茶屋「重阿弥《じゅうあみ》」で仲居をしていたが、団子屋「美濃屋《みのや》」を開き、ひとり娘のお清《きよ》を育てている。

鯉屋源十郎《こいやげんじゅうろう》　公事宿「鯉屋」の主《あるじ》。居候の菊太郎を信頼し、共に事件を解決する。菊太郎の良き相談相手。

田村銕蔵《てつぞう》　京都東町奉行所同心組頭。菊太郎の腹違いの弟。妻の奈々《なな》がいる。

闇の蛍

一

——朝顔の哀れや昼の花死骸《はなむくろ》

公事宿《くじやど》「鯉屋《こいや》」の下代吉左衛門《げだいきちざえもん》が、朝、近くの長屋から店にやってくると、広い土間で丁稚《でっち》の正太《しょうた》と鶴太《つるた》が、手代《てだい》の喜六《きろく》を相手に、なにやらがやがやと口争いをしていた。

口争いの対象は、どうやら帳場から奥に通じる中暖簾《なかのれん》のそばの短冊掛けに、嵌《は》められた句（俳句）についてのようだった。

「朝起きてみると、こんな句が短冊掛けに差し込まれてました。菊太郎《きくたろう》の若旦那が、詠《よ》まはった一句に相違ありまへん。そやけど、朝顔はこれからの季節のものとしてええもんの、花死骸とはお客さまへの手前、縁起がようないさかい、止《や》めてもらいとうおす。若旦那にほかの句にしてくんなはれと、お願いせなあきまへんなあ」

手代の喜六が、鶴太たちにこういい出したのである。

「手代はん、とんでもない。これは立派にようでけた句と違いますかいな。朝きれいに咲いてた朝顔が、昼には凋《しぼ》んでしもうている。そんな哀れを詠んで、趣《おもむき》深い句どすがな。こんなええ句、そうそう誰にも作れしまへんえ」

正太が口を尖《とが》らせ、喜六に猛然と反対を唱えた。

「正太、わたしにかて句の善《よ》し悪《あ》しぐらいわかります。ええ句には違いありまへんけど、花死骸の死骸いうのが、人の屍《しかばね》を想像させ、縁起がようないというてるんどす」

「花死骸いうのは初めてきく言葉で、おそらく菊太郎の若旦那さまが作らはった造語。そこに若旦那さまの才気が、表われているのではございまへんか」

「ほな手代はんどしたら、この朝顔の言葉に、後をどう付けはります」

正太が口を尖らせ、また喜六に反発しかけるのを手で制し、鶴太がたずねた。

「おまえはわたしに、若旦那と同じ題で句を詠んでみたらどうかと勧めるのやな。わたしをおちょくってる（ばかにしている）のやろうけど、わたしかて常々から若旦那の句を読ませてもろうてるさかい、それらしい一句ぐらいひねれますわ。そしたら、こんなんどうやねん」

喜六はしばらく考えた末、「朝顔や短命《みじかいのち》の哀れなる」と早速、得意そうに披露した。

「手代はん、なかなかのできやおまへんか――」

「どうや、これならそう悪ないやろ。菊太郎の若旦那の句には劣るけど、花死骸いう縁起でもない言葉がないだけでも、ましとちゃいますか」

喜六は正太と鶴太の顔を交互に眺め、自分が詠んだ句を胸をそらせて自賛した。

「そやけど手代はん、短命の哀れなると、哀れや昼の花死骸とでは、やっぱり大きく違いますわ。手代はんのは、朝顔の花のようすをそのまま字数通り並べただけで、言葉に工夫があらしまへん。それにくらべると、若旦那の一句には凋んだ朝顔を花死骸と詠んで、そこに創意が感じられますさかい――」

正太はあくまで自説に固執していた。

「花死骸か、いわれたらわたしのどこを叩いても、そんな気の利《き》いた言葉は出てきいへんわなあ」

喜六はあっさり自分のが駄句であるのを認めた。

この後、下代の吉左衛門が店の入り口近くに立っているのに、かれらはようやく気付いた。

「これは下代はん、おはようございます」

喜六の挨拶につれ、正太も鶴太も吉左衛門に一斉に頭を下げた。

「喜六、わたしはいま店先で、正太の意見をきいてましたけど、おまえが作った句も悪いものとは思わしまへんえ。いっそ菊太郎の若旦那さまに添削《てんさく》をしてもろうたら、もっとええ句になるのと違いますか。そうしなはれ。玉琢《みが》かざれば器《うつわ》を成さずといいますやろ」

玉琢かざればの言葉は、周末から秦《しん》・漢時代の儒者たちの古礼に関する説を集めた『礼記《らいき》』に記されている。

「下代はんは、こんなわたしにそんなん勧めてくれはるんどすか――」

喜六は殊勝な顔になって頭《こうべ》を垂れた。

「喜六だけに限らんと、誰でもなにかの才能を持ってるもんどす。それがなにかわかりまへんけど、早うに気付いて修養を積まんことには、時機を逸し、折角の才能を台無しにしてしまいます。わたしはそれをみんなにいいたかっただけどすわ。菊太郎の若旦那さまは、一昨年、どこかから朝顔の種をもろうてきはり、庭に蒔《ま》かはりました。それが立派に育ち、毎朝毎朝いくつも青や薄紅色の花を咲かせましたなあ。その花の種を今年もまた蒔かれ、だいぶ蔓《つる》がのびてきました。この句はそれをご覧になり、やがて咲く朝顔の花の末期《まつご》に思いを馳《は》せ、詠まはりましたんやろ」

「去年は祇園《ぎおん》・新橋のお信《のぶ》はんとこの裏庭にも、朝顔が咲いてたそうどっせ」

「花より団子いいますけど、団子に朝顔いうわけどすか――」

「正太、おまえは賢いけど、それはしょうもない地口《じぐち》どすわ」

吉左衛門は軽く笑いながら正太を叱った。

中暖簾の向こうに、朝寝坊をしていた田村《たむら》菊太郎の姿がちらっと見えた。

庭に植木鉢がずらっと置かれ、そこから朝顔が蔓を添竹《そえだけ》にのばしている。

そもそも菊太郎が、その朝顔の種を入手してきたのは、二年前の秋だった。

かれは祇園・新橋の白川橋の袂《たもと》で団子屋「美濃屋《みのや》」を営むお信の許《もと》に出かけるときには、主に堀川を渡り、御池《おいけ》通りをまっすぐ東に歩いていく。

途中から、南北にのびる烏丸《からすま》通りや東洞院《ひがしのとういん》通りに折れる場合もあったが、だいたい御池通りの「御所八幡《ごしょはちまん》」のそばを通った。

だがその年の夏は、御所八幡の手前を南北に貫く高倉通りを南に下っていた。

御池の高倉通りを少し下がったところに、粗末な一棟の長屋があり、その一軒の庭で大輪の花を咲かせる朝顔を眺めるためだった。

貧しげなその長屋には、小さな庭が設けられ、どの季節も惣菜《そうざい》になりそうな菜の物が植えられていた。

夏には、軒先や高倉通りに面したやや高めの竹垣に、朝顔が美しく花を開かせていたのだ。

菊太郎はそこを通りかかるたび、いつも足を止め、朝顔の花に見惚《みと》れていた。

ある日、そんなかれに垣根の向こうから、いきなり声がかけられてきた。

「卒爾《そつじ》ながら、そこもとさまは朝顔の花がお好きなのでございまするな」

その言葉遣《づか》いは武士のもので、菊太郎より明らかに若かった。

突然のことで、菊太郎は少し狼狽《ろうばい》した。

「これは失礼をいたしましてござる。あまりの美しさゆえ、つい足を止め、無断で見惚れていたご無礼、どうぞお許しくだされい」

菊太郎は竹垣の向こうにのぞく人物に、一揖《いちゆう》して詫びた。

相手は髪を後ろで髻《たぶさ》に結んだだけの若い武士だったが、二歳ぐらいの女の子を抱いていた。

「ご無礼をお許しくだされとは、なにをもうされまする。ここに咲く朝顔は、それがしが好んで植えているもの。通りがかりのお人がご覧になられたとて、少しも減るものではなく、そうしてくだされば、むしろそれがしはうれしゅうござる。どうぞ心ゆくまでご覧になってくだされ」

「ありがたいお言葉、かたじけない」

「さようにもうされては、こちらが痛み入りもうす。お急ぎでなければ、さような町辻《つじ》ではなく、荒屋《あばらや》なれども、わが家にお入り召されたらいかがでございまする。軒下の朝顔も併せてご覧召されませ。遠慮はご無用でございまするぞ」

若い武士は抱いた幼子《おさなご》をゆすり上げ、菊太郎に笑顔で勧めた。

かわいい女の子も、自分を抱く父親に和すように、きゃっきゃとうれしそうな声を上げ、身体《からだ》をゆすって騒いだ。

「ならば不作法な奴とお思いでござろうが、お招きにあずかり、軒下の朝顔も拝見させていただきまする」

菊太郎は朝顔も朝顔だが、なんの警戒もせず、見ず知らずの自分を家の中に招き入れようとする若い武士に、興味を持った。

どうやら天真爛漫《てんしんらんまん》、無邪気な気性の人物のようだが、相手はいったい何者だろう。

「されば玄関に回ってくだされ」

武士に勧められ、菊太郎は木戸門をくぐり、東西に並ぶ長屋の最初の一軒の表口に向かった。

狭い土間に立つと、まだ油紙の張られていない骨だけの傘が、表部屋に堆《うずたか》く積み上げられていた。

「浪人の侘《わ》び住居《ずまい》、お恥ずかしい限りでござる」

かれは狭い家の上がり框《かまち》に手をつき、菊太郎を迎えた。

その後ろで幼子を抱いた若い女が、慇懃《いんぎん》に頭を下げていた。

掃き溜めに鶴といっていいほど、麗姿《れいし》明眸《めいぼう》な女性であった。

「ご妻女どのでございまするか」

「いかにも。それがしの名は久松三郎助《ひさまつさぶろうすけ》、妻はきめともうしまする」

「遅ればせながら、それがしは田村菊太郎。大宮姉小路《おおみやあねやこうじ》の公事宿に居候《いそうろう》している者でござる」

かれは快活に名乗り、差し料を鞘《さや》ごと腰から抜き、左手に持ち替えた。

そして部屋を通り、裏庭に面した縁側に案内された。

いま通り抜けてきた部屋には、張りかけの傘が幾本か開いて置かれるだけで、目ぼしい調度品はなにも見当たらなかった。

「どうでございます。自慢するのはいささか憚《はばか》られまするが、やはり見事でございましょう」

久松三郎助は菊太郎を縁側に導くと、古びた座布団を勧め、軒下に涼しい日陰を作っている朝顔の花を自慢した。

「あなたさま、お登勢《とせ》をちょっとお預かりくださいませ」

おきめは三郎助に、幼子のお登勢を両手で差し出した。

「おお、そうだな——」

三郎助は彼女の手からひょいとわが子を抱き取った。

「お登勢どのともうされますのか。お幾つになられまする」

自分ににこにこと笑いかける幼女を眺め、菊太郎はたずねた。

目の中に入れても痛くないという言葉がよくわかるほど、かわいらしい子どもであった。

「当年とって二歳、よちよち歩き始めたばかりでございます」

「朝顔も美しゅうござるが、お登勢どのともうされるこのお子も、また美しくお育ちでございましょう」

菊太郎はお世辞ではなく、本心から三郎助にいった。

「されど、扶持《ふち》から見離されてご覧の通りの始末。美しく育ったとて不憫《ふびん》なだけでございますわい」

「おたずねするのは不躾《ぶしつけ》でございまするが、どちらの藩に出仕しておられました」

「藩名は何卒《なにとぞ》、ひかえさせていただきとうございまする。されど当節、どこの藩でも財政が逼迫《ひっぱく》し、家臣に永御暇《ながのおいとま》をあたえるのは仕方ございますまい。扶持から離れてもはや三年。今では旅や暮らしの不如意《ふにょい》こそ、風雅のまことと思うほどになってでございます」

久松三郎助は部屋の隅に置いた刀架に、ちらっと目を這《は》わせて苦笑した。

そこには拵《こしらえ》は黒塗革包み。並みとは思われない腰刀が置かれていた。

物腰の柔らかさや所作《しょさ》、口利きなどからうかがい、三郎助は相当な遣い手だと思われた。

主家《しゅか》から永御暇を命じられながら、町奉行所から京住居を許されているのは、おそらく京屋敷に仕えた京詰めの藩士だったからであろう。

この京都では無理だが、国許に帰って町道場を開き、生業《なりわい》を立てる方法もあるはずだ。そうしないで傘張りをして過ごしているのは、旅や暮らしの不如意こそ風雅と思える心境に至っているためか、それともまだ帰参を考えているからに違いなかった。

「粗茶でございまするが、どうぞお召し上がりくださりませ」

妻のおきめが、冷えた茶と織部の汁注《しるつ》ぎ、それに真桑瓜《まくわうり》をのせたお盆を持って現われた。

「碌《ろく》なお持て成しもできかねまするが、どうぞ瓜など召し上がってくださりませ。西行法師は歌道に精進し、花（桜）の下にて春死なんともうされたそうでござるが、朝顔好きなそれがしは、朝顔の下にて夏死なんの心地でございます。酒などあればなおよろしゅうございましょうが、それがしは不調法、お許し願いまする」

――酒なくて転んだままの徳利かな
このとき菊太郎の胸裏に、ちらっと一句がよぎった。

「さあお登勢、かかさまの許にまいりなされ」

おきめがお登勢に手を差し出した。

だがお登勢は母親に頭《こうべ》を振り、菊太郎にだっこをせがんだ。

「まあ、この子は失礼な――」

おきめが苦笑いをして両手を膝《ひざ》に戻した。

「ご妻女どの、気にいたされますまい。かようなかわいらしいお子にいきなり気に入られ、それがしはうれしゅうございます。さればこちらにまいられよ。それがしがお抱きもうし上げましょうぞ」

「田村どの、かたじけのうございます」

久松三郎助も小さく笑ってうなずいた。

お登勢は菊太郎の膝に抱き取られると、手足をばたつかせ、きゃっきゃと声をひびかせてよろこんだ。

客がきたのが珍しく、うれしくてかなわないようすだった。

「これお登勢、お客さまのお膝で粗相《そそう》をしてはなりませぬよ」

「ご妻女どの、おかまいくださるまい。もうしてはなんでござるが、それがしはこのお登勢どのを、このままいただいて帰りたいぐらいでございますわい」

菊太郎はお信の許に、この幼子を連れていったらどうなるだろうと、ふと考えながらいってみた。

美濃屋のお信は、おそらく菊太郎がどこかの女に産ませた子に相違ないと疑い、鬼の形相《ぎょうそう》になるに決っている。

彼女の娘のお清《きよ》は、かわいい妹ができたと大喜びするだろうが、本当のことがわかるまでの悶着《もんちゃく》が、あれこれ大変だ。

　さらにはこの件が、京都東町奉行所同心組頭を務める異腹弟の銕蔵《てつぞう》や父の次右衛門《じえもん》、義母の政江《まさえ》たちの知るところとなれば、ここでもひと騒動が起きる。いま居候をしている鯉屋でも、容易ならざる事態を招くのは明らかであった。

　菊太郎が膝のお登勢をあやしながら、ふと母親を見ると、おきめが硬い気配になっている。にわかに表情が険しく変わっていた。

　母親のおきめが、お登勢を溺愛《できあい》しているのは、一目瞭然であった。

　――冗談にしたところで、とんでもない口を利いてしまったわい。

　菊太郎はいくらか狼狽したが、平静を装い、お登勢を両手で抱え上げた。

「つい遠慮のない戯言《ざれごと》をもうし上げてしまいましたが、さあ、そろそろ母上どのの許にお帰りなされよ。小父《おじ》ちゃんは父上どのと真桑瓜を馳走《ちそう》になりますわい。お登勢どのはまだ前歯が二本生えたばかり。それがきれいにそろわねば、自分独りでは食べられますまい」

　菊太郎はお登勢の機嫌のいい顔にいいかけ、彼女をおきめの腕に返した。

　おきめの顔からこわばりが消えていた。

「田村どの、どうぞ瓜を食べられませい。これは妻が昨日から冷やしていたもの。甘くて口当たりがようございます」

　三郎助に勧められ、一口その真桑瓜に齧《かじ》りつくと、なるほど甘かった。

「朝顔は朝咲く花の意から、さように名付けられたのでございましょう。尤《もっと》も昼顔ともうす花もございますがなあ。朝顔はわが国には中国から伝えられ、茎は左巻き、花は白・紫・紅・藍《あい》・縞《しま》などさまざまございまする。種子は黒や茶色。生薬として用いれば下剤となり、利尿にも役立ち、秋の七草の一つに数えられております。それがしは紫や藍色が好きでございますなあ」

真桑瓜を食べ終えた二人は、いつの間にやら小さな裏庭に下りていた。

蔓を軒先まで渡した竹にからませ、紫や藍、紅や白い花を咲かせる朝顔に、二人して見惚れていた。

「朝顔の花の季節が終わり、種が採れたら、田村どのに少しもらっていただきましょう。来年の春、植木鉢に蒔いておけば、造作《ぞうさ》なく芽を出し、大きく育って花を咲かせまする」

庭の畑には葱《ねぎ》や青菜が育っていた。

三郎助が傘張りの合間に農具を用い、小さな畑を鋤《す》く姿が、菊太郎の胸に彷彿《ほうふつ》とわいてきた。

——旅や暮らしの不如意こそ風雅のまこと。

久松三郎助の言葉が、菊太郎の胸をかすめていた。

爾来《じらい》、かれと菊太郎との交友が細々ながらつづき、その年の秋には約束通り、かれから朝顔の種をもらい受けた。

鯉屋の裏庭にずらっと並べられた植木鉢から、青竹に蔓をのばしている朝顔が、それだった。

「さあ仕事や。無駄話をしていた分、せっせと働きなはれや」

下代の吉左衛門が喜六たちを急《せ》き立てた。

二

梅雨《つゆ》に入り、毎日蒸し暑かった。

雨が止み、しばらく青空がのぞいていたかと思うと、夕刻にはまた空が灰色に曇り、ひと晩中、雨が京の町を濡らしつづけた。

普段は穏やかに流れる鴨川が、濁流と化している。

三条大橋を渡るのも恐々であった。

同橋は「公儀橋」。管理に当たる角倉会所《すみのくらかいしょ》の人足たちが、腰に命綱を付け、橋桁《はしげた》に引っかかった丸太や草木などの塊《かたまり》を鳶口《とびぐち》を用い、必死に下流に流そうとしていた。

「鴨川はえらく増水しているようどすなあ。これ以上雨が降ったら、水があふれてくるのやないかと、先斗町《ぽんとちょう》筋なんぞでは心配されてるそうどすわ」

鯉屋では下代の吉左衛門に、手代の喜六や丁稚の正太たちが訴えていた。

「そんなこと、おまえたちに改めてきかされんでも、ようわかってますわ。堀川の水もあふれそうで、二条城のお堀の水かていっぱいどすさかいなあ。今夜にでもあふれ、お堀で泳ぐ鯉や鮒《ふな》が、大宮のほうへ流れ出てくるかもしれまへん」

「こんなん、何年ぶりどっしゃろ」

「さて、四、五年前に二条城のお堀から、魚が流れ出てきたことがありましたなあ」

「あっちこっちに小鮒がぴちぴち跳ねてて、笊《ざる》を抱えて拾い歩きましたがな」

「その小鮒は徳川さまのものやといわれ、二条城番にお届けしました。そやけど当初はお堀に戻しておくがよいと指図《さしず》されたもんの、あんまり届け出る者がつづいたさかい、煮て食おうが焼いて食おうが勝手たるべしとの立て札が掲げられたのには、びっくりしましたなあ」

「『奈良屋《ならや》』の手代の長助《ちょうすけ》はんにいつかききましたけど、その夜に食べた鯉濃《こいこく》は旨《うま》かったそうどすわ」

喜六が舌なめずりせんばかりにいった。

鯉濃は鯉を筒切りにして赤味噌汁にしたもので、滋養に富み、強壮になる食べ物といわれていた。

「もっと雨が降ってお堀の水があふれ、大きな鯉が流されてきたら、その夜はこの鯉屋でも、鯉濃が食べられるんどすな」

正太が声を弾ませていった。

「これ正太、賢いおまえがなんという無茶を考えるんどす。うちの屋号は鯉屋どっせ。しかも公事宿のうちが、二条城のお堀からあふれ出てきた鯉を、鯉濃にして食うてしもうたと噂されたら、町奉行所での信用が台無しになってしまいまっしゃろ。それがわかりまへんか」

吉左衛門は、無用になった調べ書きを綴《と》じた紙捻《こより》を解《ほど》き、本紙を一枚ずつ裏返している正太を、強《きつ》い声で叱り付けた。

それは吉左衛門がいう通りだった。

「へえ下代はん、よう考えたらわかっているはずのことを、つい口走ってしまい、すんまへんどした。堪忍《かんにん》しておくれやす」

「おまえは近江《おうみ》の堅田《かたた》の生れやさかい、鯉濃が旨いのは知ってますやろ。そやけど、お上《かみ》の御用を務めるこの公事宿の鯉屋にご奉公している限り、そんな口を利くのは慎まなあきまへん」

「へえ、肝《きも》に銘じておきます」

正太はしょぼんとしたようすで、また古い調べ書きの裏返しにかかった。

一度用いた紙を、裏返してまた使う。

これは江戸時代、どこの商家や藩家、社寺でも行われていた行為で、物を節約することになった。

両面を使い切った紙を、襖《ふすま》や屛風《びょうぶ》の下張りなどに転用することも多かった。

こうして下張りに用いられた古い手紙類の中から、ときどき貴重な文書や書簡などが発見される。

これらを「紙背文書《しはいもんじょ》」といい、各研究に大きく役立っているのである。

「しかし下代はん、こうも雨が降りつづくと、どこの商いもさっぱりどすなあ。それに蒸し暑うてかないまへんわ」

「毎年、この季節はこうどすさかい、辛抱《しんぼう》せなあきまへん」

「威勢のええのは、菊太郎の若旦那さまが育ててはる植木鉢の朝顔の蔓だけどすわ。細竹を伝うて、ぐんぐんのびてます。もう小さな蕾《つぼみ》を付けている鉢もありまっせ」

「威勢のええのはそれだけではありまへん。東町奉行所の同心組頭の田村の若旦那さまや、配下の曲垣《まがき》さまたちも、油合羽《がっぱ》に雨笠をかぶり、動き回ってはります。どうしたわけやら、雨の中をきき込みやら見張りのため、忙しゅうしてはりますわ」

正太と鶴太が紙を折り返す手を止め、帳場に坐る吉左衛門の顔を眺めた。

「下代はん、先日、手代見習いの佐之助《さのすけ》はんがいうてました。東町奉行所でちょっと耳にしたところによれば、幼い子どもがつづけて四人も殺され、町奉行所は東も西も下手人の手掛かりを求め、みんな走り回ってはるそうどすわ。銕蔵の若旦那さまたちがお忙しいのは、そのためと違いますか」

「幼い子どもが、四人も殺されてるのどすか――」

これを初めて知った吉左衛門は、驚いたようすで机に広げていた帳面から顔を上げた。

毎日、一度は公事宿の主《あるじ》か下代、また手代が詰める町奉行所の詰番部屋でも、そんな話は一向にきかなかったからだった。

公事は〈出入物《でいりもの》〉と呼ばれ、民事訴訟事件に当たる。人殺しは〈吟味物〉、刑事訴訟事件に当たり、管轄が全く異なるからだろう。

「幼い子どもというて、それは男の子も女の子もどすか」

　吉左衛門が喜六にたずねかけた。

「いや、殺されてるのは女の子ばかり。男の子は一人もいてしまへん」

「へえっ、女の子だけ。そしたら悪い悪戯《いたずら》でもされ、殺されてますのやな」

「いいえ、悪戯をされてる子は一人もいいへんそうどす。またどの子も刃物ではのうて、首を絞められており、死体はきものの乱れを改め、髪もきれいに整えられているときききました」

「きものや髪の乱れが整えられているとは、喜六、なんやおかしな話やなあ」

「ほんまにそうどすわ。殺されてるのは、四つか五つの女の子ばっかり。下手人は男の子には一切、手出しをしてしまへん」

「女の子やったら、絞め殺すのにも造作がありまへんわなあ。甘い言葉をかけて近づき、人目のないところに連れ出し、いきなり首を絞めたらええのどすさかい。それが男の子どしたら、やっぱり四、五歳でも暴れて騒ぎ立てるかもしれまへんさかい」

「男の子を手に掛けへんのは、それだけが理由どっしゃろか。それともほかに、なにかわけがあるんどすやろかなあ」

「下代はんに手代はん、下手人が女の子ばっかり狙うのは、自分もか弱い女子《おなご》やさかいと違いますやろか。暴れ者の男の子に、本気で抵抗されたら、女子では手に負えしまへん。人殺しと大声で叫ばれることかて、あり得ますさかいなあ。それにくらべ女の子どしたら、いきなり細い首を絞めて殺すことも、できるのではありまへんか——」

正太が穿《うが》った考えを披露した。

「正太、おまえは下手人は女子やというのかいな。考えてみたら、それは理屈にかのうた見方どすなあ。下手人が女子やったら、殺《あや》められた子どもたちも、安心してどこにでも付いていき、簡単に絞め殺されてしまうわい。それにしても、なんで女子が四、五歳の女の子ばかりを狙うて、人殺しをせなあかんのやろ。そこがなんともけったいやわ」

「どの事件でも、当初は原因がなかなかわからしまへん。そやけど調べを進めていくうちに、ああそうやったんかいなと、次第にほんまのことが判明してきますわなあ。これは殺しだけではのうて、出入物でも同じではおまへんやろか。この世に謎が解けへん事件なんか、ほんまは一つもないと、わたしは思うてます。四つや五つの女の子ばっかりが、狙われて殺される。下手人にはきっと、そんな年頃の子どもを絞め殺さなならん深い事情が、なんかあるんどすわ」

「正太にいわれたら、そうかもしれまへん。何事にしたところで、一つの揉《も》めごとが起るについては、それが単純か複雑か、さまざまに違いますけど、それぞれの動機や理由が必ずあるもんどす。それには吟味物とか出入物とかの区別はあらしまへん。火のないところに煙は立たぬといいますけど、その点だけを考えれば、みんな同じどすわ。喜六、これはなんや厄介な事件になりそうどすなあ」

吉左衛門が喜六にこういったとき、鯉屋の表が急にざわめいた。

「この雨降り、軒下を使うていただく分には全くかましまへんけど、無断で騒がれるのは困ります。正太、ちょっと見てきなはれ」

少し立腹気味になった吉左衛門が、腰を浮かせて正太に命じた。

「へえっ――」

正太は急いで土間に進み、油紙障子戸に「公事宿　鯉屋」と書かれた表戸を、からっと開いた。

その向こうには、黒地にやはり屋号を染め抜いた暖簾が湿気をふくみ、だらっと垂れ下がっている。

「こ、これは銕蔵の若旦那さま――」

表の一団は、京都東町奉行所同心組頭の田村銕蔵と、その配下の曲垣染九郎《そめくろう》や岡田仁兵衛《おかだにへえ》たち四人、それに下っ引き（岡っ引き）の弥助《やすけ》たちだった。

雨具として着た油合羽を脱ぎ、髪の濡れを拭《ふ》き取っているところだった。

「えらい雨に降られ、このありさまじゃ。町奉行所に戻る前に、ちょっと軒先を借り、身繕《みづくろ》いをさせてもろうておるぞ」

「そんなん、いわはらんと、どうぞ中に入っておくれやす。乾いた手拭《てぬぐ》いぐらい、いくらでもございますさかい。熱いお茶でも飲んでいただいたら、雨で濡れたお身体もちょっとは温まりますさかい」

正太の声をきき付け、帳場から吉左衛門が立ち上がり、土間にいた鶴太たちもどっと表口に向かった。

「足許もずぶ濡れどすがな。銕蔵の若旦那さま、急いで中に入っとくれやす。それでは風邪を引いてしまいますわ」

吉左衛門が銕蔵たちを急かした。

鯉屋は、主源十郎《げんじゅうろう》の父で武市《ぶいち》と呼ばれていた先代宗琳《そうりん》が、菊太郎と銕蔵兄弟の父・次右衛門の手下として働いていたことから、次右衛門の世話で渡世株を買い、公事宿の暖簾を掲げた店。いまでも関係者たちは、親戚同然の付き合いをしている。

菊太郎が店のため大いに役立っているとはいえ、ここで気楽に居候をしておられるのも、その縁あればこそだった。

吉左衛門にうながされ、銕蔵たちは一斉に鯉屋の土間に入り込んできた。

店の奥がにわかにあわただしくなり、源十郎の妻お多佳《たか》や小女《こおんな》のお与根《よね》たちが、急いで乾いた手拭いを大量に表に抱えてきた。

熱いお茶や葛湯《くずゆ》もだった。

「銕蔵の若旦那さま、鴨川の水がついにあふれたんどすか――」

手拭いで足の濡れを拭いている銕蔵に、吉左衛門が問いかけた。

主の源十郎は手代見習いの佐之助を供に従え、昨日から出入物の調べで、丹波《たんば》の亀岡に出かけて留守であった。

「いや、鴨川はむしろいくらか水量が減ってきておる」

「そしたら、配下のみなさまが総出で、何事でございます」

「吉左衛門はん、それが殺し、また新たな殺しなんどすわ」

下っ引きの弥助が、苦々しい顔で答えた。

「それでこんなに大勢なんどすか」

「ああ吉左衛門、それもただの殺しではなく、連続の幼子殺しなのじゃ」

「四、五歳の女の子ばかりが殺されているという、あれでございますか」

「いかにも。東町奉行所の用人《ようにん》さまも、これは容易ならざる犯行。そなたが配下を連れて現場にまいり、しっかり調べてまいれと仰せられたゆえ、いま出かけての戻りなのじゃ」

銕蔵はこれまでの経過を簡単に説明した。

これをきき、吉左衛門をはじめ、鯉屋の奉公人たちは互いに顔を見合わせた。

つい先程まで話題にしていた幼児殺しのさらなる犯行だけに、みんなが暗い表情で押し黙った。

「梅雨の季節とはいえ、こうもずぶ濡れになって寒かったけど、熱い葛湯をご馳走になり、身体が温まったわいな。吉左衛門はんや喜六はん、今度の子殺しはこれまでとはちょっと違うてましてなあ。一遍に二人が死んでたんどすわ。そやさかい、わしまで駆り出されたんどす」

　弥助がやれやれといった口調でぼやいた。

「一遍に二人が死んでたとは、どういうことどす」

「はっきり人の手にかかったとわかるのは、二条通り俵屋町《たわらやちょう》の小間物問屋『吉田屋《よしだや》』で、子守り奉公をしていたお妙《たえ》という五つの女の子。近くの長屋から時刻を決め、吉田屋の赤ん坊のお守りにきてたんどす。そのお妙ちゃんが、吉田屋の孫を帯で背中に負うて出かけたもんの、夜になっても帰ってきいへん。雨が降ったり止んだりしてたさかい、傘は持ってました。そやけどどこでどうなったか心配やさかい、店の奉公人が総出で探し始めたんどすわ。鴨川の大水を見に行って流されたのではないかという者もいれば、どこかで雨宿りをさせてもろうているうちに、二人とも寝込んでしまったんやろと、気楽にいう者もいてました」

　弥助が両手で筒茶碗を包み、吉左衛門たちに説明をつづけた。

「ところが本当は、そのどちらでもなかったんどす。今日の早朝、近くの本能寺境内《けいだい》の地蔵堂の裏で、二人がともに死んでいるのを、納所坊主《なっしょぼうず》が見つけたんどすわ。子守りのお妙ちゃんは、首を絞められてました。背中の赤ん坊は帯でくくり付けられたまま息絶え、二人とも地蔵堂の軒下に倒れてたんどす。思うに、地蔵堂の縁先で雨宿りをしているところを、後ろからそっと忍び寄ってきた下手人に、いきなり襲われたんどすなあ。お妙ちゃんは絞め殺されて縁先から地面に転げ落ち、背中の赤ん坊は頭を打って、おそらく小さな声で泣いてたもんの、誰の耳にも声が届かんまま、やがて息絶えてしもうたのやないか。組頭の旦那さまやほかのお人たちも、そないにいうてはりますわ」

本能寺はいまでは狭くなっているが、江戸時代には北は押小路《おしこうじ》通りから南は姉小路通りまで。東西は寺町通りから河（川）原町通りまでと、広大な寺域を有していた。

「銕蔵、それに岡田仁兵衛どのや曲垣染九郎どのをはじめ皆々さま、お役目ご苦労さまでござる」

このとき、中暖簾の間から菊太郎の顔がのぞき、みんなに慰労の声がかけられた。

「これは兄上どの――」

銕蔵が菊太郎に低頭し、岡田仁兵衛たちが姿勢を改めた。

菊太郎の背後に見える鯉屋の庭では、鉢植えの朝顔が軒先に向かい、さらに蔓をのばしている。

小さな花の蕾がふくらんでいた。

三

翌日は朝から快晴になった。

「鴨川の大水も陸まで上がってきいへんと、ようございました」

「そないになってたら、木屋町《きやまち》（樵木町《こりきちょう》）筋は大騒動。三条大橋も流されてしもうてますわ。昔、白河法皇さまが鴨川の水、双六の賽《さい》、山法師（比叡山の僧徒）、是ぞ朕《ちん》が心に随《したが》わぬ者と愚痴ってはったそうどすけど、それはほんまどすなあ」

「それでもまあ、鴨川の水位が昨夜《ゆうべ》からどんどん下がってきて、幸いどした。命綱を結び、三条大橋の橋桁に引っかかっていた枯木や塵の塊を取り除いていた角倉会所の人足が一人、誤って水に流されたそうどす。そやけど九条の辺りで早くに助け上げられ、これも幸運どしたわ」

身形《みなり》のいい二人連れの男が、御池の高倉通りを南に向かいながら、こんな話を交わしているのが、久松三郎助の耳にも届いていた。

一昨日は今年の一月、風邪をこじらせて死んだお登勢の月命日だった。

妻のおきめは、幼い娘を葬った寺町姉小路の天性寺《てんしょうじ》まで、雨の中を月参りに出かけた。お経を唱えてもらってきたといっていたが、帰りは遅く、しかもずぶ濡れで、尋常なようすではなかった。

すぐ布団に入らせたが、翌日も終日、碌にものもいわず、布団に横たわったままだった。

おきめの哀しみを和らげるため、三郎助はお登勢の月命日には、「夢幻童女」と書かれた仏壇の位牌《いはい》の前に、香炉に立てた線香を絶やさなかった。

前歯がだいたい生えそろい、幼児語で話ができるようになった折の突然の死だっただけに、おきめの嘆きぶりは一通りではなかった。

狂乱してお登勢の屍を三日二晩、布団の中で抱きつづけ、嗚咽《おえつ》を漏らしていた。

「わしたちは、風邪をこじらせたお登勢の病を治すため、町医に高価な薬を用いてもらい、できる限りの手をつくした。そなたもわしも三日三晩、一睡もいたさずに看病したではないか。それでもお登勢が死んでしまったのは、神仏がお登勢にお与えになった寿命として、あきらめるより仕方があるまい。さればもうお登勢の亡骸《なきがら》を、手厚く葬ってやろうではないか」

三郎助は美濃《みの》郡上八幡《ぐじょうはちまん》四万八千石・青山大膳亮《あおやまだいぜんのすけ》の京屋敷詰め藩士だった。おきめの父親は、同藩の小納戸《こなんど》役を務めていた。

国許での葬式となれば、参会者も多いだろうが、親戚縁者の少ない京の地であるうえ、藩家から永御暇を賜った後だけに、お登勢の弔いに訪れる者は少なかった。

近くの天性寺でできる限り盛大にと思って行ったものの、父母二人と長屋の者数人だけの寂しいものとなった。

読経《どきょう》の最中、この数日で急に窶《やつ》れたおきめは、きものの袂で幾度も目頭を押え、嗚咽を噛みこらえていた。

長い読経と木魚や鉦《かね》の音が絶えたとき、仏前の広い畳の上に、何かが鋭い小さな音を立てて弾け、ぱっと転がった。

導師を務めていた天性寺の和尚と四人の伴僧《ばんそう》たちが、はっとして転がった物を目でたどると、それは数珠《じゅず》の玉だった。

その数珠は翡翠《ひすい》でできており、おきめが三郎助の許へ輿入《こしい》れしたとき、死んだ母親の形見として持参した品だった。

「おお、もったいなや——」

伴僧の一人が思わず叫び、自分の膝許に転がってきた一粒に手をのばした。

おきめが両手で持っていた数珠を、無意識に強い力でぐっと握り締めた拍子に、つないでいた糸が切れたのである。

「そ、その数珠玉、わたくしにお返しくださりませ」

おきめは険しい顔、憑依者《ひょういしゃ》のような目でその伴僧に迫った。

「も、勿論でございます」

それまで峻厳な態度で経を唱えていた若い伴僧は、狼狽した声で答え、最初に拾った一粒をおきめに差し出した。

かれのほか三人の伴僧たちが、それぞれ南無阿弥陀仏と念仏を唱えながら、墨染めの裾《すそ》をひるがえして翡翠の数珠玉を一粒一粒掌の上に拾い集め、おきめにうやうやしく差し出した。

憑依者めいていた彼女の表情が、次第に和らいでいくのが、そばにいる夫の三郎助にもはっきりわかった。

「ご迷惑をおかけいたし、もうしわけございませぬ。謹んでお礼をもうし上げまする」

三郎助は伴僧たちに深々と頭を下げ、礼をいった。

それから旧暦の一月は日に日に暖かくなり、おきめのようすにも変化が表われてきた。哀しみも薄紙を一枚ずつはがすように、薄らいでいくようだった。だが月命日の供養を行うのは勿論として、彼女は哀しみをまぎらすためか、ときどき外に出かけた。

「寺参りをしてきてもようございますか」

彼女は傘張りをしている三郎助に、手をつかえてたずねた。

「ああ、行ってまいれ。一人でなんだろうが、ついでにゆっくり花見でもしてくるがよかろうぞよ」

そんなとき三郎助は、機嫌よく彼女を送り出した。

少しでも早く、哀しい記憶を拭い去ってくれればよいがと考えてだった。

ところが家に帰ってきた彼女をうかがうと、おきめはときどきひどく険しい顔をしていた。日によっては、小刻みに身体を震わせていることもあった。

「そなた、今日はどこか疲れているみたいじゃや。急に寒の戻りがきたせいかもしれぬなあ。風邪でも引いたら面倒になる。わしが粥《かゆ》を炊いてとらせるゆえ、それを食べ、早く横になるがよかろう」

三郎助が傘張りの手を止め、押入れから布団を取り出し、彼女を寝かせ付ける日も何度かあった。

傘を張る内職仕事だけでは、稼ぎはしれている。

いくらか蓄えがあるため、お登勢を医者にも診せられ、これまでなんとか凌《しの》いできた。だがそれが尽きたらどうしようもない。

三郎助は、芽が出て葉を大きく生長させた朝顔の苗を鉢植えに移しながら、いっそ美濃の郡上八幡に帰り、町道場でも開いて暮らすかと考えたりしていた。

しかし、情緒の定まらないおきめには、それをいい出しかねていた。

公事宿で居候をしているという田村菊太郎が、ときどきふらっと訪れてくれる。

お登勢が病で死んだと告げたとき、かれは驚いてひたすら、なにも存ぜずにもうしわけござらぬと、狼狽しながら詫びつづけた。

そして実は、いま隠居の身であるそれがしの父は田村次右衛門ともうし、元は東町奉行所同心組頭。家督は異腹弟が継ぎ、そこ許さえよろしければ、時機をみて京都町奉行所へ、同心として推挙できぬでもないといってくれた。

「そこに古刀とおぼしき立派な太刀《たち》拵えの腰刀をお見受けいたすが、三郎助どのは何流をお使いになられますのじゃ」

その折、三郎助は菊太郎からこうたずねられた。

「柳生新陰流《やぎゅうしんかげりゅう》をいささかたしなみ、免許皆伝を許されておりまする」

かれは胸にいくらか明るみを感じて答えた。

「柳生新陰流、しかも免許皆伝でございまするか――」

菊太郎は晴れやかな顔でき返した。

柳生新陰流は織豊時代、上泉秀綱《かみいずみひでつな》に学んだ柳生宗厳《むねよし》が、新たに生んだ流派。最も世に知られた流派で、その剣なら推挙も容易であった。

「泰平の世の中。そこ許のように相当な刀の遣い手であっても、召し抱える大名は少のうございますわい」

ろう。されど町奉行所は違いまする。柳生新陰流をたしなんでおられれば、なおのことでござ
柳生新陰流は、徳川家と特別な関係にあり、他の流派より重く扱われていたからである。

もし京都町奉行所へ奉職できれば、おきめもそのうち落ち着き、一生、穏やかにこの京で過ごせぬでもなかろうと思ったりしていた。

それが実現すれば、いま住む家から、東西両町奉行所のいずれかの組長屋へ移ることになる。

わずかな縁だが、お互いそれなりの友誼《ゆうぎ》を感じている田村菊太郎の言葉に嘘はなかろう。

愛娘《まなむすめ》のお登勢に死なれたとはいえ、三郎助夫妻には、こうして全く先の希望がないわけでもなかった。

この後も菊太郎は、ときおりかれの家を訪ねてきた。

そのたび、小さな仏壇の前に坐り、お登勢のため線香に火をつけ、手を合わせて祈ってくれた。

朝顔の種が芽をふき、適当な大きさの苗に育った折には、おきめが三郎助に、その苗を菊太郎に持ち帰っていただいたらいかがかと勧めた。

「田村どの、先年お渡しもうし上げ、すでに種を植木鉢に蒔かれておられましょうが、わが家では苗がまだこのように余っておりもうす。よければご持参になられてはいかがでございまする」

三郎助に強く勧められ、菊太郎は小さな箱に並べられた朝顔の苗を、十株ほどもらってきた。いまそれが鯉屋の庭で、物置の廂《ひさし》に細い蔓をのばしつづけている。

陽当たりがいいせいか、三郎助の手になる苗のほうが、菊太郎が種から育てたものより、ずっと生長が早かった。

鴨川の大水を噂しながら、男たちは高倉通りを下っていった。

久松三郎助は、張り終えたばかりの番傘の柄《え》を筒台から取り上げ、陽干しにするため狭い庭に下りた。

今日も朝からかれは、すでに四本の番傘を張り終えていた。

庭には、先に干した傘から漂う油の匂いが満ちていた。育てられている青菜たちは、広げられた番傘の陰になっている。

部屋ではおきめが庭に背を向け、顔を隠すようにして、まだ布団に横たわっていた。

「一昨日、本能寺の地蔵堂で子守りをしていた女の子が、背中に赤ん坊を負ったまま何者かに絞め殺され、えらい騒ぎやったそうやなあ」

高倉通りを数人連れで北に歩いていく男たちの声が、またきこえてきた。

「子守りいうたら、まだ小ちゃな子どもやろな」

「五つほどの女の子やときくわい」

「どこの子守りなんやな」

「二条・俵屋町の小間物問屋吉田屋の子守りやそうや。町奉行所のお調べによると、雨が降ったり止んだりしていたため、番傘は持って出かけ、それは現場に残されていたんやて。本能寺の地蔵堂の縁側で腰を下ろしているところを、首を絞められて殺されたらしいわ。足をぶらぶらさせ、雨でもぼんやり見ていて、いきなり襲われたんやろなあ」

「そら、かわいそうなこっちゃ。それで背中に負うてた赤ん坊はどうなったんや」

「それがまたかわいそうに、子守りの子とともに地蔵堂の縁先から軒下に転げ落ち、発見されたときには、もう死んでいたというわいな。初めは泣き叫んでいたかもしれへんけど、その声が寺の者たちにも、きき届けられなんだんやろなあ」

「地蔵堂の軒から雨の雫《しずく》がぼたぼた落ち、二人の顔を叩いていたんやろし、なんや悲惨な話やわい。下手人はどんな奴なんやろ。それこそ絞め殺してやりたいわ」

「この半年余りのうちに、一昨日の殺しをふくめ、五人の幼い女の子が絞め殺され、赤ん坊が一人死んでるわけや。女の子ばかりが狙われるのが、なんとも不審でかなわんわい」

「小さな子どもやさかい、それぞれの子になんぞ怨《うら》みがあったわけでもなさそうやし、これは少し気が変になった者が下手人ではないかと、町奉行所ではいうてるそうや」

「ともかく小さな子どもを持ってる親たちは、心配なこっちゃなあ」

「町奉行所では手掛かりが欲しいさかい、どんな些細《ささい》なことでも知らせた者には、数両の褒美を出すそうや。今日はその旨を書いた駒札《こまふだ》を、四条町ノ辻やあっちこっちに立てるというわいな」

朝顔ののび工合を確かめている久松三郎助から、そんなことを話し合う声が遠ざかっていった。

部屋のほうに目をやると、おきめはまだ布団に横たわっていた。

一昨日、彼女は眥《まなじり》を釣り上げ、真っ青な顔で帰ってきた。

足許はずぶ濡れで、奥歯を小さく鳴らし、がたがた身体を震わせていた。

「お、おきめ、その恰好《かっこう》はどうしたのじゃ」

糊《のり》を練っていた三郎助は驚いて立ち上がり、土間に走ると、彼女を抱えるようにして部屋に上げた。

幾分、声を荒らげて着替えを急がせた。

彼女はされるがままになりながら、歯を鳴らして震えつづけていた。

「さあ布団に入り、身体を温めるのじゃ。お登勢の墓にでも参ってきたのであろうが、死んでしもうたお登勢のことを、いつまで考えていても詮《せん》なかろう。思い出にばかり浸《ひた》っておらず、もう早く忘れることじゃ。元気さえ取り戻したら、これからまた子どもを産めぬでもあるまい」

「お登勢の替わりは産めたとしても、お登勢は帰ってはまいりませぬ。それにもうわたくしは、やや子など産みたくはございませぬ」

そのときおきめは、冷たい醒めた目で三郎助をじっと眺め、きっぱりといった。

そして布団の襟《えり》を引き上げ、顔をすっぽり覆ってしまった。

なにか異様な雰囲気が彼女を包んでいる。

何事に付けてもおとなしい三郎助は、まだお登勢の死を哀しんでいるおきめを、そっとしておいてやるに限ると考え、彼女のそばからゆっくり離れた。

夜には粥を炊き、食べるように布団をゆすってうながしたが、彼女は小さく嗚咽を漏らすだけで、起きてはこなかった。

——おきめはいつまでこうなのだろう。

小さな絶望が、三郎助を打ちのめしていた。

ひと晩と一日がこうしてすぎ、今もまだおきめは、布団に横たわったままである。

噂話をしながら、高倉通りを通っていく男たち。かれらの交わしているおぞましい話と、おきめはなんの関わりもないのだろうか。

小さな疑問が、ふと三郎助の胸裏をよぎった。

なにかありそうだと考えれば、近頃の彼女の挙動から、すべてがそう思えてくる。

おきめに限り、絶対になんの関わりもないと考え、思い過ごしだと信じたかった。

だが一旦、胸に狐疑《こぎ》が生じると、それは消しようもなく、次第に大きくふくらんできた。

——幼子殺し、幼子殺し。

大勢の人たちが声高《こわだか》に叫び、自分たち夫婦を激しく指弾する光景が、心に鮮やかに浮かんできた。

三郎助は両耳を手でふさぎ、狭い庭に蹲《うずくま》った。

蜻蛉《とんぼ》が飛んできて、かれの肩先にふっと止まった。

四

白川の水が、北から清らかに流れてくる。

その流れは、新橋近くの美濃屋のかたわらで大きく曲がり、やがて鴨川に注ぎ込むのであった。

夏の陽がすっかり西山に沈み、辺りに闇が這いかけていた。

「菊太郎の若旦那、団子は三十本でようございますのやな」

美濃屋の焼き場を一人で切り回している右衛門七《えもしち》が、お信が焼団子を竹皮に包み込むのを見ながら、確かめの声を座敷に投げた。

「ああ三十本、それでよいわい」

すかさず菊太郎の返事が返された。

「あなたさま、少なかったら、不都合になるかもしれまへん。少し多めに四十本としたほうが、よいのではございまへんか」

「少し多めに四十本なあ。数が足りず、工合の悪くなることを考えれば、それがよいかもしれぬ。ならばそうしてくれるか。二人ともすまぬなあ」

かれはお信と右衛門七に向かって答えた。

焼団子を大量にどこに持っていくのか。かれはそれを、これから帰る鯉屋ではなく、久松三郎助が住む御池高倉通りの長屋に持参するつもりだった。

一棟が四軒、向かい合わせて八軒の長屋のそれぞれに、一軒当たり五本ずつ配るとすれば、全部で四十本。それが確かに最も適当な数といえるだろう。

この十日余り、菊太郎は三郎助の許を訪れていなかった。

それでも父の次右衛門や異腹弟の銕蔵には、浪々の暮らしをする久松三郎助を、空席があれば、東西両町奉行所のいずれかに推挙してもらえまいかと頼んでいた。

「当人にやっとききだしたところ、美濃郡上八幡四万八千石・青山大膳亮さまの京詰めの家臣だったともうします。江戸で生れ、八歳のときから柳生道場に通い、二十二歳で柳生新陰流の免許皆伝を許され、代稽古《だいげいこ》も務めていたそうでございます。拝察いたしまするに、腕前は相当なもの。それがしが立ち合ったとて、とてもかなう相手ではないと見ておりまする。それが一旦、国許に帰され、次には京屋敷詰めを命じられたそうでござる。普段はまことに優しい人柄。町奉行所の同心として、お扶持をいただくようになれば、なにかにつけて大いに役立とうかと、それがしは思うておりまます」

菊太郎は三郎助からやっとき出した出自の詳細を、ありのままに伝えた。

「菊太郎、有能なご仁なれば、ご用人さまに推挙いたすのもやぶさかではない。されど他人の仕官はともかく、自分の将来をどう考えているのじゃ。歴代の両町奉行さまが、そなたの仕官を折に付け求められている。いっそそなたが、ご用人さまか町奉行さまにお目にかかり、その久松三郎助どのとやらの仕官を、直々《じきじき》にお願いしてみたらどうじゃ。おそらくそのほうが効果があろう」

「兄上どの、それが最善の策でございましょうなあ」

異腹弟の銕蔵が、膝をたたいていった。

「銕蔵、そなたは面倒な話を、上手に後押しする奴じゃのう。わしがご用人さまや町奉行さまにお目にかかり、直接それをお願いいたせば、なんらかの条件を付けられるに決っておる。わしと抱き合わせで、召し抱えるとかなんとかもうされ、わしは身動きを封じられてしまうに違いない。父上さまやそなたのそんな企みには、うかうか乗せられぬぞよ」

田村家にとって菊太郎の今のありようは、邪魔にはならぬものの、悩みの種であった。公事宿の鯉屋に居候をしているかれが、市中で起るさまざまな事件に関与し、巧みに解決に導いていることぐらい、歴代の町奉行や用人たちの耳にも届いている。それゆえ幾度も仕官の招請があったのだ。

だがそのたびにかれは、自分には堅苦しい勤めなどできそうもない。鯉屋の居候として世話になりながら過ごしているのが、一番似合わしいと、頑《かたく》なにそれを拒んできたのである。

「美濃屋のお信どのと祝言《しゅうげん》を挙げたとしてもか——」

次右衛門はそう畳み込んで問いかけてきた。

そのときも菊太郎は、お信には仕来《しきた》りを重んじる組屋敷暮らしなど、とてもできるものではございませぬ。それではお信の良さを損なってしまいまするると、取り合わなかった。

しばらくの間にこうした経緯《いきさつ》があったが、鯉屋の主源十郎によれば、久松三郎助登用の話は、ご用人から町奉行の耳にも届き、好ましい返事がいただけそうだという。

源十郎がそう菊太郎にきかせるからには、よほど確かな状況になっていると考えてよかった。

菊太郎は三郎助の家を、焼団子を手土産に訪れ、その話を伝えてこようと思っていたのである。

焼団子の紙包みはさすがに重かった。

それを抱えるように持ち、菊太郎は三条大橋を西に渡り、三条通りから高倉通りに足を踏み入れた。

陽がすっかり暮れ、居酒屋の軒先提灯《ぢようちん》には火が点《とも》され、辻行灯《つじあんどん》にも明かりがつけられていた。

三条通りから高倉通りを北に向かえば、すぐ姉小路通りになり、御池通りに沿って構えられる御所八幡の社叢《しやそう》が黒々と望めた。

目の前に久松三郎助が住む長屋も見えてきた。

通りに面したかれの家の庭では、竹垣に朝顔が蔓をのばし、花を咲かせ始めているはずだった。

今夜、自分が訪れ、町奉行所に仕官できそうだと伝えたら、かれはどれほどよろこぶだろう。

近頃、いつも陰鬱《いんうつ》な表情で自分を迎える妻女のおきめも、顔を輝かせて礼をいうに決っている。

ところがそう考えている菊太郎の足が急に止まり、かれは町筋の物陰にさっと身体をひそめた。

三郎助夫婦が暮らす長屋の木戸門から、おきめらしい女が小走りで現われ、御池通りに向かったのだ。

さらに腰に大小をたばさんだ三郎助の姿が、それにそっとつづいたからだった。

二人の間には、何か緊迫したものがうかがわれた。

迂闊《うかつ》にも今まで気付かずにいたが、三郎助とおきめの間に、なにかとんでもないことが起っているようすだった。

菊太郎は、三郎助の家の庭に団子の紙包みをさっと投げ入れると、御池通りを右に曲がったかれの跡を、ひそかに付け始めた。

先を行くおきめと三郎助との間隔は半町余り。菊太郎もかれとの距離を同じぐらいとり、二人に気付かれないように跡を追った。

暗くなったとはいえ、先頭のおきめの姿は、通りにぼんやり見えている。

夫の三郎助は、その彼女に気取《けど》られぬように、足音を忍ばせていた。

これはどうしたことだ。

こんな時刻、おきめはどこに行くというのだ。やはりただごとではなかった。

重い不安が菊太郎の胸の中で激しく渦巻いた。

おきめはそのまま御池通りを東に進むと、次にはやや足をゆるめ、寺町通りを右にゆっくり折れていった。

見失ってはなるまいとしてか、三郎助が足を速めた。

その動きの速さに、柳生新陰流から免許皆伝を許されただけの俊敏さがうかがわれた。

菊太郎もかれに劣らない速さで、その背を追った。

寺町通りに入ると、東は本能寺、次は天性寺、矢田寺と高塀がつづいていた。

西は寺町通りだけに、仏典を扱う書肆《しょし》が軒を連ねている。

その間に旅籠《はたご》屋も居酒屋もあった。

――おきめはいったいどこに行くつもりなのだろう。

彼女は三条通りを左に折れ、河原町通りをすぎ、高瀬川筋に向かった。

そのおきめと彼女をひっそり追う三郎助の姿をうかがい、菊太郎ははっきり異常を感じた。

高瀬川の手前に、「うどん」と白地に黒く染め出された暖簾を下げた店があった。

その近くでおきめはようやく足を止めた。

彼女のそばに近づいて見た者ならわかるだろうが、おきめの両の眥は釣り上がり、明らかに憑依者のものとなっていた。

彼女は頭から乱れ落ちる幾筋かの髪を口で嚙み、三条河原町と高瀬川の間を南北に貫く路地に、そっと身を隠した。

うどん屋の表戸が開き、六、七歳の小女が、岡持ちを持って現われたのはすぐだった。

まだ宵の口。六、七歳の小女ともなれば、得意先に岡持ちを提げて配達に行くのは、さして珍しい光景ではなかった。

おきめはその小女が自分の隠れる路地の前を通りすぎるのを待ち、彼女になにか声をかけたようだった。

小女が岡持ちを路地に置き、奥に向かった。

久松三郎助が地を蹴って走り、菊太郎ももう隠れようとはしなかった。

腰の刀を手で押え、雪駄《せった》の音をさせて走った。

「きゃっ——」

路地の奥から小さな悲鳴が上がり、すぐそれが絶え、どたっと鈍い音がひびいた。

「おきめ、そなたなにをいたしたのじゃ」

狭い路地に駆け込み、三郎助が妻に怒鳴った。

路地には小女がぐったりと横たわっていた。

「あ、あなたさま、わ、わたくしはなにも——」

蹌踉《そうろう》と立ち上がったおきめは、自分に罵声《ばせい》を飛ばしてきたのが、夫の三郎助だとわかると、はっとしたようすで答えた。

その路地を抜け、高瀬川のほうへと走った。

彼女はうどん屋の暖簾を見た途端、憑依者の勘から、そこからそのうち小女が出てくるのを察したのである。

自分の愛娘は死んでしまった。

だが世間では、多くの幼い子どもたちが明るく元気に生きている。

今頃、お登勢はあれぐらいに育っているはずだ、どうしてあの子はお登勢ではないのかと思うと、赤い怒りがおきめの胸の中でいきなり弾けた。それははっきり殺意であった。

見るみるうちに皆が釣り上がり、形相が変わってくる。

相手の子どもを絞め殺したときには、自分がいったいなにをしたのか、おきめはほとんど記憶していなかった。深い霧の中でも独りでさまよっている感じだった。

身体だけが無性に寒く、がたがたと震えた。

一昨日も、その前もそうだった。

夜出歩くようになって、まだ五日も経っていないが、岡持ちを提げた少女を襲ったのは、夜歩きを始めてから二度目だった。

「おきめ、逃げても無駄じゃ」

三郎助の鋭い叱咤《しった》が、彼女の足をそこにぐっと釘付《くぎづ》けにした。

人通りはほとんどなかったとはいえ、三郎助の裂帛《れっぱく》の声をきいた人々が、あちこちから姿をのぞかせた。

「三郎助どの、早まられてはなりませぬぞ。それがしは田村菊太郎でござる」

菊太郎は三郎助に大声で叫んだ。

「おきめ、そなたはいま、そこの路地でなにをいたしたのじゃ」

三郎助は菊太郎の言葉には反応せず、その場にへたへたと坐り込んだおきめに、厳しい声で問いかけていた。

路地ではおきめに首を絞められた小女が、駆け付けた町の人たちに抱え起され、安否を確かめられている。

「おい、しっかりするんじゃ。死んだらあかんで――」

誰かが小女の頬《ほお》を叩いて呼びかけていた。

「こら、あかんわい。気の毒にもう死んでしもうてる。あの女、気が変になっているんじゃ。この春から四、五歳の女の子たちが、あちこちで絞め殺されているけど、きっとすべてあの女子の仕業に違いあらへん」

その声は、おきめを険しい目で睨み下ろしている三郎助の耳にも届いていた。

高瀬川を目の前にした路上で、おきめは裸足のまま坐りこみ、うなだれていた。

「おきめ、わしはそなたがなにをいたしたかと、たずねているのじゃ」

三郎助はまた大声で詰問《きつもん》した。

「わ、わたくしはなにもいたしておりませぬ」

「なにもいたしておらぬのだと。わしは今更ながらやっと気付いたが、このところ京を騒がせている幼子殺しは、そなたの仕業じゃな。本能寺の地蔵堂で、小間物問屋の子守りと背中の赤子を殺したのもそなた。なんでさように酷《むご》いことをいたすのじゃ。どのように嘆いたとて、お登勢はもう戻ってはこぬのじゃぞ」

三郎助の顔は悲痛に歪んでいた。

「わ、わたくしは、わたくしはなにもいたしておりませぬ」

「ええい、この場に及んでさような戯言、わしはきく耳を持たぬわ。そなたはおのれのいたしていることがわからぬのか――」

三郎助は険しい声で叫んだ。

二人を集まった人たちが、遠巻きにして見ている。重い沈黙が辺りにただよい、誰もが固唾《かたず》を飲んでいた。

事態の深刻さに、菊太郎も呆然と立ち尽くしてしまった。

遠くで下っ引きの吹く呼子笛が鳴っていた。

「あなたさま、わたくしはいったいなにをいたしたのでございましょう。どうぞお教えくださりませ」

「そ、そなたは、おのれがわからなくなっておるのか。不憫な奴じゃ。そなたはお登勢に死なれた後、何人もの幼い子どもの命を奪ってしまったのじゃわ。それにもっと早く気付いてやれず、またそなたの哀しみの深さを察してやれなんだわしを、どうぞ許してくれ」

久松三郎助はかがみ込むと、両手でしっかりおきめを掻《か》き抱いた。

「あ、あなたさま、わたくしは――」

「おきめ、もうなにももうすまい」

ひしと抱き合った二人の目から、滂沱《ぼうだ》と涙があふれ出ていた。

「されどもなあ、どんな理由があろうとも、世間はわれら夫婦を決して許してはくれまい。また永劫《えいごう》、許されぬ罪をわれらは犯してしまったのじゃ。おきめ、覚悟はできておるな——」

三郎助はおきめの身体から手を離して立ち上がると、さっと腰刀を抜いた。

彼女の右肩から胸にと、無言でざっくり斬り下ろした。

菊太郎が制止する隙もない素速さであった。

夜目にも真っ赤な血が、噴き上がるのがわかった。

「わあっ、えらいこっちゃ」

「こら、どうにもならへんがな」

二人を遠巻きにしていた人々が、驚いて後ずさった。

菊太郎にも思いがけない展開であった。

だがその驚きはさらにつづいた。

三郎助が血を噴いて倒れ込んだおきめの前に正座し、きものの袖《そで》をびりびりと裂き、おきめを斬った刀にそれを巻き付けたのだ。

菊太郎は、三郎助の次の行動を制止しようと、あわてて駆け寄った。

「武士の情けでござる。お止めくださるまい——」

三郎助は冷たい顔と声で断固いうと、胸から腹をくつろげ、がっと刀を腹に突き立て、それをぎりぎりと右にと引き廻した。

「さ、三郎助どの——」

「た、田村どの、い、委細はいまご覧召された通りでござる」

かれは大きく息を喘《あえ》がせていた。

刀を握った手はもう少しも動かず、三郎助は切迫した息をつき、苦しそうだった。

「たむら、菊太郎どの、お、お願いがござる」

切れぎれな声で三郎助が頼んだ。

「三郎助どの、遠慮なくもうされよ」

「ご介錯《かいしゃく》をお願いいたせまいか――」

かれの腹部から臓腑《ぞうふ》があふれ出ていた。

「うむっ、承知、承知いたした」

菊太郎は瞬時に決意すると、かれのそばから立ち上がった。

腰の刀を抜き、足許を固め、やあっと鋭い気合を迸《ほとばし》らせた。

「ああっ――」

周りの人々から驚嘆の声がもれた。

三郎助の首が、辻行灯に照らされる路上に、血を噴いてころりと転がった。

「南無阿弥陀仏、南無阿弥陀仏――」

唱名《しょうみょう》をとなえる声が、どこからともなくわき起った。

このとき人垣の中から、あれはとの声がきこえた。

おきめと三郎助が倒れた高瀬川に近い草叢《くさむら》から、二匹の蛍が闇の空にゆっくり飛び上がっていったのである。

「あれは蛍。きっと、三郎助どのとご妻女どのの魂に相違あるまい」

菊太郎のつぶやきが、周りの人々を粛然とさせた。

——いとおしや　人魂《ひとだま》となる蛍かな

哀惜をこめた一句が、菊太郎の胸裏でひらめいた。

「南無阿弥陀仏、南無阿弥陀仏——」

高瀬川の水音がそれに和してひびいていた。

雨月の賊

一

縄手道《なわてみち》を横切る白川橋の流れのそばで、すすきが穂を出していた。

比叡山の麓の辺りから、祇園の待合茶屋や小料理屋などの脇まで流れ下ってきた白川は、縄手道で水量を増し、一挙に鴨川に注ぎ込むのである。

縄手道は建仁寺通りとも呼ばれているが、南に向かうと、やがて伏見街道と名を改める。それだけに一日中、荷駄の往来もさかんで、一膳飯屋や居酒屋なども構えられ、なにかと賑《にぎ》やかであった。

夕刻だというのに、白川橋のかたわらで飴細工《あめざいく》売りが、子ども相手に小さな屋台を出していた。

「おっちゃん、わし蛸《たこ》の細工飴がほしいねん」

男の子の一人に頼まれると、飴細工売りは細竹の上にのせた白い米飴で、巧みに蛸の形を捻《ひね》り上げ、手鋏《てばさみ》でその一部をちょんちょんと切り、八本の足を作り出した。

その後、細竹を吹いて蛸に空気を入れてふくらませ、色紅で色をほどこした。

「そしたらうちは、お多福はんにしてくんなはれ」

「うち、可愛らしい兎《うさぎ》がほしいねん」

「わしは恐ろしげな八岐大蛇《やまたのおろち》がええわい」

飴細工売りの屋台を取り囲んだ子どもたちが、次々と注文を寄せていた。

「一日中、子どもたちの注文に従い、あれやこれやと飴細工を捻っているのも難儀やで。そやけどなにを頼まれたかて、さすがにだいたいのものをすぐ作りよるのやなあ」

「まあ、わしらが馬一頭で工夫をし、なんでもかんでも運ぶみたいな工合やろ」

「あれっあの飴細工屋、お多福はんの顔を作るのに、指に唾《つば》を付けよったがな」

「そら、飴はくっ付きやすいさかい、粉だけやなしに、唾ぐらい使いよるやろ。そんなん、どうもあらへん。当然のこっちゃ」

すぐ近くの居酒屋の軒先で、二人の馬方《うまかた》が湯呑《ゆの》み酒を飲みながら、飴細工売りを眺めていた。

馬方とは、客や荷物を駄馬を用いて運ぶ業《ぎょう》の人々をいい、馬子《まご》とも呼ばれていた。

「暑い夏がすぎ、これからは秋。ちょっとだけええ季節で、楽に仕事ができるけど、すぐまた寒い冬になるのやなあ。今日は荷主に文句を付けられ、面白うなかった。気分直しにもう一杯、飲もうやないか」

「おまえは一日の仕事を終えると、その都度、なにかと理由を付け、この居酒屋で酒を飲むのやなあ」

「湯呑み酒の二、三杯ぐらい飲まんことには、馬方なんかやってられへんわい」

「膏薬《こうやく》と理屈はどこにでも貼り付くというさかい、おまえの酒はそれなんやわ」

「わしはそれほど意味があって、いうてるんやないねんで」

「いや、わしになんか別に、文句を付けたそうに見えるわ。さあ、それをいうてみ」

馬方の一人が、もう一人の胸座《むなぐら》をぐっと摑《つか》んで迫った。

「湯呑み酒を一、二杯飲んだだけで、わしにそない絡《から》まんといてえな」

相手から迫られた大人しそうな馬方が、このとき南の四条通り（祇園社参詣《さんけい》道）のほうを見て、あっと小さな声を上げた。

「ど、どないしたんじゃ」

胸座を摑んでいた男が、手はそのままに振り向いた。

激しい馬蹄《ばてい》の音が耳に届いてきた。

縄手道を歩いていた人々が、あわてて道の両側に難を避《よ》けていた。

「暴れ馬じゃ――」

「蹄《ひづめ》にかけられたら、えらい怪我《けが》をするぞよ」

人々が恐れ戦《おのの》いて叫んでいる。

荒々しい奔馬の鼻息まできこえてきそうであった。

丁度、田村菊太郎は祇園・新橋の「美濃屋」から、白川沿いの道をたどり、公事宿の「鯉屋」に戻ろうとしていた。

「こら、どうにもならんがな」

誰かがこう叫ぶのにつれ、かれは手土産の団子の包みを放り投げ、いきなり走り出した。

縄手道の飴細工売りに、五、六歳の幼い女の子が道を横切って近付こうとしているのを、目にしたからだった。

このままでは、女の子が狂奔してくる暴れ馬に蹴《け》られ、大怪我をする。

菊太郎は奔馬と自分に叱咤の声を飛ばし、とにかく走った。

「おのれっ――」

荒々しい気配が届いてくる。

危機一髪、危険は髪の毛一本ほどわずかな差のところまで迫っていた。

馬の蹄の音がさらに大きくひびき、幾つか悲鳴さえきこえてきた。

すぐにでも女の子は馬の蹄にかけられる。

早くも目を強くつぶる女たちの気配すら、菊太郎には感じられた。

このとき、菊太郎の目前で思いがけないことが起った。

居酒屋の軒先から飛び出してきた年寄りの男が、狂奔してくる馬の首に青い竹竿《たけざお》をぐっと突き付けたのである。

馬は前脚を大きく上げて立ち止まり、鬣《たてがみ》を打ち振り、後ろ脚からどすんと路上に崩れ落ちていった。

菊太郎はなおも鬣を振っているその馬の上を跳び、男の前にようやく立った。

「お見事、お見事なお手並みじゃ。そのお歳《とし》でたいしたものよ」

かれの口から思わず賞賛の声が迸《ほとばし》った。

馬は縄手道に大きな身体を据えたまま、ぶるっと顔を震わせ、いま自分になにが起ったのか、わからないようすだった。

「お褒めのお言葉、かたじけのうございます。旦那にこんなところを見られてしまうとは、思いもしまへんどしたわ。昔取った杵柄《きねづか》、身体が勝手に動いてしまうんどすなあ。これはもう年貢の納めどきかもしれまへん。どうぞ、お縄にしておくんなはれ」

男は周りに目を投げ、両手首をそろえて菊太郎に差し出し、小声で告げた。

心底から殊勝な態度であった。

古びた縞のきものの裾をまくり、薄汚れた紺股引《ももひき》をはいている。どこかで見た覚えのある銭差し売りであった。

銭差し売りは、穴明き銭に縄を通して百文、二百文とまとめておくその縄紐《ひも》を売り歩く商い。

改めてその顔を見ると、やはりかすかに記憶があった。

東町奉行所の同心組頭を務める異腹弟の田村銕蔵と、ともに歩いているときに出会ったに相違なかった。

男は菊太郎を、町奉行所の同心目付とでも思っているようだった。

それから、飴細工売りに近付きかけていた女の子の泣き声がわあっと起り、辺りの緊張がほっとゆるむのが感じられた。

どこからか走り出てきた三十すぎの女が、その女の子を抱き締め、銭差し売りと菊太郎のそばにきて、幾度も礼をいい頭を下げた。

飴細工売りが飴を捻るのも忘れ、こちらをぽかんとした顔で眺めている。

かれを取り囲んだ子どもたちも同じだった。

「おおきに、ありがとうございました。こいつ、なにに驚いて走り出したのかわからしまへんのやけど、とにかく怪我人も出さんと、こいつを止めておくれやして、ほんまに助かりました。こいつも幸い、脚一つ折っておりまへんわ」

馬の持ち主らしい馬子が、男と菊太郎にぺこぺこと頭を下げ、礼をいった。

「そなたの馬を無疵《むきず》でお止めになったのはこのご仁。わしなら馬の脚を叩き斬っていたであろう。馬にもそなたにもよかったわい」

菊太郎はまた銭差し売りの男を褒め称えた。

「ほな旦那、あっちに戻りまひょ」

男は菊太郎を居酒屋の軒先に誘《いざな》った。

そこでは、先程まで湯呑み酒をもう一杯、飲むかどうかで口争いをしていた馬子の二人が、呆然とした顔で床几《しょうぎ》から立ち上がっていた。

その周りには、穴明き銭を通す縄紐が散らばったままだった。

それを二人で片付け、店の中に入った。

飯台に向き合い、床几に腰を下ろした。

「そなた先程わしに、確か年貢の納めどきかもしれまへんともうしたのう」

「へえ、そうどす。幸い、わしには女房子どもはいてしまへん。そやさかい、こそこそ暮らしているより古い悪事をすべて吐き出し、それでもまだ命があるんどしたら、真正直に生きたいと思うてます。旦那に正体がばれたいまが、そのときどっしゃろ。なにもかも白状し、いまはすっきりしとうおす。それがもう一番どすわ」

「そなたはさようにもうし、わしを何者だと思うているのじゃ」

「何者といわはりまして、東町奉行所の同心組頭さまを叱り付けてはるのを、見掛けましたさかい、東町奉行所の同心目付さまでございまっしゃろ」

「どうせそうではないかと思うていたが、それはそなたの大間違いじゃ」

菊太郎は微笑して答えた。

居酒屋の主《あるじ》に頼んでいた銚子《ちょうし》と泥鰌《どじょう》の蒲焼《かばや》きが、二人の前に並べられた。

「わしの大間違いでございますと――」

かれは怪訝《けげん》な表情で菊太郎の顔を見つめた。

「まあ、一杯飲むがよかろう。ここの泥鰌の蒲焼きは旨いらしいぞよ」

菊太郎はいいながら銚子を持ち上げた。

「へえ、いただかせてもらいます」

頭を軽く下げていい、男は猪口《ちょこ》（盃《さかずき》）を菊太郎に差し出した。

「ときに、そなたの名はなんともうすのじゃ。わしは田村菊太郎というのじゃが——」

「わしの名は次郎兵衛《じろべえ》どす。尤もこれは仮の名前で、二十年ほど前までは、赤疱《あかあざ》の安五郎《やすごろう》と呼ばれていた盗賊の頭《かしら》でございました。それに相違ございまへん。旦那、これを見とくれやす」

かれは右袖をまくり、二の腕の奥を見せた。

そこには小判一枚ほどの濃い赤疱が、くっきり盛り上がっていた。

「なるほど、盗賊の頭で赤疱の安五郎。いまは銭差し売りの次郎兵衛ともうすのじゃな」

「その通りでございます」

かれは菊太郎にうながされ、猪口の酒をぐいっと飲み干した。

「わしは赤疱の安五郎より、銭差し売りの次郎兵衛の名前のほうが好きじゃな。赤疱の安五郎とは、いまのそなたらしくないのでなあ」

「旦那、そないいわはりましても、わしはかつて、人さまが夜も眠らんと汗をかいて稼いだ金を、横着に脅し取ってきた不埒《ふらち》な盗人《ぬすっと》どしたんや。人を殺したり女子はんを犯したりだけは、手下にも決してさせしまへんどしたけどなあ。次郎兵衛という名前は、やっぱりわしには似合わしまへん。今更、悔いても仕方ありまへんけど、わしは旦那に目を付けられたのを好機と考え、盗賊赤疱の安五郎として、御用になりとうおす。お裁きを受け、きれいさっぱりした身となり、あの世にまいりとうおすわ。どうぞ、そうしておくんなはれ」

「そなたのいまの話、自分が赤痣の安五郎だったことを、自慢しているようにきこえないでもないぞよ。そなたが昔、盗賊として稼いでいたことはわかったが、それでその後、手下たちはいかがしたのじゃ。それをわしに話すがよかろう」

菊太郎は飲み干されたかれの猪口と、自分のそれにもなみなみと酒を注《つ》いだ。

「わしが堅気《かたぎ》になろうと決めたとき、盗んで貯めていた金を、わしを含めた六人の仲間で、公平に分けました。これは人さまが汗水垂らして稼いだありがたい金や。今後はまっとうな仕事につき、少しでも人さまのためになるように、使わせていただかなあかんと誓い合い、別れました。五人の手下は近江《おうみ》や丹波《たんば》、また若狭《わかさ》などからこの京へ奉公にきて、少しぐれた奴ばかり。親分のいわはる通りでございます。以後は決して悪い道には足を踏み入れしまへんといい、みんな国許に戻っていきました。その後、正業についてます」

「赤痣の安五郎、昔、そんな盗賊がいたという話を、わしもかすかに耳にした覚えがある。わしは仔細があって長い間、京を留守にしており、戻ってからはその名を全くきいておらぬ。そなたたちが稼いでいたのは、ほんの三年ほどじゃな」

「へえ、さようでございます。長期間、盗人稼ぎをしていると、心にも盗みにも、また暮らしにも荒れが表われます。仲間割れなんぞが生じ、やがては碌《ろく》なことにならしまへん」

「それは極めて賢い思案じゃ。それで盗んだ金を分けて国許に戻った男たちは、以降、まっとうな稼ぎようをしているのじゃな」

居酒屋のほかの客たちの耳もあり、菊太郎は小声でたずねた。

「それどしたら大丈夫でございます。十年ほど前、近江の膳所《ぜぜ》から京の室町へ、呉服の仕入れにきたという元の手下の一人と、町中《まちなか》でばったり出会いました。ほかの四人の消息をききましたけど、みんな堅気の商いをしているそうどす。若狭の小浜《おばま》城下から、京の紅花問屋へ奉公にきていた若い佐太郎《さたろう》なんぞは、堅い鍛冶屋《かじや》へ弟子入りしたとか。その当時には、親方から信頼される職人になっているときかされました」

次郎兵衛は幾分満足そうな笑みを、陽に焼けた顔に浮かべた。

「ところで、そうもうすそなたは、どこからこの京へ奉公にきたのじゃ。生れは京ではあるまい」

菊太郎の目が、思いなしか鋭くなっていた。

「はい、生れは丹波の篠山《ささやま》。焼き物が好きで、京焼きの職人になるため、清水《きよみず》の窯元へ十四のとき奉公に上がりました。その折の約束では、窯元《かまもと》で働きながら焼き物を学ばせてもらうことになってましたけど、それは全く守られしまへんどした。窯元の旦那はわしが轆轤《ろくろ》を習いたい、絵付けをしてみたいというても、ええ顔をせんと、窯場働きばかりを十五年余りさせました。わしの家は貧乏な農家。前借が五両もあったそうどす。それで仕方なく働いてましたけど、毎日が不満でなりまへんどした」

「丹波は京焼きの祖ともうしてもよい有名な野々村仁清《ののむらにんせい》さまが生れた国。丹波の立杭《たちくい》は、古くから焼き物の産地だったわなあ」

「へえ、そこでわしは一人前の陶工になるため、思い切って窯元を辞めたんどす。そやけど、世の中はわしが考えたように、甘いものではありまへんどした。働いていた窯元の旦那が、清水だけではなしに、粟田口《あわたぐち》にまで回状を廻し、あることないことわしの悪口を書き連ね、どこにも奉公ができんようにしてしもうたんどす。わしはすでに三十をすぎてました。どうしようもなく、伝《つて》を頼って尾張《おわり》の瀬戸へいき、腕のええ職人の許で働くことになりました。けど三十をすぎてたら、覚えも悪おす。ぐずだの鈍《どん》だのと叱られつづけ、ついには辛抱できんと、再び京に舞い戻ってきました。錦小路の青物問屋で、下働きをし始めたんどす」

次郎兵衛は麩屋町《ふやちょう》の青物問屋「八百富《やおとみ》」で必死に働いた。

——自分のどこに間違いがあり、これほど大きく人生の道を踏みはずしてしまったのだろう。だが、それはどう考えても自分のせいではなく、世の中の人々が自分に理不尽を強《し》いてきたためである。

それでもかれは、八百富の向かいの乾物屋に奉公するおみやという娘と親しくなり、貧しいながら世帯《しょたい》を持った。娘を一人授かり、七年余り、穏やかな暮らしをつづけた。

ところが強風の吹く中、町内で火事が起り、逃げ遅れたおみやと六つになったばかりの娘のおゆうが、焼け死んでしまった。

二人を荼毘《だび》に付した後、かれは焼けた長屋の跡に呆然とたたずんだ。

丹波の篠山を後にしてからの二十年余りの歳月が、哀しく胸に去来していた。

――まっとうに生きようとしてきたつもりやけど、世間や神仏がわしにそうさせてくれへん。そうなら、とことん悪になったろうやないか。

かれは胸で嘯《うそぶ》き、似た者同士として懇意にしていた正助《しょうすけ》と佐太郎の二人に、まず相談を持ちかけ、盗賊となったのである。

かれを含めた六人とも、世間で辛酸を舐《な》め苦労してきただけに、どこの盗みも上手《うま》く運んだ。

赤痣の安五郎の名は、盗賊仲間の間で次第に知られてきた。

「盗みに入るとき、わしはいつもふくみ綿をし、頰かぶりをしてました。また押し入ったお店《たな》から、有り金をすべて盗み取るような非道なことは、一度もしまへんどしたわ。そないにして稼ぎながら、常に足の洗いどきを考えてましたなあ」

こうして世間でいくらか有名になった盗賊赤痣の安五郎の一党は、解散してしまったのである。

「それから神さまや仏さまは、親分面《づら》をしてたわしだけに、罰《ばち》を当てはったんどっしゃろ。どんな商いをしてもすぐ駄目になり、商いがやっと軌道に乗ったかなと思うと、奉公人に金を持ち逃げされたり、あげくは悪い病気に罹《かか》って寝込んだりする始末。いまでは人相もすっかり変わり、しがない銭差し売りどすわ。お裁きを受けてあの世に往《い》ったら、女房のおみやから、そやさかい正直に生きなあきまへんというてましたやろと、小言をいわれるのが落ちどっしゃろ。そやけど、おみやと娘のおゆうは極楽に、わしはいずれにしたところで、地獄にいくんどすさかい、小言をきかされることもありまへんやろなあ」

ここで次郎兵衛は寂しそうに笑った。

「次郎兵衛、そなたについてあらましはわかった。さればわしの話もきいてもらわねばならぬ。そなたはわしを、町奉行所の旦那だと思い込んでいるようだが、先程ももうした通り、それは大間違いじゃ。わしは異腹弟の銕蔵ともうす男を、叱り付けながら町を歩いていた覚えがあり、そなたはおそらくその姿を見たのであろう。まことのところ、わしは父の東町奉行所同心組頭の田村次右衛門が、祇園の女子に産ませた庶子でなあ。実母が亡くなった後、組屋敷に引き取られ、家督を継ぐため義母の手で大切に育てられた。されど弟の銕蔵に家督を継がせたいと、蕩児《とうじ》を装って京から出奔し、江戸や各地を遍歴したうえ、ようやく京に戻った次第じゃ」

菊太郎は猪口にまた酒を満たしてつづけた。

「いまは父の世話で渡世株を買い、大宮姉小路で公事宿を営む『鯉屋』で、居候《いそうろう》をいたしておる。されば昔はどうあれ、いまではまっとうに暮らすそなたを、町奉行所に引き渡すことも、異腹弟の銕蔵に告げ口する気も全くないわい。町奉行所のお裁きにもな、お調べ停止（棚上げを含む時効）ともうすものがあり、そなたの犯した罪は、おそらくお調べ停止にされていようよ。小さな盗みや博奕《ばくち》、押し込みでも人を殺したり女子を犯したりしていなければ、やがては自ずとさように処置されるのじゃ。町奉行所とて多くの事件を、いつまでも抱え込んではおられぬからよ。尤も罪が明らかとなれば、それなりに罰せられるがなあ。そなたはもう堅気として生きているのだ。敢《あ》えて事を表沙汰《おもてざた》にいたすこともあるまい」

菊太郎は諄々《じゅんじゅん》と次郎兵衛にいってきかせた。

このお調べ停止については、各藩や町奉行所でも差異があり、一概にこうだと決められない。だが京都町奉行所ではそうだった。

元盗賊の次郎兵衛は、唖然《あぜん》とした顔で菊太郎の話をきいていた。

「ここの払いはわしがいたしておこう。そなたがどこに住んでいるのか敢えてたずねぬが、それでも困ったことがあらば、公事宿の鯉屋にまいるがよいぞ。なんでも相談に乗ってつかわす」

床几から立ち上がり、菊太郎がいった。

縄手通りはすでに薄暮に包まれ、あちこちのお店の軒提灯《のきぢょうちん》には火が点《とも》されていた。

二

鯉屋の中暖簾《なかのれん》をくぐり、自分の居間に入った。

腰の刀をまず刀架に据えた。

菊太郎の目は、自ずと床にかけられた画幅に向けられた。

——おやっ、軸が取り替えられているのじゃな。

かれは床の前に胡坐《あぐら》をかき、そこに下げられた画幅に見惚《みと》れた。

それほど魅力を感じさせる絵であった。

枯れ蘆《あし》の中に三羽の鴨が描かれている。

「菊太郎の若旦那さま、お茶を一ついかがどす」

声とともに障子戸が開き、正太の姿が現われた。

「まことはお茶ではなく、お酒気《ちゃけ》だろうな」

「いいえ、ほんまのお茶どすわ」

菊太郎の顔をうかがいながら正太が答えた。

「なんと、ただのお茶か。誰が持ってまいれともうしたのか知らぬが、随分、気の利かぬ奴じゃのう」

「そないいわはったのは、お店《たな》さまではのうて、旦那さまどす」

「なにっ、源十郎の奴だと——」

「へえ、旦那さまは、若旦那さまは美濃屋に居続けて酒ばかり飲んでいたはず。これ以上、酒は身体によくないというてはりました」

「さよういわれたら、鯉屋の居候として、返す言葉もないわい。源十郎はあれでもわしの身体の工合を、案じていてくれるとみえる」

「菊太郎の若旦那さま、そのお言葉は少しひどおっせ。この鯉屋で若旦那さまのお身体を案じへん者は誰もいてしまへん」

「正太、そなたもか——」

「勿論どすがな。今夜はなにをひねくれてはるのか、日暮れに帰ってくるなり、それはございまへんやろ」

「そなたもこのわしに、大きな口を利くようになったものだのう」

菊太郎はお盆から筒茶碗を取り上げ、一口、口を湿らせ、正太に笑顔を向けた。

「そらうちも、この鯉屋へ丁稚奉公にきて、もう長おすさかいなあ。何事もへいへいと相手のいいなりでは、将来、立派な公事師にはなれしまへん。正しいと考える自分の意見ぐらいいわせてもらわな、成長できへんと思われしまへんか」

「これはまいった。全くその通りじゃ」

「若旦那さま、うちの生意気な言葉を、気を悪うせんときいてくれはり、ありがとうおす。床に置いた刀で、ばっさり斬られるのやないかと、少し案じてましたわ」

正太は苦笑いしていった。

「わしにそんな度胸があるとでも思うているのか」

「そうどすわなあ。悪い奴を斬るならともかく、身内同然のうちが、生意気をいうたからといい、刀で脅さはるほど、若旦那さまは無分別ではありまへんわ」

「そなた、口にかけてはもう立派に一人前じゃわい。ところで床の画幅、誰が掛け替えてくれたのじゃ」

三日前、かれが出かけるときには、円山応挙《まるやまおうきょ》の描いた「朝顔図」がかけられていた。それが別な画幅に替わっている。

「お店さまが今日辺り、若旦那さまがお帰りになるのやないか、この季節になにがふさわしいやろとつぶやかれながら、掛け替えてはりました。枯れ蘆に鴨、なかなか工合のええ絵どすなあ。うちの田舎は近江の堅田《かたた》。秋にはこんな光景を見て育ちました。この絵はどなたはんが描かはったもんどす。ご存じどしたら教えてくんなはれ」

正太は絵を眺めながら、真面目《まじめ》な顔でたずねた。

「この絵は、幕府の御用絵師・狩野探幽《かのうたんゆう》さまの四天王の随一と称された久隅守景《くすみもりかげ》さまが描かれたものじゃ。狩野派は始祖正信《まさのぶ》さまの時代から、室町幕府の御用絵師となり、水墨画を武家階級の好みに近づけることで、独特のその画風の基をひらいた。しかしながら当時、狩野派の絵師にくらべられる絵師たちは、綺羅星《きらぼし》のごとくいたわい。一派を立てんとしたそれらの画派を蹴散らし、徳川幕府の御用絵師としての礎《いしずえ》を確固として築いたのは、探幽さまとその弟の尚信《なおのぶ》、安信《やすのぶ》さまたちじゃ。探幽さまは鍛冶橋《かじばし》狩野の祖となられ、弟たちもそれぞれに一門を構え、幕府で用いられる絵事《かいじ》は、狩野諸家一辺倒のありさまとなった。全国の大名は、狩野派の弟子を召し抱えたり、家中《かちゆう》の絵師を江戸に送り、狩野派の絵を学ばせたのじゃ。そうなると、次にはいったいなにが起ると思う」

「そんなん、いきなりたずねられたかて、うちに答えられる道理がおまへん。そやけど考えてみると、全国の大名の許に、狩野家の息のかかった絵師たちが抱えられていたとすれば、あらゆることが江戸に筒抜け。どんな小藩の家中で起った出来事でも、その絵師から江戸の狩野家に伝えられ、御用絵師の狩野本家から、さらに幕府のご老中さまたちの耳に、難なく届きますわなあ」

「偉い、その推察見事じゃ。連綿とつづく徳川幕府の安泰は、万端に警戒を怠らぬゆえ、いまに受け継がれているのじゃ。敵情を探る忍びとか、お庭番とかもうす輩《やから》も確かにいるようじゃ。されどさような輩だけを用い、複雑な政治の大事が図れるものではなかろう。幕府の機構は、まこと巧妙に作り上げられておるわい」

「うちは漠然と考えたにすぎまへんけど、なるほど、そんなものどすか。それで探幽さまの四天王の一人といわれた久隅さまとやらは、どないされたんどす」

「久隅守景さまは、規矩《きく》にはまった狩野派の絵を描くのを、あまり好まれなんだ。農村の風景や町の風俗など、清新な絵を好んで描かれ、やがては江戸を離れて加賀に赴《おもむ》かれたときいている。亡くなられたのはこの京でじゃ。八十八歳の高齢だったともうす。わしが見るところ、この絵はおそらく晩年に描かれたものだろうよ」

絵を見て菊太郎はなにを思い出したのか、浮かぬ顔付きになっていた。

「菊太郎の若旦那さま、どうされたんどす」

「どうもしておらぬが、わしは美濃屋からもらってきた団子を、どこに置き忘れたのだろうなあ。店に戻ったときには、もう持っておらなんだのう」

「はい、お持ちではございまへんどした」

「それではあの居酒屋に忘れてきたのかな」

「居酒屋、そしたら若旦那さまは、美濃屋から鯉屋に戻る途中で、すでに一杯飲んできはったんどすか。旦那さまはそれがわかってるさかい、お茶がいいといわはったんどすな」

菊太郎は暴れ馬が狂奔してきたとき、幼い子どもを助けに走るため、団子の包みを白川のかたわらに投げ捨てたのを、すっかり失念していた。

銭差し売りの次郎兵衛と別れ、鯉屋に向かいながら、なにかと不運つづきだったかれのことばかりを考えていたのであった。

このとき、表からあわただしい声がひびいてきた。

「お信、お信はんではございまへんか。そんなに急いでどないされました」

まだ帳場にいた吉左衛門の声だった。

「美濃屋のお信はん――」

源十郎が立ち上がった気配だった。

祇園の新橋からここまで小走りできたのか、お信の荒々しい喘ぎがきこえてきた。

「お信はん、何事が起ったんどす」

源十郎が彼女にただしている。

店の奥からお多佳までが姿を現わした。

「鯉屋、鯉屋の旦那さま、菊、菊太郎の若旦那さまはお戻りでございますか——」

お信が息を継ぎながらたずねるのをきき、菊太郎はすっくと立ち上がった。

「はい、若旦那さまは先程、お帰りになりましたが、それがなにか——」

源十郎が怪訝そうにきき返した。

「そうどしたら、ああよかった——」

お信はまだ喘ぎながら、やっと安堵《あんど》の声をもらした。

「お信さま、お水を飲まはりますか」

手代の喜六が、水をなみなみと満たした茶碗を、彼女に差し出した。

「ありがとうございます」

お信はかれに一言いい、茶碗を受け取ると、喉《のど》を鳴らしてそれを飲み干した。

「お信、どうしたのじゃ」

そこへ菊太郎が現われた。

「菊太郎の若旦那さま——」

鯉屋の広い土間に膝をつき、お信はかれの姿を仰いだ。

茶碗が土間に転がった。

「そないにたずねはったかて。若旦那さまが店を出ていかはって間もなく、縄手通りを暴れ馬が走って大騒動。幼い子どもが蹴られそうになったとき、突然、お武家さまが走り出《い》できて、馬に蹴倒されたとの噂をききました。そのお武家さまは、もしかすると菊太郎さまではなかったかと思い、こうして案じてきたんどす。ご無事で安心いたしました」

「なるほど、そなたが鯉屋に駆け付けてくれた仔細がよくわかった。礼をもうすぞよ」

「お礼なんかいうてもろうたかて――」

お信にしてみれば、鯉屋の人々の目があるにしても、大丈夫だと強く抱いてほしかった。

勿論、それができないぐらいわかっていた。

「若旦那、素知らぬ顔で店に戻ってきはりましたけど、途中でそんな騒動が起ってたんどすか。そないなことは、少しぐらいきかせてもらわなかないまへんなあ。わたしにも次右衛門の大旦那さまや、銕蔵の若旦那さまへの手前がありますさかい」

源十郎が不服顔で苦情をのべた。

「お信さま、まあそんなところに膝をついてんと、ひとまず部屋に上がっとくれやす」

お多佳がお信に勧めた。

「白川に沿うた道から、縄手通りに出る場所でな、飴細工屋が客の子どもたちのため、蛸などの細工物を拵《こしら》えていたのじゃ。そこへ道を横切り、幼い女の子が歩いてきた。そのとき、なにに驚いたのか一頭の暴れ馬が、猛然と走ってきたのよ。辺りには悲鳴が満ち、往来の人々は道の両側に難を避けたわい。わしは咄嗟《とっさ》に暴れ馬を止めようとして飛び出した」

ここまでいい、菊太郎はあっと小さな声を漏らした。

お信が用意してくれた団子の包みを、ここで投げ出したことを、不意に思い出したのである。

「菊太郎の若旦那さま、どないしはりました」

「いや、なんでもない。ちょっとしたことで、それは後からもうす。わしが暴れ馬を止めようとして飛び出したとき、一人の銭差し売りが、長い青竹を持って走り出てくるや、その暴れ馬の首にそれをぐっと突き出したのじゃ。馬は驚いて前脚を大きく上げて立ち止まり、後ろ足からどっと尻餅《しりもち》をついたわい。それで子どもは助かったという次第じゃ。わしは倒れ込んだ馬の頭上を、勢い余って飛び越えたにすぎぬ。それが暴れ馬に蹴倒されたとかなんとか、早くも噂になって広がっているとは、ひどいもんじゃな」

「馬に蹴倒され、お医者さまの許に担ぎ込まれたとの噂もあれば、あれではもう助からへんやろというお人までいてはりました」

菊太郎の元気な姿を見て安堵したお信は、微笑してそんな噂話を伝えた。

「さすがにそないな話は、この界隈《かいわい》にはまだ届いていていいしまへんわ」

「旦那さま、明日辺り、ぼつぼつきこえてくるのと違いますか」

下代の吉左衛門が真顔でいった。

「その噂の主《ぬし》が、鯉屋にいてはる菊太郎の若旦那さまやとわかったら、公事宿の多いこの界隈は、大騒ぎになりまっしゃろなあ」

「喜六、ばかなことをもうすではない。わしはかようにぴんぴんいたしておる。暴れ馬を見事に止めた町歩きの商人と、少し関わりが生じただけで、なんのこともないわい」

菊太郎は憮然《ぶぜん》とした顔で喜六を咎《とが》めた。

当時、世間の出来事を知る手段は皆無に近く、ただ噂だけが頼りだった。

それも「人の噂も七十五日」といわれ、すぐに忘れられてしまう。世の中の評判や取り沙汰は、長くはつづかないのだ。

なぜそれが七十五日なのか。これには深い意味があるわけではないが、日本人は数にさまざまな思いを託してきた。

人の死後、生前の報いが定まり、次の命に生れ変わるまでの期間を四十九日とし、この間、死者の魂は迷っていると考えられた。

四十という数にこだわり、「四十暗《くら》がり」「四十島田」などこの数の付く言葉は、実に多く挙げられる。吉良《きら》邸に討ち入った赤穂《あこう》浪士たちは四十七士。これは日本人にとって蠱惑《こわく》的な数で、「忠臣蔵」はこの点からも大きな魅力となっているのだろう。

七という数も蠱惑的だったとみえ、「初物を食べると七十五日長生きするとか」「人界は七苦八難」「工面七合働き三合」などの諺《ことわざ》は数多く挙げられる。

人の噂も七十五日の諺は、歌舞伎の「盲長屋梅加賀鳶《めしいのながやうめがかがとび》」の五幕目に出てくる科白《せりふ》。これで一躍有名になり、人々に好まれ、日常的に用いられ始めたと考えられる。

「とにかくどんな噂が立ったかて、若旦那がこうしてお元気なのがなによりどす。喜六に鶴太、おまえたちご苦労やけど、いまから夕飯を食べ、それからお信はんを祇園の新橋まで送っていってもらえしまへんか。お清ちゃんや、店番をしてはる右衛門七はんも心配してはりますやろしなあ」

それについてお信は、すみまへんといった切りで、後は黙っていた。

「へえ、わかりました。ほな急いで夕御飯をいただきますわ」

「そない急がんでもええのどす。その間、お信はんには、菊太郎の若旦那さまのお居間で休んでいてもらいますさかい」

吉左衛門が二人にいった。

「お騒がせいたしましたけど、それでは帰らせていただきます」

しばらく後、お信は手代の喜六と丁稚の鶴太に送られ、鯉屋を後にしていった。

「若旦那、先程ききましたけど、暴れ馬を竹竿一本で見事に止めたのは、銭差し売りやといわはりましたなあ。それはどんな男どした」

源十郎はなにに興味を覚えたのか、菊太郎の居間にきてたずねた。

その居間に菊太郎は自分の四脚膳《ぜん》を運んでもらい、それに箸《はし》を付けていた。

「ああ、その男か。六十すぎの頑丈な体格の奴でなあ。いろいろ身の上話もきいたが、それについてはそなたにも、わしはあまり話したくない。どうやらわしを、町奉行所の者だと思い違いをしたようだったわい。ただなにか困ったことがあらば、訪ねてまいるがよいと、公事宿鯉屋で居候をする田村菊太郎だと、はっきり伝えておいた」

「若旦那が話したくないのどしたら、わたしも強いてはたずねしまへん。けどその銭差し売りがどこに住んでいるのか、それぐらいきいてきはりましたか」

「いいや、それ以上、踏み込まぬがよかろうと思い、わざときかなんだ」

菊太郎が敢えてたずねなかったのは、次郎兵衛の暮らしを乱したくなかったからだ。

銭差し売りをしてつつましく生きられたら、そうしていいてほしかった。

この菊太郎の言葉で、源十郎はなにか事情があるのだろうと推察していた。

「菊太郎の若旦那さま、お膳を下げにきましたけど――」

「ああ、ご苦労じゃ。今夜の秋刀魚《さんま》は脂が乗って旨かったぞ」

かれは正太に上機嫌な声を返した。

正太が開けた障子戸から吹き込む秋の夜風が、少し冷たくなっていた。

三

秋が深まってきた。

急に冷える日があったりして、京に冬が訪れるのはもう間もなくであった。

そんな或る日、一人の男が鯉屋の前を行きつ戻りつし、店に入ろうかどうしようか、躊躇《ちゅうちょ》しているようすだった。

男は六十すぎ。布脚絆《きゃはん》を付け股引き姿。菅笠《すげがさ》をかぶり、手にはなにも携えていなかった。

「あの親父はん、どこのお人なんどすやろ。うちの店を訪れようか、それともやっぱり止めとこか、迷うてはるみたいどすわ。よっぽどの相談事を、きっと抱えてはるんどっしゃろなあ」

正太がかれの姿に気付き、細く開けた表戸の隙間から幾度も外をのぞき、帳場に坐る吉左衛門に告げた。

「うちみたいな公事宿に、いきなり真っ直ぐおいでになるお客はんは、むしろ少のうおす。なんぞ相談事を持ち、ここら辺りに並ぶ店のどこがええやろかと、あれこれ思案してはるお人と違いますか」

「そんなようすどすけど、こっちからいらっしゃいませと、声をかけるのも変どすさかいなあ」

「正太、冗談でも阿呆《あほ》なことをいわんときなはれ。公事宿稼業は、こっちからおいでやすと、誘う質《たち》の商いではありまへん。それぐらいわかってますやろ。迷うだけ迷い、ここにしよと決めはったら、誰に勧められんかて、入ってきはります。そうそう戸を開け、外をのぞかんときなはれ。わたしは行儀が悪いというてるんどっせ」

吉左衛門が小声で正太を叱り付けた。

「下代はん、ついはしたないことをして、すんまへんどした。いまのお言葉を肝に銘じますさかい、どうぞ、堪忍しておくれやす」

正太は吉左衛門にしおらしく詫びた。

「正太、吉左衛門どのがそなたをお叱りになるのは、そなたを早く一人前にさせたいからじゃ。人から小言をいわれなくなったら、人はもう終わりなのじゃ。愛想を尽かされた証《あかし》だからなあ。わしなど皮肉こそ浴びせられるが、誰からも小言をもらわぬわい。もう見放されているのじゃ」

今日、菊太郎はなんの用事からか、主の源十郎とともに東町奉行所に出かけた。公事を円滑に運ぶため、公事宿の主や下代が詰める「詰番部屋」からあわただしく店に戻り、帳場の隅に積み上げられた書留帳に目を通していた。

なにかすでに終わった公事について、調べることがあるのだろう。

菊太郎がまともに鯉屋の手伝いをしている姿を見るのは、久しぶりだった。

「菊太郎の若旦那さま、なにをとんでもないことをいうてはるんどす。誰も若旦那さまに愛想を尽かしたり、見放したりなんかしてしまへんえ。若旦那さまは、人が右といえば左にいかはり、ご自分を妙に卑下《ひげ》して見せてよろこばはるのが、困ったご気性どすわ。この際、鯉屋の下代としていわさせてもらいますけど、今後、それだけは止めていただけしまへんやろか」

「右といわれて左にいくのも、またよいものだぞ。たとえそこに難儀が待ち構えていたとて、わしはそれを蹴散らして通ってくれる。これは子どもの頃からのわしの悪い癖でなあ。道を歩いていて、石が落ちているといたす。人はその石を蹴ったりすれば、悪いことでも起るかもしれないと、思ったりするものじゃ。されば多くの人々はそのまま行き過ぎるが、わしはそれをどうしても蹴りたくなり、敢えて蹴ってしまうのよ」

菊太郎は帳面を手にしたままつづけた。

「或るとき、そうして蹴った石がなあ、身分の卑《いや》しからぬ武士に当たってしまったのじゃ。さすが子どものわしも、しまったと思うたわい。相手の武士と供の目付らしい男が、わしをきっとした目で睨み付けており、わしは咄嗟に失礼をいたしましたと詫びたのじゃ。そうしたら四十歳ほどの武士がいいおった。石が当たったのがそれがしでよかった。もしこれが幼い子どもでもあったら、怪我をいたそう。これからは石蹴りをいたすにしても、周りをよく見てからにするのじゃな。そう説教し、後は笑って見逃してくだされた。わしは以来、石を蹴るときには、周りを確かめることにしているわい。あのようなお人は、おそらく世間にも稀《まれ》であろうな」

　菊太郎はかつての自分を回顧するしみじみとした口調でいった。

　正太が膝をそろえ、真面目な顔できいている。

「人から小言をいわれなくなったら、もう見放されたと思わなあかんのどすか」

「それは当然だろうが。小言は苦情をのべ、相手を咎《とが》めるだけのものではないぞよ。その多くには教え諭《さと》す意味がある。それを素直に受け止めるのが大切なのじゃ」

　菊太郎がこういったとき、鯉屋の表戸が開き、ご免なはれとの声がかけられた。

「おいでやす。なんのご用でございまっしゃろ」

　正太は客を迎える言葉でいい、胸の中でこの親父はん、店の前を行ったりきたりしていたお人やがなとつぶやいていた。

　かれは菅笠を脱いで手に持ち、土間に立っていた。

「ちょっとおたずねいたします。この鯉屋はんに、田村菊太郎さまといわはるお人がおいでのはずどすけど、いま居てはりますやろか」

　相手がいい終えるより先に、当の菊太郎はたずねてきたのが銭差し売りの次郎兵衛だと、早くも気付いていた。

「おお次郎兵衛どの、よくお訪ねくださいました。一別以来でございますなあ」

　菊太郎は帳場のそばから立ち上がり、かれに声をかけた。

「やっぱりここにおいでございましたか——」

硬くなっていた次郎兵衛の顔が、ぱっと輝いた。店に入ろうかどうしようかと迷っていたのは、次郎兵衛だったのである。

「居候だともうしていたが、ここはわしの家も同然。さあ、お上がりになられませい」

気を利かせた正太が、濯《すす》ぎを用意するため、さっと奥に駆け込んでいった。

「わたしは鯉屋の下代で吉左衛門ともうします。どうぞ、お見知りおきのほどをお願いいたします」

「わしは次郎兵衛といい、銭差し売りをしている者でございます」

濯ぎを使った後、かれと吉左衛門が磨き抜かれた床に両手をつき、挨拶を交わし合った。

「正太、東町奉行所に走り、詰番部屋から源十郎を呼んできてはくれまいか。それでそなたは、喜六や鶴太とともに後に残っておればよい」

二人が挨拶をしている間に、菊太郎が正太に命じた。

「へえ、そういたします」

かれは小さくうなずき、東町奉行所にふっ飛んでいった。

なにか容易でないことが起りかけているぐらい、かれにもわかっていた。

「されば、わしの部屋にまいられませい」

菊太郎は顔をのぞかせたお多佳にお茶を頼むと、次郎兵衛を自分の居間に誘った。

中暖簾をくぐり、かれを案内する菊太郎も正太と同じで、次郎兵衛がたずねてきたのは、よほどのことがあってに相違ないと思っていた。

その相談事とはいったいなんだろう。

かれはいま銭差し売りとして生業を立てているが、以前は赤痣の安五郎という名の盗賊だった。それが元の仲間の口からでも、世間に漏れたのだろうか。あるいはそのことで誰かから脅されたか、さらには仲間に加わらぬかと、誘われているとも考えられた。いずれにしたところで、こうしてわざわざ訪ねてくるのは、容易でない事態が迫っているからに違いなかった。

そんな相談を受けるからには、短い間だったにしても、かれの昔の身許を、源十郎にも正直に明かさないわけにはいかないのである。

源十郎は正太の迎えを受け、東町奉行所から急いで店に戻ってきた。

菊太郎が暴れ馬に蹴られたのではないかと心配し、お信が鯉屋に駆け込んできてから、一月《ひとつき》半ほどがすぎている。

あのとき菊太郎は、暴れ馬を止めた男について口を濁し、なにか隠しているようすだった。いいたくない相手の身許。きっと語るのを憚《はばか》られる事情があるに違いない。今度はそれを明かすつもりなのだ。

かれが菊太郎の居間の障子戸を開くと、菊太郎と来訪者の二人は、真剣な顔で向き合っていた。

「わたしが鯉屋の主の源十郎でございます」

「突然、田村さまをお訪ねし、失礼をいたしております。わしは暴れ馬を止めた銭差し売りの次郎兵衛ともうします。そやけど実は二十年ほど前まで、三年近くどすけど、赤痣の安五郎と異名された盗賊どした。あの折、田村の旦那さまに昔の悪事をすぐさま見破られ、お縄をいただこうと思いました。けど旦那さまは、そなたは堅気として生きているのだ、お調べ停止にもされていようというてくれはったんどす。そしてわしの住居もたずねんと、立ち去らはりました」

源十郎にとって不意の来訪者は、思いもかけないことをいい出した。

これをきき、あのとき見せた菊太郎の逡巡《しゅんじゅん》の理由がよくわかった。

それはいかにも菊太郎らしい配慮であった。

「源十郎、このお人は丹波・篠山の生れでなあ。焼き物が好きで、初めは陶工になるため、京の清水の窯元にまいられたそうじゃ」

菊太郎が源十郎に語り始め、それからど壺（肥溜め）に嵌《はま》ったようなかれの不幸つづきの人生や、一緒に盗賊をしていた五人の仲間についてものべた。

「正直になにをやっても失敗ばかり。世の中にはそんな不運つづきのお人も、確かに仰山《ぎょうさん》いてはります。そうかといい、そのお人たちがみんな、盗賊になるわけではおまへん。理不尽をよう承知し、なんとか我慢して過ごしてはりますわなあ」

「源十郎、今更、さようなことをもうしても詮《せん》なかろう。だからこそ次郎兵衛どのとその仲間たちは、盗んだ金を公平に分け、それぞれ故郷に帰り、堅気の生業を始めたのじゃ。前非を悔い、貧しい人々に手を差しのべたり、身内に見捨てられた年寄りを、養ったりしている男もいるそうじゃ。ところがそんな仲間の息子がなあ、どうしたわけやら、赤痣の安五郎の一味の息子だと、盗人の首領に知られてしまった。奴らがこれから襲うつもりでいる人形問屋の蔵の鍵を開けねば、いまはもうただの善良な年寄りになっている親父を殺すと、脅してきているそうなのじゃ」

「人形問屋の蔵の鍵を開けるだけどすか――」

源十郎は不審げな顔できき返した。

「ああ、たったそれだけのことじゃ。人形問屋には、すでに引き込みが奉公に入っているそうだが、鍵の型取りがどうしてもできぬらしいのだわ。安五郎の仲間の一人の佐太郎は、生国の若狭の小浜に帰り、鍛冶屋の職人から自ら鍛冶屋になった。その息子の佐市《さいち》が、刀鍛冶を目指し、京に出てきていた。どんな事情からかまだきいておらぬが、八咫《やた》の総左衛門《そうざえもん》ともうす盗人に、親父が一時、赤痣の安五郎の手下だったことを、知られてしまったのよ。人形問屋の蔵の鍵を開けるだけでよいといわれ、否応《いやおう》なく総左衛門の仲間に引きずり込まれたらしいのじゃ」

「それはわかったとして、次郎兵衛はんにおたずねします。その佐市はんは刀鍛冶の修業をしているのに、どうして蔵の鍵なんか開けられ、またその技を盗人の総左衛門たちに知られたんどす」

「鯉屋の旦那さま、佐市は鍛冶屋の息子だけに、子どもの頃から金具をいじるのが好きどした。鍵を与えられると、いつの間にやら、針金一本で難なく開けるようになってたんどす。金具のからくりが、面白うてならなんだんどっしゃろ。おそらくこんな男がいるとの噂が、総左衛門の耳に入り、たぐり寄せてみたところ、わしの許で盗み働きをしていた佐太郎の息子やと、わかったのでございましょう」

「そこでいささか気になることをおたずねいたすが、次郎兵衛どのは八咫の総左衛門と、昔、なにか関わりがございましたのか――」

「へえ、お互い盗人となれば、相手の正体がなんとなく察せられるもんどす。二組別々の盗人が、同じ店に狙いを付け、それぞれ引き込みを入れている場合もありました。わしと八咫の総左衛門はそんな関わりから、どちらが手を引くかについて、二度だけ直接会ったことがございます」

「それにしても、八咫の総左衛門とは、盗人にしても奇妙な名前じゃのう」

八咫は『古事記』などで八咫烏《がらす》、また八咫鏡などとして知られている。

「八咫の総左衛門は伊勢の生れだそうで、いつの間にか盗賊仲間で、そう呼ばれておりました」

「それで狙った店は、次郎兵衛どのか総左衛門か、どちらが襲うことになったんどす」

「鯉屋の旦那さま、わしはその件を八咫の総左衛門に譲り、身を引きました。後できいたのによれば、その折、その店から死人二人が出たそうでございます」

「肝心なことをたずね忘れていたが、それで今度、八咫の総左衛門が襲おうとしているのは、どこの店なのじゃ。そなたは佐市からすでにきかされておろう」

「へえ、八咫が狙いを付けているのは、四条柳馬場の人形問屋『雁金屋《かりがねや》』。二日後だそうでございます」

次郎兵衛はうなだれ顔で、店の名と期日を答えた。

「いうては憚られますけど、八咫の総左衛門の名は、京大坂で凶悪な盗賊として知れ渡ってます。三年ほどで止めはったのは賢明として、次郎兵衛はんもそのまま盗人をつづけてたら、次第に人を殺《あや》めるのも平気な凶賊に、変わってはったかもしれまへんなあ」

源十郎の顔は厳しく、言葉には針がふくまれていた。

「ほんまに、鯉屋の旦那さまがもうされる通りどす。いまでは南芝居小屋（南座）裏の長屋に住み、食べるのがやっとの銭差し売りどすけど、佐市の話をきき、これでよかったのやと、切実に思うてます。佐市から小父さん、どうにもならん相談があるのやけどと切り出され、この物騒な話を告げられたとき、わしは己の悪行の因縁《いんねん》の深さを思い知らされ、随分、悩みました。どうしたらええのやろと思案に余ったすえ、ふと田村さまが、困ったことがあらば訪ねてまいれと仰せくださったことを、思い出したのでございます。田村さまの腹違いの弟さまは、東町奉行所の同心組頭さまとうかがいました。それで奉行所が、八咫の総左衛門を捕えてくれへんやろかと思うたのでございます」

「いまは真面目に暮らしているにしても、もし町奉行所が、そなたの二十年前の罪状を改めて問い糺《ただ》しても、かまわぬと覚悟してじゃな。正面から名乗り出れば、お調べ停止にされている事件でも、そのまま不問に付すわけにはいかぬのじゃぞ」

「それでもようございます。けどわしはどのような拷問にかけられましても、いまは正業につき、穏やかに暮らしている元の手下の名は、決して明かすまいと決意してまいりました」

「刀鍛冶の佐市には、わしのことをもうしてきたのか――」

「はい、なにもかも打ち明けてまいりました」

「佐市がどこに住んでいるか、当然、知っていような」

「はい、佐市はいま粟田口の大和守貞冬《やまとのかみさだふゆ》という刀匠の許に、住み込みで修業をしております」

次郎兵衛は少し湿った声で答えた。

「父親がしばらくの間にもせよ、盗賊だったと知った佐市は、さぞかし驚いたであろうな」

「それは飛び上がらんばかりどした。その後、自分はどうなってもよいが、父親の佐太郎の命だけは助けられないものかと、わしに縋《すが》り付くように相談をかけてまいりました」

「若狭の小浜で鍛冶屋をしている佐太郎は、親思いのよい息子を持ったものじゃ」

菊太郎は腕をゆっくり組んでつぶやいた。

そのとき菊太郎は、丹波の篠山から陶工になるため上洛してきた次郎兵衛は、いまでも陶工になりたいと思っているのではないかとふと考えた。

老いた男が轆轤を回している。

己一人食うだけ、窯元の手伝いをしながら、そうさせてやってもらえないかと、頼む相手ぐらいあった。

かれが轆轤を挽《ひ》いて作る茶碗は、人生の苦渋やさまざまな経験を重ねてきた味が、じんわり滲《にじ》み出る逸品になるのではないかと思ったりした。

「若旦那、この話は銕蔵さまと相談して、解決するしかありまへんなあ」

源十郎の一声がかれの夢想を打ち破った。

四

「兄上どのに源十郎、急ぎのご用とはなんでございましょう」

喜六を東町奉行所まで迎えにいかせてから四半刻（三十分）ほど後、銕蔵が曲垣染九郎と岡田仁兵衛を伴い、鯉屋にやってきた。

染九郎は敏腕、仁兵衛は壮年で思慮深い人物。同心組頭の銕蔵には、このほか酒好きの福田《ふくだ》林太郎《りんたろう》、菊太郎に心酔する若い小島左馬之介《こじまさまのすけ》の二人の同心や、下っ引きの弥助や七蔵《しちぞう》などがいた。

かれらは暇な折には、いつも曲垣染九郎から剣術の稽古を受けており、組頭の銕蔵さえそうであった。

いざ木刀を構えると、染九郎は銕蔵にも容赦せずに激しく打ち込んだ。

「おお早速、きてくれたのじゃな」

菊太郎は坐ったまま銕蔵を見上げていい、染九郎と仁兵衛の顔を眺めた。

次郎兵衛はかれらに目礼しただけで、うなだれていた。

「喜六のようすから、なにか緊急の事態が鯉屋に突発したのでないかと、急いでまいりました」

銕蔵は訝《いぶか》しげな目で次郎兵衛を見下ろし、菊太郎と源十郎に答えた。

「ああ、その通りじゃ。いささかわけがあって機密を要し、人には迂闊に相談できぬのでなあ。猶予もあまりならぬわい」

「わけがあって機密を要するとは、いかなる次第でございまする」

その場の異様な雰囲気をすぐさま感じ取り、染九郎が尖った声で菊太郎に問いかけた。

「まあ、これから話をじっくりきいていただきますさかい、お三人ともどうぞ、こちらに坐っておくんなはれ」

源十郎が銕蔵たちを上座に招いた。

「銕蔵に染九郎どの、それに仁兵衛どのにお引き合わせいたす。そこにおいでのお人は、いまは次郎兵衛ともうされ、南芝居小屋の裏の長屋に住み、銭差し売りをしておられる。だが実をもうせば、二十年ほど前、三年余りだが、仲間内で赤痣の安五郎と呼ばれていた盗賊であった。先に断っておくが、押し込みをしていたときの仲間は五人。だが金こそ盗んだが、人を殺めたり女子を犯したことは一切しておられぬ。わしとの仲はここ一月半余り。初めて出会うた折、どうぞお縄にしてくださいませといわれたが、わしは町奉行所の役人ではないと断った」

菊太郎はこの後、縄手通りを奔走してきた暴れ馬を、かれが竹竿一本で巧みに止め、危ういところで子どもの命を助けたことを語った。

「さようでございましたか。盗賊赤痣の安五郎、なにやらきいた覚えがございますなあ」

壮年の岡田仁兵衛がつぶやいた。

「二十年ほども前のことどすさかい、岡田さまもわたしもまだ二十代の初めどすなあ」

源十郎がぼそっといった。

「確かにそうで、それは父親の口からか、あるいは町奉行所で犯科帳でもめくっていて、そこにその名を見たのかもしれませぬのう」

かれの言葉を染九郎は黙ったまま、険しい目付きできいていた。

「染九郎どの、小言をもうすようだが、かようなとき、あまり厳しい顔を見せぬものじゃぞ。そなたたちがもっと驚く話を、いまからせねばならぬのでなあ」

「兄上どの、もっと驚く話とはなんでございまする」

鋏蔵が身を乗り出し、菊太郎に迫った。

「そなたは八咫の総左衛門ともうす盗賊を知っていよう。この三十年近く、京大坂の町奉行所がどれだけ懸命に探索したとて、いまだ捕えられぬ凶賊じゃ」

「この春先、西陣の糸問屋を襲い、主に大怪我を負わせ、奉公人を二人殺害した盗賊でございますな。まんまと二千両の大金を奪われ、逃げ失《う》せられておりまする」

染九郎がやはり険しい表情のままいった。

「そ奴は赤痣の安五郎、いやいまは次郎兵衛どのと同年輩で、六十すぎのはず。三十年近くもよくも凶悪な盗みばかりをつづけているものでござる。普通ならとっくにまとまった金を摑んで隠退、世間に隠れひっそり暮らすか、それともわれらに捕えられ、刑場の露と消えているはずでござるが。いまでも大胆に盗み働きをしているのは、よほど強欲か、あるいは盗みが習いとなり、それから足が洗えぬのでございましょうな」

「奴は手下を二十人ほど養っているそうな。声をかければ、さらに十人二十人集めるのも容易な大盗だときいておりもうす。手下の者が、奴の引退を望まぬからではございますまいか」

染九郎が仁兵衛に自分の見解をのべた。

「それでその八咫の総左衛門がどうかいたしましたのか——」

鋏蔵は菊太郎に後をうながした。

「銕蔵、実はこの次郎兵衛どのが、総左衛門たちが二日後、四条柳馬場の人形問屋雁金屋に押し込むと、わしに知らせてこられたのじゃ」

「な、なんでございますと――」

銕蔵たち三人がにわかに色めき立った。

「犯行の日までまだ二日ある。さよう意気込んでくれるな。この知らせをわしに届けてくだされた次郎兵衛どのには、ちょっと一口ではもうせぬ深い仔細があってなあ。それをしっかりききいたうえで、八咫の総左衛門を捕縛《ほばく》してもらいたいのじゃ」

「その深い仔細とは、どのようなことでございます。八咫の総左衛門を捕えたら、奴は獄門か打ち首。手下とて同様でございましょう」

「それは当然だが、とにかく仁兵衛どのも染九郎どのも、これからわしがもうすことを、心してきいてもらいたい」

「わかりましてございまする」

染九郎が菊太郎に向かい低頭した。

「次郎兵衛どのは丹波・篠山の生れ。まだ若い頃、京に出て、清水の窯元で陶工になるため、修業をされていた。その歳月は十五年余り。ところが窯場働きばかりにこき使われ、これではならぬと奉公替えを考えられた。だが窯元から同業者に回状を廻され、京の窯元では働けぬようにされてしまったのよ。それで尾張の瀬戸にもいかれたそうな。しかし三十をすぎていて覚えが悪く、ぐずだの鈍だのと叱られつづけ、再び京に舞い戻った次第。錦小路の青物問屋八百富で働いておられた。それが一転、盗人稼業に足を踏み入れたのは、町内で起った火事で妻子を失い、自棄《やけ》っぱちになられたからだろう。似た境遇の五人と仲間を組まれたのじゃ」

それから菊太郎は、若狭の小浜に帰り、鍛冶屋に奉公のすえ、小さな鍛冶屋を始めた仲間の一人佐太郎について語った。

その息子の佐市が、刀鍛冶になるため上洛し、刀匠大和守貞冬に弟子入りしたことにも言及した。

佐市は幼い頃からからくりに興味と知識をそなえ、どんな鍵でも造作なく開ける腕を持つことを、次郎兵衛とともに銕蔵たちに語ってきかせた。

「それをおそらく酒の酔いにまかせ、どこかで話したのが、つい八咫の総左衛門の手下の耳に入ったのだろうな。奇遇にもその佐市の父親の佐太郎を、八咫の総左衛門は知っていた。こうなれば、これは渡りに船。自分たちに手を貸さねば、父親を殺す。そう脅されれば、佐市が渋々でも雁金屋の蔵の鍵を開ける気になったとて仕方あるまい」

銕蔵が自分の推察をのべた。

「組頭さま、されば佐市から八咫の総左衛門一味の居所をこっそりきき出し、一網打尽にいたすにかぎりますなあ」

「いかにも、われらにとって好機到来じゃ」

鋏蔵と染九郎が顔を見合わせ、ふくみ笑いをしてうなずいた。

「これこれ鋏蔵、さよう早々に動いてはなるまいぞ。大和守貞冬の許から佐市をそっと呼び、詳細をきき出すのが第一じゃが、その前にここにいる次郎兵衛どのやその仲間を、以後、どのように処するか、そなたたちの胸の内を、わしは是非とも質《ただ》しておきたい。場合によれば、八咫の総左衛門を捕えるに際し、わしも手を貸してつかわしてもよいぞよ」

「それをきき、それがしは勇気を得ました。菊太郎の兄上どのが合力《ごうりき》くだされば、捕縛はもうできたも同然。いまの大事は、八咫の総左衛門一味の捕縛でござる。昔の行いを悔いている次郎兵衛についてはお調べ停止、水に流して忘れてもようございます。組頭さま、これでいかがでございましょう」

口数の少なかった岡田仁兵衛が、組んでいた両の腕を解き、鋏蔵の顔をうかがった。

「吟味物取り引きをいたすのじゃな。まあ、それがよいわさ」

鋏蔵は吟味物取り引きといったが、これは現在の「司法取り引き」と同じ。重大な案件を処理するために、昔もいまもとられる効果的で、また最も容易な方法の一つであった。

これをきき、次郎兵衛にほっとした気配がうかがわれた。

「次郎兵衛どの、ようございましたなあ」

「ほないまから駕籠《かご》を二つ呼び、早速、わしが佐市を、粟田口からここに連れ出してきまひょ」

「何事も早くいたすにかぎる。源十郎、ただちにまいるのじゃ」

菊太郎がにわかに勢いづき、かれを急かせた。

すぐ呼ばれた駕籠の一つに、源十郎が乗り込んだ。

粟田口に鍛冶場を構える刀匠貞冬の許に、いきなり使いをやり、佐市をただ呼び出したりすれば、不審がられる。

「ご当家さまで修業をさせていただいている佐市はんが、親しくしている次郎兵衛はんの住む長屋の大家どす。次郎兵衛はんが重い病に罹り、一目、佐市はんに会いたがってはります。二、三日、なんとかお暇をいただけしまへんやろか。さようなお願いに参上した次第でございます」

源十郎が手土産でも携え、こう頼めば、刀匠の貞冬もあっさり承知してくれるだろう。

刀匠の貞冬には、佐市の父親佐太郎と次郎兵衛とは同郷、幼馴染《おさななじ》みだと話してあると、すでに次郎兵衛からきかされていた。

駕籠が出発すると、銕蔵は喜六に東町奉行所へ走り、福田林太郎と小島左馬之介を、ここに呼んできてもらいたいと頼んだ。

かれら二人にも今度の一件の一切を、きかせておかねばならないと考えたからである。

佐市を迎えに出た駕籠は、半刻（一時間）ほど後、鯉屋に戻ってきた。

「次郎兵衛の小父さん——」

自分がかれの長屋ではなく、公事宿鯉屋との暖簾を下げた店に運ばれてきただけに、佐市は驚いた顔で、周りにひかえる菊太郎や銕蔵たちを眺め、生唾をごくりと飲み込んだ。

「佐市、なにも案じんかてええのや。そこにいてはるのが、暴れ馬を止めたとき、知り合《お》うた田村菊太郎さま。いつかおまえに話したわなあ。あとは東町奉行所のお人たちで、おまえが八咫の総左衛門に脅され、人形問屋の蔵の鍵を開けなならんことや、そのほかの一切を、わしはぶちまけてお話ししたんやわ。そしたらわしや仲間が犯した昔の悪事は、みんなお調べ停止として、水に流して忘れてくれはる。八咫の総左衛門を捕えるのが、いまの大事やというてくださった。おまえはまだ悪いことをなにもしてへん。そやさかい、その口から一味の集まる場所やなにもかもをお知らせし、お助けいただくこっちゃ」

次郎兵衛は佐市に諄々と説いた。

「そないにしてくださったら、わしも親父も助かります。一味が四条柳馬場の雁金屋を襲うのは、明後日の晩の九つ（午前零時）。それまでに総勢十四人が、近くの大雲院の墓地の小屋に集まることになってます」

「大雲院とは、四条寺町を下がった寺じゃな。あそこの墓地は広く、確か墓守りが昼間だけいるお堂があったはずじゃ」

染九郎がしめたとばかりに大きくうなずいた。

八咫の総左衛門たち一味が墓守り小屋に潜んでいれば、一挙に一網打尽にすることができる。

一人も逃すわけにはいかなかった。

「佐市、そなたには奴らの目を欺くため、大雲院の墓地にいってもらうぞ。わしらが奴らに襲いかかったら、そなたは頭巾《ずきん》を脱ぎ、ただじっと立っておればよい。それが目印。誰もそなたを斬ったりせぬわい」

鋏蔵がこういい、佐市を安心させた。

かれらは黒衣を着て、黒頭巾で顔を隠した装束《しょうぞく》に決っていた。

「そなたは明後日の夜まで、次郎兵衛とともにこの鯉屋に泊っておれ。黒装束はわしらが用意してつかわす」

仁兵衛が鋏蔵とうなずき合い、柔らかな声色で佐市にいった。

「どうぞ何卒、お願いいたします」

次郎兵衛が菊太郎と鋏蔵に手をついて頼んだ。

翌日の昼すぎから京は雨になった。

「秋の雨は長く降りつづくそうどすなあ」

次郎兵衛と佐市の二人は、安全を図り、二階の部屋に籠《こ》もっている。

正太が二階を眺め上げ、帳場にひかえる菊太郎にいいかけた。

「秋の長雨か。名月が雨のため見えぬのを、雨月《うげつ》ともいうぞよ」

「雨月どすか――」

「ああ、さまざま雅《みやび》た名を付けるものじゃ」

菊太郎は裁着袴《たつつけばかま》をはき、いつでも戦える構えであった。

常とは違い、いささか顔付きが険しかった。

やがて人形問屋が襲われる当夜になった。

大雲院の墓守り小屋には、八咫の総左衛門が真っ先に現われ、それから小雨《こさめ》をくぐり次々と手下が集まってきた。

「蔵の鍵を開ける佐市はまだきいへんなあ」

「わしらの仕事を手伝わなんだら、親父を殺すと脅してあるさかい、いまに現われるわさ」

大柄で長寿顔をした八咫の総左衛門が、右腕と頼む関《せき》の元蔵《げんぞう》に、確信ありげに笑顔で答えた。

「いまきたのは兵吉《へいきち》。これで全員そろいましたけど、鍵役の佐市だけがまだどす。どないになってますのやろ」

「いまに必ずくるわい――」

かれはそういいながら、小屋の周りに異様な気配が湧き立つのをふと感じた。

「なんじゃ、佐市か。おまえが一番遅かったのう。間もなく九つになってしまうやないか。引き込みがもう店の潜《くぐ》り戸《ど》を開けて待っているはずや。ほなみんな、仕事に出かけるとするか。

丁度、今夜は雨やさかい、都合がええわい」

かれが立ち上がり、墓守り小屋の扉を開くと、古びたお堂の前に雨に濡れ二人の男が立っていた。

「これは――」

かれが驚いて叫ぶと同時に、小屋の中から手下たちがどっとあふれ出てきた。

「八咫の総左衛門、御用の手はすでに回っておる。このお堂は十重《とえ》二十重《はたえ》に囲まれているのじゃ。観念してお縄につくがよかろう」

呼びかけたのは、捕り物装束に身を固めた銕蔵だった。

「なんと、わしとしたことが――」

墓守り小屋をびっしり取り囲んだ捕り方たちを一瞥《いちべつ》し、かれはきりきりと歯を噛み鳴らした。

「佐市、おまえも初回で付いてなかったと、諦《あきら》めるこっちゃ」

冷やかな総左衛門の一声が、佐市の不運な役目を明確にのべていた。

「八咫の親分――」

関の元蔵が一声叫び、いきなり銕蔵に斬りかかった。

「こ奴、なにをするのじゃ」

銕蔵は右手に握った金棒十手で、かれの手首を激しく打ちすえた。

ぐわっと濁った叫び声を上げ、元蔵が崩れていった。

同時に八咫の総左衛門が腰の刀を抜き、菊太郎に斬りかかってきた。

「わしはそなたごときの相手ではないわい」

菊太郎は一歩退くと、一瞬に腰から抜き放った刀で、かれの刀をばしっと叩き落し、右足で総左衛門を蹴飛ばした。

捕り方たちが倒れたかれの上にわっと覆いかぶさった。

総勢すでに濡れねずみになっていた。

「そなたは黙ってお縄をいただくのじゃ」

佐市は小声でうながす染九郎によって、そっと保護された。

周りで激しい怒号や叫び声がつづいている。

だがそれらもしばらくすると止み、蕭々《しょうしょう》と雨が降る中での大立ち回りも終わりを告げ、暗闇に御用提灯が一斉に浮かび上がった。


北に大きな南芝居小屋の建物。次郎兵衛の住む長屋まで、笛や太鼓の音がひびいていた。

「旦那、わしに銭差し売りを辞めたらどうやといわはるんどすか――」

「おお、わしはそう勧めるつもりで、今日はそなたの許にきたのじゃ。幸い、懇意にいたす五条坂の窯元がなあ、そなたのことを承知のうえで、給金は多くは出せぬが、雇ってもよいともうしてくれた。昔に戻り、陶工になろうとしていた夢を、果たしたらどうじゃ。尤も、いまは全くの一人ではあるまい。そなたが暴れ馬を止めて助けた女の子の母親は、夫に死なれ、仲居働きをしているそうではないか。四日に一度ぐらい、ここに掃除や洗濯に訪れるときいたぞよ。

娘の年頃の女子。六十をすぎたとはもうせ、そなたも隅に置けぬ男じゃなあ。わしが睨んだところ、お照《てる》とやらもうすその女子は、そなたを生きる頼りにしたいと思うているはずじゃ」

「旦那、わしのような年寄りを生きる頼りにとは、それは思いすごしどっせ」

「いや、世の中には、当人が思いもよらぬこととてあるものじゃぞ。まあ、それでもよいではないか。二十年近く、京の窯元や瀬戸で働いていたそなたじゃ。それこそ昔取った杵柄《きねづか》。轆轤を挽く腕は、さして衰えていないかもしれぬ。お照とあの女の子の頼りに、もっとはっきりなってつかわせ。そなたにはわしや弟の銕蔵、それに公事宿の鯉屋が付いているのじゃ」

菊太郎の言葉を盛り上げるように、南芝居小屋から、太鼓の音がさかんに鳴りひびいていた。

血は欲の色

一

どこからともなく木犀《もくせい》の花の匂いが漂ってくる。

むせるほど濃い香であった。

今年の夏は畿内はいうまでもなく、諸国も猛暑に見舞われ、あちこちで水争いが起ったそうだった。暍病《えつびょう》（熱中症）で命を失った人々も、相当数にのぼったときいていた。

「さすがに朝夕はひんやりしてきましたけど、昼間はまだまだ汗ばむほどどすわ。いったいどうなってますのやろ」

公事宿「鯉屋」の手代喜六が店の裏庭で、これからまた陽射しが強くなりそうな秋空を仰いで愚痴った。

妙なことに、かれの足許には二枚の莚《むしろ》が敷かれ、その上に薄汚れたきものと袴が置かれていた。

古びた草履《ぞうり》が一足そろえられ、継ぎの当たった肌着や褌《ふんどし》、帯まで見られた。

それらを一見すれば、まるで襤褸《ぼろ》の山だった。

喜六のそばには、東町奉行所同心組頭の田村銕蔵と曲垣染九郎が腕を組んで立ち、染九郎の手先として働く七蔵もいた。

鯉屋の丁稚《でっち》鶴太と正太も、神妙な顔で近くにひかえていた。

銕蔵が苛立《いらだ》っているのが、表情からはっきり見て取れた。

「喜六、京の北山や高雄《たかお》の辺りでは、連日、猿や熊が山から出没いたし、畠を荒らしたり人を襲うたりしているそうじゃ。今年はこの暑さで、山の実りが悪いのであろう。奴らとしては冬に向かうこの時期、団栗《どんぐり》やそのほか木の実を少しでも多く食らい、冬籠《ごも》りにそなえねばならぬのでなあ。されど無闇に人里に出て、鉄砲で猟師に撃ち殺されては元も子もない。人間とてことに臨んでは落ち着き、何事も慎重に対処せねばなるまい」

染九郎は苛立つ銕蔵にちらっと目を這《は》わせ、喜六にいいかけた。

「染九郎、それはわしへの忠告、いや嫌みをもうしているのじゃな」

「組頭さま、さようなつもりなどいささかもございませぬが、そのようにきいてくだされば、ありがたいことでございまする」

「そなたらしい居直りぶりだわい」

「組頭さまに曲垣の旦那さま、身内同士でごちゃごちゃいい合《お》うてる場合ではありまへんやろ。わしがいま台所を覗《のぞ》いてきたら、菊太郎の若旦那さまはゆっくり茶を飲み、思案の体《てい》どした。向かいに鯉屋の旦那さまが坐り、なにかいい含めてはりました。菊太郎さまはこれから何日間か、食い詰め浪人を装い、六角牢屋敷の雑居牢にぶち込まれはりますのやさかい、それなりな心づもりもせなあきまへんやろ。雑居牢に叩き込まれ、連日、拷問蔵で厳しいご詮議を受けている多吉《たきち》の奴から、ほんまのところをきき出さななりまへんのやさかいなあ。菊太郎さまにかて、あれこれ考える時が要《い》りますわ」

鋏蔵や染九郎より年嵩《としかさ》の七蔵が、ここぞとばかり二人にいいきかせた。

「鋏蔵の若旦那さま、ほんまにそうどっせ。口幅ったいことをいうようどすけど、六角牢屋敷の科人《とがにん》に、鯉屋が牢扶持《ろうぶち》(弁当)を届けるのとは、今度だけはわけが違います。菊太郎の若旦那さまは、食い詰め浪人として牢屋に入らはるんどすさかい。そうして人を殺《あや》めた罪で詮議を受けているお人から、あれこれ事情をきき出す大役を、あっさり引き受けてくれはったんどすさかいなあ」

日頃は遠慮がちに接する喜六までが、七蔵についで鋏蔵に近付き、おずおずとした物腰ながら、いいつづけた。

「鋏蔵の若旦那さまは、いうてはったんと違いますか。多吉の奴は、以前はならず者としてちょいちょい悪事も働いていたが、惚《ほ》れた女子《おなご》ができてからきっぱりと足を洗い、小裂《こぎれ》売りになった。いくら女子と世帯を持ちたがっていたとはもうせ、奴に人を殺してまで金を奪う度胸などあるはずがない。あれは町奉行所で手柄を立て、上役に認められたい悪賢い役人の罠《わな》に陥《おちい》ったにすぎぬと、力説してはりましたがな。鋏蔵さまが冤罪《えんざい》ではないかと疑ってはるんどしたら、なんとしてでもそれを晴らしてやらなあきまへんやろ。その当の鋏蔵さまには、落ち着いてもらわなななりまへん。ことはいまからなんどっせ」

小裂売りは織物や染め布の端裂《はぎれ》を、傘のように開いた竹竿に垂らし、路地を選んで売り歩く商い。貧しい裏長屋の女たちに重宝がられていた。

鋏蔵は二人からたしなめられた恰好だった。

「七蔵に喜六、わしが悪かったわい。わしたちがすでにこうしてしばらく前から、用意をして待っているともうすに、兄上どのがあまりにのんびりされているゆえ、つい焦《じ》れてしまったのだわ。大人げなく、恥ずかしいかぎりじゃ。まあ許せ、弘法にも筆の誤りともうすではないか——」

「鋏蔵さまのお立場からはそうかもしれまへんけど、ご無礼ながらそれをいうなら、急《せ》いては事を仕損ずる——やありまへんか」

喜六が調子に乗って笑いながらいったとき、鯉屋の台所口から、菊太郎の姿がようやく現われた。

後ろに謹厳な顔付きの鯉屋源十郎がつづいていた。

「鋏蔵に染九郎どの、待たせたのう」

菊太郎は口に銜《くわ》えていた爪楊枝《つまようじ》を指で摘《つま》み取り、二人にいいかけた。

「あ、兄上どの、まことに勝手な願いをきき入れていただき、もうしわけございませぬ」

「鋏蔵、気を遣《つか》わぬでもよいぞ。わしはいくらかでもそなたたちの力になれれば、うれしいわい。ましてや濡《ぬ》れ衣《ぎぬ》をきせられ、拷問を受けている多吉とやらにお牢の中で近付き、まことをきき出す役目を与えられるとは、面白いかぎりじゃ」

菊太郎は爪楊枝を手で玩《もてあそ》びながらいった。

「六角牢屋敷の雑居牢の中には、掏摸《すり》、盗賊、詐欺師《さぎし》、火付け、実際の人殺しもいるのでなあ。わしらにはやはりできかねる悪事を、難なく果たしてきた奴らと朝夕一緒に暮らせるとは、幸運なことだわい。奴らからそれぞれ犯した罪科《つみとが》の手口を、一つずつきき出すのも、わしには大きな楽しみ。そこにいたるには、一口では人に語りつくせぬ話があろう。実にさまざまな人生を送ってきた奴らがおり、中には数奇な運命を辿《たど》った不運な男もいるはずじゃ。数々の悪事を重ねてきた奴とて、生れながらの悪人ではあるまい。どこで性根を歪めてしまったのか、きいて察することもできるのではあるまいか。この世の中、まっとうな顔をしながら、実はとてつもない悪事をなし、堂々と世間をわたっている奴もいるぐらい、そなたたちとて知っていよう」

かれは銕蔵や七蔵たちみんなの顔を見廻し、意地悪げな笑みを目ににじませた。

「それでは菊太郎の若旦那さま、これから化けていただきますさかい、どうぞ許しておくれやす」

七蔵が小腰を折り、菊太郎に断った。

「ああ、遠慮なく思うようにやるがよい」

かれは草履を脱ぎ、藁莚《わら》に上がった。

「鶴太に正太、そなたたちも手伝え」

菊太郎は二人に向かってうながした。

「菊太郎の若旦那さま——」

喜六が悲愴《ひそう》な声をもらした。

「そうもうす喜六は、わしが目を閉じているゆえ、この髪に灰をぶっかけて汚すのじゃな」

かれはいいながら帯を解き、着ていた袷《あわせ》の着物を脱いだ。

それは数日前、祇園・新橋の団子屋「美濃屋」のお信が、自ら縫ってくれたものだった。

下着とともにそれを脱ぐと、外見とは全く異なり、胸や四肢とも筋骨隆々とした逞《たくま》しい身体が、褌一つの姿で現われた。

ところどころに刀疵《かたなきず》がうかがわれた。

ざっと数え、全身に十数箇所ありそうだった。

「兄上どの、その疵は——」

銕蔵が思わず声を迸《ほとばし》らせた。

「銕蔵、そなた今更なにを驚くのじゃ。まさかわしの身体が、ゆで卵のように真っ新《さら》なものだとは、思うておらなんだであろうな。何年も前、わしは放蕩無頼《ほうとうぶらい》をつくし、この京から出奔いたしたわなあ。その後、どのように生きてきたか、この疵痕《きずあと》が一つひとつ物語っておる。いまになって思えば、よく生き残ってきたものだと、我ながら感心しているくらいじゃ」

「若旦那さま、それではやりますさかい、勘弁しておくれやす」

菊太郎が目を閉じて銕蔵にいい終えると、喜六が火鉢から大皿に掬《すく》い出してきた灰を、菊太郎の髪にまぶしかけた。

「鶴太に正太、おまえらも黙って見てんと、わたしを手伝わんかい――」

喜六が自棄《やけ》っぱちな声で二人に叫んだ。

「へえ、ほな菊太郎の若旦那さま――」

鶴太と正太の二人は、大皿に山盛りにされた灰を急いで摑み取ると、菊太郎の身体全体にぱっぱと小さく投げ、さらに汚れを加えた。

「喜六、もうそれくらいでよいぞ」

曲垣染九郎が喜六や鶴太たちを制した。

「若旦那さま、許しとくれやす」

喜六がまた菊太郎に謝った。

「そなたたち、たびたびなにをもうしているのじゃ。これは立派な仕事なのじゃぞ」

灰まみれになった菊太郎は、七蔵から新しい手拭いを受け取り、全身と髪に浴びた灰をぱたぱたと軽く叩き落した。

髷《まげ》が無残に崩れ、薄汚れた菊太郎がそこに棒立ちになっていた。

「若旦那さま、古びておりますけど、まずこれを、次にこの単《ひとえ》を着て、帯を締めておくれやす」

「単をだと。昼間はまだ暑いとはもうせ、いまはもう袷の季節じゃぞ」

「そうどすけど、袷を着ていただいていては、なにかを仕出かした食い詰め浪人には見えしまへん。帯も古帯、草履も破れ草履をはいていただきます」

「まあ、そうだわなあ。痩《や》せ浪人が人並みに、季節に合うた袷を着ていては、さまにならぬわけだ」

「その通りでございます。まことにすんまへん」

「七蔵、わしに詫びる必要はないぞ。顔に少し泥でも塗れば、これでわしも立派な食い詰め浪人じゃ」

菊太郎は自嘲《じちょう》ぎみにいい、銕蔵と染九郎の顔を眺めた。

二人とも目を伏せるようにして、菊太郎の姿を見ていた。

京では一般に武士の止住《しじゅう》は禁じられている。

だが同地には、江戸時代の初めから各藩の京屋敷が構えられ、それぞれの藩の事情から、致《ち》仕《し》した武士も意外に多かった。

そうした禄《ろく》から見放された人物で本人が望み、また確かな身《み》請人《うけにん》と町役の許しがあれば、止住が許されていたのである。

そんな人物が、幾代にもわたって困窮を極めると、いまの菊太郎のような姿になるわけであった。

「さあ、これでそれらしい恰好になったわい。それでいかがいたす」

「兄上どの、腰縄をうち、両腕を後ろで縛らせていただきます」

「この鯉屋を出てからは、雑言《ぞうごん》を浴びせ付けますゆえ、どうぞご承知くださりませ」

鋏蔵につづき、染九郎が軽く会釈《えしゃく》して菊太郎にもうし入れた。

「染九郎どの、それくらいわしにもわかっているわい。六角牢屋敷の検台から雑居牢に行くまでの間に、少し暴れるゆえ、わしを足蹴にするなり、牢番から六尺棒を奪い取って叩き伏せるなりするがよい。牢の中の者たちに、不様《ぶざま》な食い詰め浪人を演じて見せてやらねばならぬからじゃ」

「そうまでのご斟酌《しんしゃく》、ありがたくうけたまわりました」

「染九郎どの、さよう恐縮せずともよいぞ。先程もうした通り、わしは雑居牢に入れられるのを楽しみにしておる」

「兄上どの、その楽しみはともかく、多吉に近付き、あれこれきき取ってくださるのを、怠られてはなりませぬぞ」

「鋏蔵、その一番の大事は肝《きも》に銘じておるわい。東町奉行所吟味役同心の太田《おおた》宗兵衛《そうべえ》は、多吉が金貸しのお婆を絞め殺し、百五十両の金を奪ったと決め付け、拷問蔵の中で強引に自白を迫っているともうす。宗兵衛の目的はわしにもおよそ察せられるわい。おのれの出世、そればかりを考えているに決っておる。犯人を初めからこの男だと決め付け、自分が考え出した図式通り、証人たちを脅したりすかしたりして、お調べ書きを作っているに相違ない。それにしても、多吉ともうす小裂売りは、いかなる拷問を受けても、強情なまでに犯行を否認しているとは、なかなか立派なものじゃ。それも夫婦になろうと決めた女子がいるからであろう。だがそなたが案じるごとく、口から血を吐くほど責めつづけられていれば、やがては命を落してしまおう」

「はい、菊太郎の兄上どのが仰せられる通りで、ことは急を要しまする。なんとしても町奉行所の権威を守り、かつ組頭さまが無罪ではないかと見ておられる多吉に、手を貸してやらねばなりませぬ。それには菊太郎さまのご協力が必要でございますれば、何卒《なにとぞ》、お力添えをお願いいたしとうございます」

「さように真面目な顔でもうされずとも、よくわかっている。わしが最も嫌いなのは、出世と金だけがすべてだと考える、つまらぬ欲に取り憑《つ》かれた人物じゃ。必ずわしは銕蔵やそなたたちの期待に応えてくれるわい」

「それではこれより六角牢屋敷に向かっていただきまする」

染九郎が七蔵に顎《あご》をしゃくると、かれは巧みな手付きでたちまち菊太郎に腰縄をうち、両手を後ろで縛り上げた。

「兄上どの、出かけまするぞ」

「錬蔵、好きにいたせ」

七蔵が菊太郎を縛った縄尻を摑《つか》んだ。

源十郎や喜六、鶴太や正太たちが、鯉屋の台所口から土間を通り、表に引っ立てられていく菊太郎を、悲痛な顔で見送っていた。

女主《おんなあるじ》のお多佳や小女のお与根も、店のどこかでかれの哀れな姿を見ているに違いなかった。

「にゃあご、にゃあご——」

老猫のお百《ひゃく》が、これはどうしたことだといわぬばかりに、菊太郎の足許にすり寄ってきた。

「正太、お百を抱き上げなはれ」

源十郎が険しい声で正太に命じた。

へいと答え、正太は素早く菊太郎の足許からお百を抱き取った。

「この野郎、さあ、とっとと歩くんじゃ」

鯉屋から六角牢屋敷までは四半刻の距離。同牢屋敷は六角通りの南、蛸薬師通りの北、神泉《しんせん》苑《えん》通りの西に構えられ、幕府が付けた正式な名称は三条新地牢屋敷。だが一般には、六角牢屋敷とか六角の獄舎と呼ばれていた。

同牢屋敷は厚い築地《ついじ》塀《べい》に取り囲まれ、北に向いて堅牢な四脚門を構え、人目にもひどく物々しい建物であった。

「この侍野郎、もっとはきはき歩かんかい」

菊太郎の縄尻を摑んだ七蔵が、かれにまた罵声を浴びせ付け、乾いた地表にぺっと唾を吐いた。

かれの両側には、銕蔵と染九郎がぴたっと寄り添い、その後ろに鯉屋の下代の吉左衛門が従っている。

誰の目にも、公事宿の牢座敷に預けられていた素浪人が、六角牢屋敷に引っ立てられていくとしか見えなかった。

『京都御役所向大概覚書《おやくしよむきたいがいおぼえがき》』に、六角牢屋敷の規模が記されている。

東西三十八間《けん》、南北二十九間、総坪数千百二坪、築地塀の外側は竹矢来《たけやらい》。牢は東に十八畳の部屋が三室。中央にキリシタン用の獄舎があり、全体の中央に十九畳半敷の本牢（雑居牢）が構えられ、奥の一角に四畳半の詰牢、西に十二畳の牢、北側にやはり十二畳の女牢があった。

牢の中央の広い土間に、すべての牢を見渡せる検台が置かれ、何人かの牢番頭（四座雑色《しざぞうしき》）たちが交代で坐っていた。

牢内にはそれぞれ下水道が引かれ、設備は清潔を保つように造られていた。

「下郎、わしをかような牢に入れるつもりか――」

菊太郎が突然叫んだ。

両側の牢から、大勢の男たちが太い格子《こうし》を摑み、かれの無残な姿を見ていた。

「あの浪人、なにをしてきたんやろ」

「おおかた辻斬りか盗みでもして、捕まったんとちゃうか」

「おそろしく薄汚い恰好の浪人やなあ」

　牢内からそんなささやき声をきいてすぐだった。

「この野郎、なにが下郎じゃ。てめえのほうこそ下郎だろうが。旦那、この縄尻を摑んでておくれやす。先程からわしだけやのうて、周囲のみんなにいいたい放題。わしはもう我慢ができしまへん。見せしめのため、こいつを六尺棒で叩きのめしてやりますわ」

　七蔵は案内の牢番から素早く六尺棒を奪い取ると、それで菊太郎の腰の辺りを大袈裟《おおげさ》に叩いた。

　わざと転んだ菊太郎は、再び大声でわめいた。

「殺すならさっさと殺しやがれ。わしはもう動かぬぞ」

「わしはすぐにでもそういたしたいのじゃが、なかなかそうもまいらぬのよ。そなたはここの本牢に入り、町奉行所に通って余罪がないか、吟味にかけられるのじゃ。さあ立て、立つのじゃ。食うに窮していたとはもうせ、そなたも武士の端くれだろうが——」

　銕蔵の声で菊太郎は渋々立ち上がった。

　かれが収容されるのは、十九畳半の本牢に決っていた。

　多吉もここから毎日、東町奉行所に連れ出され、太田宗兵衛から厳しい詮議を受けているのである。

本牢の側溝を流れる清らかな水の匂いが、菊太郎の鼻をふとかすめた。

二

「やい、新入りの貧乏侍――」

牢番が雑居牢の潜り戸を開き、菊太郎は七蔵の手で後ろ縄を解かれ、ついで尻を蹴飛ばされてその中に入った。

直後、牢内からかれにかけられた第一声がこれだった。

菊太郎は銕蔵や染九郎たちの足音が、次第に遠ざかるのをききながら、牢内をじろっと見渡した。

凶悪な人相の男たちの後ろに、貧相な顔や潮垂れた顔が十七、八、菊太郎をじっと見つめていた。

六角牢屋敷は、いまでいう更生施設でも刑務所でもない。町奉行所で取り調べを受ける被疑者、または遠島や所払いの処置を待つ者たちを、収容しているにすぎなかった。

当時、現在の懲役何年というように、町中《まちなか》の一定の場所に、犯罪者を拘置しておく発想はなかったのである。

「てめえ、口がないのんか。なんでわしの呼びかけに、すぐ答えへんのや。ここは地獄の一丁目。うまく通り抜けへんと、後が難儀になるねんで。牢名主さまになにをしてぶち込まれたかを正直にもうし上げ、〈つる〉の一粒でも褌に隠してきたはずやさかい、それを素直に差し出すこっちゃ。そうして丁重にご挨拶をするのや。わしの名は勘造《かんぞう》いうねんやわ」

頬のこけた狐目の若い男が、恫喝《どうかつ》気味にうながした。

「ほう、牢名主さまにご挨拶をと、そなたはもうすか――」

縄で縛られていた手首の痛みが和らいでいる。

菊太郎は改めて本牢の中を見廻した。

この本牢は四畳半分だけが板間。畳はあと十五枚敷かれているはずだが、その幾枚かが重ねて積み上げられている。

その上に髭面《ひげづら》で悪相の男がでんと坐り、苦々しげな顔で鼻毛を抜き取っていた。

つる――とは、牢名主への賂《まいない》。新入りがこれを持ってくるかどうかで、牢内での扱いが大きく違うことは、一般社会でも常識とされるほど知られていた。

「そなた先程、わしを貧乏侍ともうしたのう。さような者が、つるなど持ってこられる道理がなかろう。牢名主とそこをよく相談し、それからわしに口を利くのじゃな」

「な、なんやと――」

狐目の勘造がにわかに凶悪に顔を歪め、牢名主も片膝立ちになり、菊太郎をにらみ付けた。

それにつれ、積み上げられた畳の周りで胡坐《あぐら》をかいていた男たちも、色めきたった。

「てめえ、痩せ浪人のくせに、いやに態度がでかいやないか。こんな奴を、ここでこのまま放っておくわけにはいかへん。みんなでぐうの音《ね》も出んように可愛がってやれや。それで少しはおとなしくなるやろ」

髭面の牢名主が周囲に声をかけると、最初に勘造が菊太郎に飛びかかってきた。

だが勘造は、即座にぎゃあっと悲鳴を上げてぶっ倒れた。

菊太郎が俊敏に動き、かれの右腕の骨を肩からはずしたのであった。

次に懐に飛び込んだ男は、当て身を食らわされて一瞬に倒れ、次の相手は下腹部をしたたか打たれて悶絶《もんぜつ》した。

すべて瞬時の出来事であった。

「わしはここにおとなしく居させてもらおうと思うていたが、どうやらそれはできぬようじゃ。わしにかかってきたい奴があれば、遠慮なくまいれ。何人か同時でもかまわぬぞ。どれだけでも相手になってつかわす。その前に、わしがどうして町奉行所の奴らに捕えられたかをもうしておく。辻斬りに強盗、悪事のことごとくをなしてきたからじゃ。いまそなたたちが見たごとく、腕にはいささか覚えがある。ただこれまでの三人には、少々手心を加えてとらせたが、次からは容赦いたさぬ。死ぬつもりでかかってまいるのじゃな」

菊太郎は息も弾ませずにかれらにいった。

腕の骨をはずされた狐目の勘造が、怯《おび》えた目でかれを見ていた。

「それにつけても、まずはその男の腕を治してつかわさねばなるまいな」

菊太郎はつかつかと勘造に近付いた。

勘造がさらに怯えて後ずさった。

「わしはそなたを取って食わぬわい。早く元通りにいたさねば、肩に炎症を起し、腕が利かぬようになるからじゃ」

菊太郎の言葉で、勘造は恐怖をこらえ、かれに腕の手当てを委《まか》せた。

後ろに廻り込んだ菊太郎が、勘造の背中に身体を寄せ、はずれた上腕《じょうわん》を掴み、力を込めると、ぐきっと小さな音がひびいた。勘造の腕は忽《たちま》ちすっと元に戻った。

その勘造が、悶絶したままの二人を見つめている。

「勘造とやら、そなたはあの二人の手当てもしてやって欲しいと、わしに頼みたいのじゃな」

「へ、へえ、そうしたっておくれやす」

かれの口調は前とはすっかり変わっていた。

「さればさようにしてつかわす」

菊太郎は気楽にうなずいて二人に近付き、気絶しているかれらに、小声だが鋭い声を発して活を入れた。

二人はきょとんとしたようすで正気を取り戻し、菊太郎の姿に気づくや、勘造と同様、後ずさった。

「おまえたち、この旦那はわしらがおとなしくしてたら、もうなにもしはらへんわい」

勘造が二人をなだめた。

積み重ねられた畳の上から、髭面の男がのっそり下りてきた。

「どうもお見逸《みそ》れいたしやした。わしは娑婆《しゃば》では、馬の藤兵衛《とうべえ》と呼ばれた盗賊の頭《かしら》でございましたが、いまではこうして捕えられ、この本牢で牢名主をしております」

かれは弱音を吐くように低姿勢で名乗った。

「わしは井村九十郎ともうす。それにしても、そなたの髭面は見事じゃなあ。馬の藤兵衛ともうしたが、そなたの顔、馬面には見えぬぞ」

「へえ、馬の藤兵衛と異名されたのは、わしがもと西国街道で馬方《うまかた》をしていたからでございます」

馬方とは、駄馬を曳《ひ》いて客や荷物を運ぶのを業《ぎょう》とする者たちの呼称であった。

「馬方、馬方なあ——」

「旦那、畳の上に坐ってくだせえ。この勘造は滅法、肩揉みが上手《うも》うございます。お疲れでございましょうほどに、ひとつ肩を揉ませてやっておくんなはれ」

藤兵衛は菊太郎に媚《こ》びるようにいった。

「そうだな。そなたがさよう勧めるからには、揉んでもらうとするか——」

菊太郎はあっさりいい、重ねられた畳の上にひらりと上がった。

かれの背後に勘造が廻り込み、肩を揉みにかかった。

「九十郎の旦那、どうでございます」

「馬の藤兵衛がもうす通り、まことに上手いものだのう。これではつい眠くなってしまうわい」

目を細め、菊太郎はかれの揉み工合を褒めたたえた。

背後で勘造が小狡《こずる》く微笑しているのが、菊太郎にはわかっていた。

一瞬、手の調子が変わったとき、勘造が懐から取り出した短い麻縄が、菊太郎の首にぐっと食い込んできた。

「この三一《さんぴん》侍、なれの果てのくせに、なにを偉そうにしているんじゃ。婆婆の掟《おきて》とここでの掟とは、全く違うもんなんやわ」

菊太郎の首を麻縄でひと巻きし、両端を握った勘造は、せせら笑いを浮かべながら、さらにぐいっと麻縄を締め上げた。

かれを絞殺しようとしているのである。

菊太郎はぐっとそれに耐えていたが、極限まで堪《こら》えると、わあっと身体を大きくゆすった。

背後で麻縄を握っていた勘造の身体が、菊太郎の頭上を飛び越え、本牢の床にがんと叩き付けられた。

しかも勘造は股間を押えて悶転《もんてん》している。頭上を飛んでいくその股間に素速く手をのばし、菊太郎が陰嚢《いんのう》を握り潰したからであった。

「牢番、牢番、早くまいれ」

菊太郎は畳の高所から、検台に届けとばかりに大声で叫んだ。

「どうしたのじゃ。騒々しいにもほどがあるぞよ」

数人の牢番があわただしく駆け付けてきた。

「そこで悶《もだ》えている奴の睾丸を、わしがいま握り潰してやった。早く手当てをいたさねば、死んでしまうぞよ」

牢番に菊太郎は怒鳴り立てた。

「そいつの金玉を潰したんやと。おまえはなんちゅう無茶をするんや。それでは命が助かったとしても、後々、まるで使い物にならへんやないか——」

「さような顚末《てんまつ》、わしの知ったことではないわい」

牢番たちは雑色頭（牢番頭）から菊太郎について、なにかいい含められているとみえる。潜り戸を開け、勘造を手早く引きずり出した後、それ以上、かれに文句を付けなかった。

六角牢屋敷の検台では、早くから大牢の騒ぎをきき付けていたが、牢名主の馬の藤兵衛に仕切らせればよいと、放置していた。

牢名主の存在は、こうした施設には必要悪。かれら罪人の自主性の許、強い男に委せておくのが、最も良い処置だといえないでもなかった。

勘造が牢番たちに連れ去られてから、菊太郎は畳の上で胡坐をかいた。

「わしはこんなところは好まぬ。この畳は後で板間に敷き直すとして、いまそなたたちに断っておくことがある。わしは自分の迂闊《うかつ》から、町奉行所に捕えられたが、武士たるものは、たとえ眠っていたとて、決して油断はせぬものじゃ。こんな牢内ではましてであろうな。特に馬の藤兵衛にもうしておく。今度、再びわしに狼藉《ろうぜき》を働く者があれば、わしは刀がなくとも、一撃のもとにそ奴とそなたの命を奪い取ってくれる。それをよく心得ておくがよい。さればここにわしがいるかぎり、誰が上でも下でもないといたす。かような説教は馬の耳に念仏であろうが、みんなが労《いたわ》り合うてすごすのが、大事ではないのか。さあ、積み上げられた畳を元に戻して敷き並べるのじゃ」

菊太郎の存在に怯えた牢内の男たちが一斉に立ち上がり、積まれていた畳を下ろしにかかった。

十九畳半といわれながら、十五枚の畳が敷かれ、あとの四畳半分が板間になっているのは、そこに雪隠《せっちん》が設けられているからだった。

雪隠は二つあり、それぞれ二枚の床板をはずし、それを衝立《ついたて》にして、上半身だけ覗かせて用いる。

床下には、頑丈な斜め板がしつらえられ、囚人の排泄物は牢舎の外に置かれた肥え桶に、流れ込むように造られているのであった。

かれらが寝る布団は、蘇芳《すおう》と青鈍《あおにび》色の二色で縞模様に染められ、大牢の一方に二重《ふたかさ》ねにして置かれ、着衣は自前のためさまざまであった。

牢内の二十人近くが一斉に動き、畳を元に戻す物音が、六角牢屋敷の中にひびき渡った。

「本牢でなにをしているのや。ちょっと見てこいや」

検台にいた牢番頭が、勘造を医療部屋に運んで戻ってきた牢番たちに命じた。

「へえっ、早速——」

牢番頭に低頭し、本牢に向かった中年の男は、すぐ検台に走り戻ってきた。

「どうしてたんじゃい」

牢番頭はたばこ盆の炭火から、キセルの雁首《がんくび》に火を拾ったうえ、一口それを吸い、白い煙を吐きながらたずねた。

「馬の藤兵衛が坐っていた本牢の畳が取り崩され、普通に並べられております」

「なんやと、すると牢名主はどうなったんじゃ」

「藤兵衛もほかの者と一緒に、車座になっておりました」

「あいつの腰巾着《こしぎんちゃく》たちもじゃな」

「へえ、文句もいわんと、殊勝げなようすどした」

「どたばた騒ぎを起したあの貧乏侍が、そうさせおったのじゃな」

「それに違いございまへん」

「あの貧乏侍、深い詮議の筋の者ゆえ、少々のことは見逃してやって欲しいと、同心組頭の田村銕蔵さまから頼まれてる。牢名主の馬の藤兵衛まで脅し付け、高御座《たかみくら》から引きずり下ろしてしまうとは、たいしたもんじゃ。なにを仕出かしたかまだきいてへんけど、容易ならぬことをやる奴ちゃなあ」

牢名主が坐る積み上げられた畳は、獄舎では高御座と呼ばれていた。

高御座は平安時代以降、大極殿《だいごくでん》や紫宸殿《ししんでん》に安置された玉座。即位、朝賀、蕃客引見《ばんかくいんけん》などの大礼に用いられ、構造は八角形の黒塗屋形の許、三層の黒塗継壇《つぎだん》に作られていた。

獄舎ではこの尊称を、牢名主の坐る畳に当てていたのである。

検台に坐った牢番頭は、公事宿鯉屋から牢内の収容者に、岡持ちに入れた牢扶持を運んできた菊太郎と、これまでに数回、言葉を交わしていた。

だが今日、牢屋敷に連行されてきたかれの姿は、あまりにも以前と異なっていたため、それが当人だとは全く気付かずにいたのだ。

「本牢の高御座が普通に戻されたぐらいやったら、まあ、わしらがどうこういうまでもないやろ。放っとけばええわ」

牢番頭はキセルでまたたばこを一口吸い、口から煙を吐きながらつぶやいた。

本牢の中で菊太郎は、厚い塀板に背をもたれかからせ、右隣に自分の腹心のように、馬の藤兵衛を坐らせた。

そして藤兵衛から、盗賊として押し入るための手立てを、あれこれたずねていた。

「大仕事をするには、手引きをする配下をやはり何年も前から、狙う店へ奉公人として入れておくのじゃな」

「へえ、それが普通でございます。そやけど身許の明らかでない者を、雇わん大店《おおだな》もございますさかい、そんなときは店の奉公人を、色仕掛けで盗みに加担させますのや」

「色仕掛けか——」

「これはと目を付けた手代や手代見習いに巧みに近付き、ええ身体をした女子を抱かせるんどす。抜き差しならんようにして、仲間に引き入れてしまうのどすわ。そうしてわしらが押し入るとき、店の潜り戸の錠をはずしておくか、金蔵の鍵の型取りをしてくれたら、それでええのやと伝えます。おまえの取り分は理由を拵《こしら》え、実家のほうに届けておいてやる。その代わり、旦那や町奉行所に訴えでもしたら、実家の両親や兄妹は皆殺しやと脅すんどす。それでだいたい相手はこっちのいい分に従います。大小五軒ほどそれをやりましたなあ。けど中に女好きな手代がいて、そいつは女子を取っ替え引っ替え、わしも随分手を焼きましたわいな」

藤兵衛は菊太郎に寄り添うようにして話しつづけた。

「そやけどわしは、手下たちに押し入った先で女子を犯すな、男たちも傷付けたり殺したりしてはあかんと、厳しく命じてきました。半年前、何者かに町奉行所に垂れ込まれ、囲うていた女の家に踏み込まれて捕えられましたけど、手下たちはそれをきき、諸国へ散ったはずどす」

「盗んだ金はどうしたのじゃ」

「得た金はいつも四分六。頭のわしが四分取り、六分を手下たちが分けることにしてました」

「四分の金は相当な額にのぼったであろう」

「へえ、二千数百両になってましたやろか。わしはそれを四つに分け、誰にもわからんところに隠してます。いまそれを正直に吐いたら、遠島ですませてとらせると吟味役からいわれ、一つだけついに明かしましたんや。あとの三つを話してしまったら、わしはほんまにどうされまっしゃろなあ」

「人を全く傷付けたり殺したりしておらぬ盗賊とは珍しい。金の隠し場所を一つだけ残し、あとを正直に吐いてしまうのじゃな。そういたせば、お上《かみ》の心証もよくなるはず。短い遠島ですまされよう。何事も命あっての物種だぞ。東町奉行所に田村銕蔵ともうす同心組頭がおる。吟味役にその者の名を告げ、故《ゆえ》あってお会いしたいともうし、田村銕蔵に手柄を上げさせれば、後はその者が穏便に計らってくれよう。罪をつぐない、島から戻ってきたら、一つだけ残しておいた金を取り出し、それを元手にまっとうな商人《あきんど》にでもなるのじゃな」

菊太郎は藤兵衛にひそひそ声でささやいた。

「旦那は勘造を投げ付けはった後、牢名主のわしの顔が立つように、そなたは畳の入れ替えを指図していればよいのじゃと、丁重に扱うてくれはりました。そんなご配慮のせいどっしゃろか。わしはついつい隠していたことまで明かしてしまいましたがな。旦那はほんまに、人を手玉に取るのが上手なお人どすなあ。田村銕蔵さまどすな。そしたらわしもぼつぼつ覚悟を決めますわ」

二人が肩を寄せ合い、親しげに話をしているのを見て、牢内は安堵《あんど》の雰囲気であった。

「ああ、そういたせ。必ずうまくいこうぞ」

菊太郎が藤兵衛にそう答えたとき、獄舎の検台のほうが、急にあわただしくなった。

吟味のため、本牢から町奉行所に連れ出されていた男が、帰されてきたようだった。

「さあ、この男を牢に戻してつかわせ」

「へえ、かしこまりました」

男を運んできた吟味役下役たちに、牢番頭が頭を下げているのが、気配で感じられた。

「今日は相当、ひどい拷問を受けたようや。いまも口から血を吐いてるやないか。やい、戸板に乗せられたこいつを、そっと本牢に運んでやれ。血の汚れを拭く布や桶、疵薬もあとで届けたらなあかんなあ」

「お頭、わかりました。早速、そのようにいたします」

「この多吉も強情な奴ちゃわい。金貸しのお婆を殺したのは自分ではないと、今日もいい張りおったんやろ」

牢番たちの声をきき、菊太郎の眉がぴくんと動いた。

間もなく四隅を牢番たちに支えられた戸板が、本牢に近付いてきた。

一旦、戸板を下ろし、鍵を持つ男が潜り戸を開け、ほかの三人が戸板に腹這うように伏せる若い男を抱え上げた。

「ひどいことをしよる」

「拷問をするにしても、程度があるわい。あんまりとちゃうか」

「当人がわしらにも、身に覚えがないと主張しているのやさかいなあ」

「牢名主の親方も、あれがほんまに金貸しのお婆を絞め殺して金を奪ってたら、その真偽はなんとなくわかるもんやと、いうてはったわ」

本牢の太格子を両手で摑み、外を見ていた男たちが、口々にいい交わしていた。

三人の牢番たちが、小さな潜り戸から多吉をそっと牢内に運び入れた。

菊太郎は片膝立ちになり、それを見つめていた。

「みんな、多吉が痛がらんように、布団に静かに横たえてやりいな」

馬の藤兵衛が菊太郎の顔色をうかがい、ほかの男たちにいった。

「馬の藤兵衛、わしがそれをさせてもらおう。それにしてもこの背中の疵、ささら竹で何度も叩かれたのじゃな。目尻も無残に裂け、顔が腫《は》れ上がってしまっておる。口からまた血を吐いたぞよ」

布団に横たえられた多吉は、上半身を裸に剝《む》かれ、血まみれであった。

かれは弱々しい息で喘《あえ》いでいる。

苦しそうに咳《せき》をするたび、口から赤いものが吐き出されていた。

「おいてめえたち、この男を労《いたわ》り、身体の血を拭いてやりいな。これでは五、六日、いや十日ぐらいお調べはできへんかもしれへん。いくら剛腕と噂される太田の旦那でも、お婆殺しの疑いをかけてる多吉を、拷問で死なせてしまったら、町奉行所の中できこえが悪いさかいなあ。そこのところを考え、おまえたちもしっかり疵の手当てをしてやるこっちゃ。ここに水を入れた平桶、それに布と塗り薬を置いておくさかい——」

二人の牢番が潜り戸から、それらを牢の中に運び入れた。

「おい牢番、この多吉とやらに魚粥を炊き、差し入れてやってくれまいか。これは賂のつもりじゃ」

どこから取り出したのか、菊太郎はおおっぴらに一両の金を、かれらの一人に摑ませた。

「こ、これは一両——」

「ここにいれば、金はまだまだどこからでも降ってくるわい」

菊太郎はかれらににやっと笑いかけた。

背後で小さなどよめきが湧いた。

三

「兄上どの、湯加減はいかがでございます」

「ああ銕蔵、ほどよいわい。いま湯から上がり、喜六に背中を流してもらおうとしているところじゃ。この後、髪を洗うゆえ、どんどん火を焚《た》いてくれ」

鯉屋の風呂場の内と外で、こんなやりとりが交わされていた。

実際に風呂を焚いているのは曲垣染九郎。洗い場にひかえる喜六は、褌一つの姿になり、菊太郎が湯桶から上がってくるのを待ち構え、糠《ぬか》袋に手をのばしていた。

「それにしても、六角牢屋敷の食い物はひどかったなあ。麦八分に米が二分。朝はそれに味の薄い味噌汁が付いているだけで、間食《かんじき》はなし。夜はそのもっそう飯に、味噌汁と鰯《いわし》の干物一匹のありさまじゃ。五日に一度、惣菜が替わるときいていたが、今日はなにになったのであろうな」

菊太郎は銕蔵にいいながら、ざばっと湯桶から上がった。

「菊太郎の若旦那さま、そしたら背中をわたしに預けてくんなはれ」

喜六にいわれ、かれは湯殿の低い腰掛けに逞しい腰を下ろした。

六角牢屋敷でのかれの在牢は五日。今朝、牢番から慇懃《いんぎん》な挨拶を受け、牢から連れ出されてきたのである。

「馬の藤兵衛、くれぐれも多吉の世話を頼んでおくぞよ。これはそなたへの贈り物じゃ。地獄の沙汰も金次第ともうす諺《ことわざ》ぐらい、そなたも知っておろうが——」

かれは懐から三両と二朱金を六枚ほど取り出し、藤兵衛に手渡した。

菊太郎がこんな金をどこに隠していたかといえば、きものの襟の中に縫い込んでいたのであった。

「だ、旦那——」

「それに東町奉行所同心組頭・田村銕蔵の名を忘れてはなるまいぞ」

かれは藤兵衛の耳許に口をよせ、小声でささやいてきた。

呆然とした顔で、藤兵衛は菊太郎を見送っていた。

そのかれの背中を、喜六が糠袋でこすり始めている。

ときどき湯を流してのそれは、心地がよかった。

熱く焚かれた湯をぬるめるため、風呂場に水桶を運び入れている鶴太と正太も、意気揚々としたようすだった。

「おい鶴太に正太、水をじゃんじゃん運んでくるのじゃ。身体中が汚れで痒《かゆ》くてならぬわい。それにお店《たな》さまのお多佳どのに、わしが湯から上がったら、髷を結っていただきたいともうしていたと、伝えておいてくれ」

そのお多佳は風呂場の外に襷掛《たすきが》けの姿で立ち、小さく笑っていた。

「兄上どの、多吉に加えられていた拷問は、噂通りに酷《ひど》いものでございましたか——」

「ああ、わしが牢に入れられた当日は、目を背《そむ》けたくなるありさまだったわい。背中はおろか、腹までささら竹や棒で叩かれ、顔を腫らして血だらけであった。あれは両手を縛られて吊るされたうえの拷問であろう。吟味役同心・太田宗兵衛の手下たちもけしからん。おそらく奴らは、旦那と恃《たの》む宗兵衛の手荒な手段を知りながら、わが身の立場を第一に考え、見て見ぬふりをしているに違いないわい」

「それで兄上どの、多吉の奴から必要なことをきき出してきてくださいましたか――」

「ああ、奴の看護にことよせ、なにもかもしっかり質《ただ》してきたわい。奴をお婆殺しに仕立て上げる構図は、すでにがっちり固められておる」

「それはどのようにでございまする」

風呂場の焚き口に薪《まき》を放り込んで立ち上がり、染九郎がたずねた。

「染九郎どのでござるな。それは宗兵衛の奴が、取り調べた関係者たちから、すべて多吉に不利な証言を引き出し、名前を書かせ、爪印《つめいん》まで捺《お》させていることじゃ。おそらく宗兵衛が、証人たちを脅したりすかしたりし、書き上げたものであろう。あとは当人の自白を待つだけ。物証を得なくとも、それだけで罪を決め付けるには十分じゃが、宗兵衛にもいささかの後ろめたさがあるのだろうな。それゆえ拷問をして自白を迫っておる」

「多吉がお婆殺しの下手人ではないかと決める証言をいたした者は、何人でございます」

今度は鋳蔵の声だった。

「三人じゃ。一人は長年にわたり、多吉から金を借りていた博奕好きの油の量り売り屋。おそらく多吉が、人殺しの罪で死罪にでもなれば、二両余りの借金を返さなくてすむからであろう。もう一人は、金貸しのお婆が殺された時刻、多吉が好きな将棋を指しに行っていた鍛冶屋で働いていた気の弱い男。さらに木屋町《きやまち》筋の一膳飯屋で働くおまさともうす子持ち女じゃ」

菊太郎は風呂場の桟格子に向かい、大声で怒鳴り立ててつづけた。

「そのおまさは、三条油屋町の長屋で、多吉の隣に住んでおる。夜になってから、多吉が足音をしのばせるように長屋に戻ってきたと、証言しているそうじゃわ。おまさの子は、どこか商家へ奉公に行っているともうす。宗兵衛が書いたお調べ書きに爪印を捺さねば、息子の奉公先にまで迷惑が及ぶのだぞと、脅したに違いない。いずれも宗兵衛の脅しをきかねばならぬ事情を持っている者たちで、実に巧みな罪のでっち上げじゃわい。あとは多吉が音《ね》を上げ、へえっ、わしが金貸しのお婆を殺しましたとうなずけば、宗兵衛の手柄となる仕組みじゃ」

博奕好きの油売りの名は定助《さだすけ》、三条の鍛冶屋で働く男は恒吉《つねきち》といい多吉の幼馴染み。菊太郎はかれらの住居も多吉からきき出していた。

「このお侍さまが、一両の賂を牢番に摑ませ、おまえが少しでも早う元気になるようにと、魚粥を頼まはったんや。それ見てみいな。今日は白い粥に生卵まで付けられているやないか」

馬の藤兵衛が多吉の疵に薬を塗りながら、かれに言葉を添えてくれた。

牢内は菊太郎が入牢してきてから、どこか活気を呈していた。

罪をつぐない、一日でも早く真面目に生き直そうと考える者が、増えているようだった。

「わしは町奉行所の奴らに減らず口を叩いておるが、あれはせめても武士らしい体面をとりつくろう悪あがきで、まことは生きる道をつい誤ってしまったと悔いておる。ここに刀があれば、切腹して果てたいくらいじゃ。そなたたちも世間に詫びたら、真面目に生きる道を探すがよかろう。わしは生れ変わりなど信じておらぬ。あれは坊主どもが、少しでも多く喜捨の銭を稼ぐための作り話にすぎまい。専修念仏を唱え、浄土宗を興された法然上人《ほうねんしょうにん》さまは、『一枚起請文《いちまいきしょうもん》』の中で、坊主たちの説教をきくには及ばぬ、ただ南無阿弥陀仏と唱えれば、疑いなく極楽に往《おう》生《じょう》できると書かれているわい。神仏からたった一度だけ与えられた人生。わしはいずれ打ち首にされて果てる身じゃが、そなたたちはもっと己の人生を大切にいたさねばなるまい。女房や子どもを持つ奴もおろうでなあ」

　菊太郎は折にふれ、牢内で膝をかかえる男たちに生きる道を説き、それは自分が歩んできた道を悔いているからだと述べていた。

「ほんまに旦那がいわれる通りかもしれまへん」

「生きるのも死ぬのも同じ難儀どしたら、わしはやっぱり、生きることを選ばせてもらいますわ」

　こういい出す男も、それにうなずく男たちもいた。

「さようにいたせ。打ち首にされたわしが、地獄の底からでも、そなたたちがまっとうに生きられるよう、祈っていてつかわす」

菊太郎は口から出まかせに、調子のいいことをいっていたが、それはまことの一端でもあった。

かれが牢番から慇懃に迎えられたとき、牢内の男たちは、いよいよこのお侍は打ち首にされるのだと思い込み、「南無阿弥陀仏」と両手を合わせて送り出したほどだった。

風呂場からざばっざばっと湯音がきこえてくる。

「喜六、もっと湯をかけてくれい」

菊太郎が髪を洗っているようだった。

「もっとどすか——」

「おお、さようじゃ。わしが止《や》めいというまで、かけつづけてくれ」

「はい、かしこまりました」

「これでもわしは牢帰りなんじゃぞ」

「菊太郎の若旦那さま、そんなことを自慢せんかてよろしゅうおすがな」

「まさにその通りじゃ。わしは一度、それをいってみたかっただけじゃ。許せ、許せよ」

風呂場での二人のやり取りをききながら、銕蔵は異母兄菊太郎の身体に刻まれていた幾つもの刀疵を思い出し、兄が一度ならず自暴自棄になったときもあったのではないかと考えていた。

自分に家督を譲るため、京から出奔した兄には、さまざま辛《つら》い思いをさせたに違いない。それがいまの菊太郎という特異な人格を、作り上げたのだろう。

鋳蔵は喜六がざばっざばっと菊太郎の頭髪に、なお湯を浴びせかける音をききながら、胸にじんと熱いものを覚えていた。

「喜六、もうよいぞ。これでどうやらさっぱりした。生き返った心地じゃわ。染九郎どの、火も十分じゃ。礼をもうす」

「菊太郎の兄上どの、それがしずれに礼には及びませぬ」

「なんの、五日間でもあのようなところにいると、人の情けが身に染むのじゃ」

「まこと、兄上どのにはご苦労をおかけいたしました。それで祇園・新橋のお信どのには、今朝、兄上どのが六角牢屋敷から出てまいられましたと、仁兵衛どのに知らせに行かせました」

「おお鋳蔵、それはありがたい。そなたに頼まれての探索ゆえとはもうせ、お信も右衛門七も、さぞかしわしの身を案じていたであろうなあ」

「いかにもでございます。お信どのは兄上どののご無事を祈り、茶断ちをしていたそうでございます」

鋳蔵は自分もそうしていたとは、口にしなかった。

風呂場では菊太郎が髪を洗い終え、今度はその髪の濡れを喜六に手伝わせて拭っていた。

「鋳蔵、吟味役同心の太田宗兵衛は、いったいなにを考え、多吉にお婆殺しの濡れ衣をきせようとしているのじゃ。そなたはどう思うている」

「それはちんぴらだった多吉なら、容易に犯人に仕立て上げられるからにすぎないと思われまする。太田宗兵衛の評判は、町奉行所の中でもあまりよくはございませぬ。されど吟味役としては腕利きと評され、多くの悪党たちの口を割らせ、手柄を立てております。勢い、取次《とりつぎ》さまや用人さまの覚えもよく、おそらくその評判は、お奉行さまのお耳にも届いておりましょう」

「吟味役は被疑者の口を割らせるため、割り屋と陰口を叩かれているそうだな」

「はい、さような呼び名があること、それがしもきいておりまする」

「宗兵衛が割り屋としての手柄は、いずれも酷い拷問によって得たものではないのか。小細工を弄《ろう》したり、証人たちを脅したりしてお調べ書きを作り上げる。執拗《しつよう》に糺《ただ》され、心身ともに疲れ果てた罪のない者は、やがて絶望に陥るものじゃ。そんなところにそのお調べ書きを読み上げ、奴は罪を認めさせているのではないかと、わしはにらんでいる。その点はどうじゃ」

「いかにも、奉行所の一部には、さような噂がないでもございませぬ」

「噂がないではないとは、無責任ないい草。銕蔵、それではすまされぬぞ。東町奉行所の中で起っている大きな問題として、そなた同じ奉行所の者として、どうしてもっと早く声を上げぬのじゃ。これでは大小にかかわらず冤罪を作り出し、それに加担しているに等しかろう」

「兄上どののもうされる通りでございます。されど上役でもないわたくしが、吟味方に異を唱えるのは、町奉行所の中ではなんとも憚《はばか》られますゆえ、つい黙認しておりもうしました」

銕蔵は声を低めて弁解した。

「お役所とは、得てしてそうしたものであろう。それでも勇気をもってその難儀を目付衆に訴えるのが、人の道ではないのか――」

「いかにも、それが筋。わたくしにその勇気が欠けておりました」

「さらにたずねるが、宗兵衛の奴はどうしてそうも功を急ぐのじゃ」

菊太郎は太田宗兵衛の核心に触れかけた。

京都の町奉行所は東西の二つに分けられ、それぞれに与力《よりき》二十騎、同心五十人が配されている。

江戸ではこれが南北の二つであった。

奉行の下に用人、取次が置かれ、公事方、御取締掛《おとりしまりかかり》、勘定方など、さまざまな役職があり、同心支配は各四人、同心組頭は各二人、同心目付は各三人であった。

「兄上どの、世の中は出世をいたせば、自ずと権力と金が付いてまいりまする。太田宗兵衛は権力志向の強い男。やがては与力にでも取り立てられたいと、考えているのでございましょう」

「権力志向の強い男だとな。なるほど、確かに出世いたせば、人にちやほやされ、金も集まってくるわなあ。わしは一度も味おうたことはないが、権力とは甘味なものらしいわい。それがわからぬではないが、上役に諂《へつら》い、あれこれ妙な苦労をしてまで出世をいたし、権力を得ようと思わぬがよいぞよ。所詮《しょせん》、人は死ぬものだからのう」

「それくらい、わたくしもわきまえておりまする」

「ならばよい。それにしても今度の一件、そなた、わしを罪人に仕立て上げてまで、多吉の無罪を証明しようとするのは、どうしてなのじゃ。なにか深い仔細があるのであろう」

「はい、兄上どのには二十数年前、室町筋の岩田屋ともうす大店の呉服屋に、盗賊が押し入った事件を覚えておられませぬか。奴らは奉公人を何人も殺め、三千両余りの金を奪ったものの、しばらくして捕縛され、一味九人が打ち首にされました。盗賊の首領は十一屋宗伯《じゅういちやそうはく》ともうし、酒田の紅花問屋の隠居を装い、東山・高台寺の近くに住居を定めておりました」

　銕蔵は風呂場の桟格子に近付き、声を高めて話しつづけた。

「ところが、打ち首になった中の一人に、豆腐売りの佐介《さすけ》ともうす男がおり、これは後に判明した事実でございますが、この佐介は豆腐好きの宗伯が、贔屓《ひいき》にしていたただの豆腐売りにすぎなかったのでございます。われらの父次右衛門どのが、この事件の探索に関わっておられました。後に残された女房と生れて間もない女の子の暮らしをいかがするのか、また佐介の名誉回復はどうなるのだと、次右衛門どのは上役に掛け合われたそうでございます。されど奉行所は、今更どうすることもできぬ。そなたは町奉行所の面目を潰す気かと反対に叱られ、全く取り合《お》うてもらえなかったとききました。その折の女児の名はお雪《ゆき》。それが今回、多吉の惚れた女子でございます。お雪も多吉のどこに惚れたのか、多吉が無実の罪で捕えられたのをきき、同心組屋敷に隠居の父次右衛門どのを訪れてきたのでございます。そして、うちが多吉はんが金貸しのお婆さまを殺したのではないのを、一番よく存じておりますと、切々と訴えた次第――」

「名前はお雪ともうすのじゃな。雪は白くて美しい。打ち首にされた佐介は、自分が拵える豆腐から、その名を付けたのであろう。われらの父は、町奉行所の手で殺されたに等しい佐介の遺族たちに、なにほどかの慈悲をかけてきたのかもしれぬなあ」

「わたくしもそのように思うております」

「それでそのお雪は、いまどこでどうしているのじゃ」

「多吉が住む三条油屋町に接する笹屋町の長屋で、縫い仕事をしながら、老いた母親とともに暮らしております」

「この探索、父上どののお望みだったわけじゃな」

「さように考えていただいて、よかろうと存じまする」

「さればこれは親孝行の一つかもしれぬな」

「わたくしもそう思うておりますが、いまだこの先、どう決着を付けるべきやらと迷うております。東西の町奉行所は、互いに功を競い合っておりまする。東町奉行所の吟味役が功をあせり、無実の小裂売りを金貸しの老婆殺しの下手人として捕え、それが間違いであったとわかれば、大変な失態。西町奉行所のお人たちはひそかによろこび、以後、東町奉行所を軽んじましょう。同心支配や同心組頭の方々も、宗兵衛のやりように危惧《きぐ》を覚えながらも、いまでは数々の功の前に口を閉ざされているありさま――」

「銕蔵、そなたは宗兵衛の割り屋としてのこれまでの功をもうしているのじゃな。確かにいくらか功はあったかもしれぬが、間違いは間違いとして正せば、それでよかろう。今更、奉行所同士の競い合いなど、わしにきかせてどうなる。ともかく、そなたが勇気をもってことに当たれば、罪のない男が六角牢屋敷から出られるのだぞ。大小の悪人をのさばらせていてはならぬ。多吉から金を借りている油売りの定助、鍛冶屋の恒吉にも、ここで太田宗兵衛の脅しに屈しては、一生、後悔いたすのだぞと諄々《じゅんじゅん》と説き、お白洲《しらす》ですべてを正直に話させるのじゃ。その後、わしは連中を守るため、宗兵衛の奴を斬ってくれてもよい。先程もうした通り、今夜は油屋町の長屋を訪れ、一膳飯屋で働くおまさから、宗兵衛の脅しぶりを直々にきいてみるつもりじゃ」

「それがしもお供をいたしまする」

「銕蔵、油売りの定助と鍛冶屋の恒吉を早く番屋に呼び、理由を語ったうえ、なにもかも正直に話すのだと諭すのじゃ。身の安全を図るため警護いたすと伝え、誰か付けているだろうな」

これらは今朝、菊太郎が六角牢屋敷の大牢から連れ出され、鯉屋に戻る途中、銕蔵と染九郎に要点だけ指図したことだった。

「はい、兄上どののお言葉に従い、定助には岡田仁兵衛と福田林太郎、恒吉には小島左馬之介と下っ引きの弥助を付け、万全を期しております」

「上手にやったつもりでも、どこから水が漏れているかわからぬでのう。とにかく太田宗兵衛は剣呑《けんのん》な奴じゃ。さればわしは居間に戻り、お多佳どのに髷を結うてもらうといたす」

菊太郎がもう一度湯に浸《つ》かり、真新しい浴衣《ゆかた》を着て居間に戻ろうとすると、表につづく台所の土間で、下っ引きの七蔵が土下座していた。

「菊太郎の若旦那さま、大牢の潜り戸からお入りの折、尻を思い切り蹴飛ばし、もうしわけございませんどした。芝居のつもりがつい力が入ってしまい、何卒、堪忍しておくれやす」

「なんじゃ、そんなことか。わしは怒ってなどいないわい。あれはあれでよかったのじゃ」

「そういうていただき、わしはほっといたしました」

「本舞台はいよいよこれから開くのじゃ」

菊太郎は首筋の汗をぬぐいながら、明るい声で七蔵にいった。

四

木屋町筋の一膳飯屋で働くおまさは、四十前後の年増《としま》だった。

年増とはやや歳を取った女性を指し、江戸時代では、二十歳《はたち》をすぎればもう年増といわれた。

これからすれば、彼女は大年増だった。

「旦那、おまさがもうすぐ店から退《ひ》けまっせ」

寿屋《ことぶきや》――の暖簾を下げた一膳飯屋から出てきた七蔵が、高瀬川沿いで待つ菊太郎と銕蔵、染九郎に告げ、三人の足許に蹲《うずくま》った。

それから間もなく、地味な身形《みなり》をしたおまさが、手に店の残り物を納めたらしい風呂敷包みを提げ、寿屋から現われた。

秋の陽はすっかり暮れ、辺りは暗くなっていた。

「気を付けて家に戻りなはれ」

寿屋の女主と思われる初老の女が、店の暖簾を取りはずしながら、おまさに声をかけた。

「へえおおきに。気を付けて帰らせていただきます」

その声や、女主から優しい言葉をかけられたのをきくかぎり、おまさは働き者で気立てのいい女のようだった。

「おまさに気付かれぬよう、跡を付けるのじゃ」

菊太郎に小声でいわれ、銕蔵と染九郎は七蔵を従え、彼女の跡を付け始めた。

彼女が戻る三条油屋町の長屋までの道筋は、だいたいわかっている。

木屋町筋を三条まで上がり、そこから三条通りをまっすぐ西へ行き、柳馬場通りを今度は北に向かうはずだった。

彼女は菊太郎たちが予想した通りの道をたどっていった。

寺町通りをすぎ、御幸町《ごこまち》通り、ついで麩屋町通り、富小路通り、次が柳馬場通りとなる。

これを右に曲がると、彼女の足は弾むように急いだ。長屋で待つ娘を思ってに違いなかった。多吉をお婆殺しの下手人に相違ないと証言した三人の中で、一番弱い立場は、息子の奉公先に迷惑が及ぶと脅されたおまさだろう。

二人の子どもを抱えた彼女は、堅気さにおいて他の二人にまさり、太田宗兵衛には最も重要な証人といえた。

彼女の息子の新助《しんすけ》が奉公しているのは、北野天満宮に近い古着問屋。将来にわたって目をかけてとらせると、東町奉行所の吟味役にいわれれば、おまさとて多吉のお取り調べ書きに、爪印を捺さざるを得なかったに相違ない。

油売りの定助は、多吉に借りた金を返さなくてもすむどころか、宗兵衛に迎合し、最悪のことまで証言していた。

「そういえば、油屋町の金貸しの婆さまが殺されはった後、多吉はあちこちの賭場《とば》で機嫌よう金を張っていたときました。ところがどこの賭場でも大負け、すぐすっからかんになってしもうたそうどす。あいつは小裂売りをして少しは金を儲《もう》け、小店でも持ちたいというてました。けど根がばかな奴どすさかい、金貸しのお婆から奪い取った金をもっと増やそうとして、下手な博奕を打ったのではございまへんやろか——」

こうした定助の言葉は、多吉をお婆殺しの下手人と決め付けるお取り調べ書きに、しっかり記されていた。

多吉はおまさや定助たちの供述も、太田宗兵衛から目の前に置いてあれこれきかされ、自白を強く迫られていたのである。

鍛冶屋に奉公している恒吉は、気の弱さから吟味役の宗兵衛に恐れをなし、幼馴染みの多吉がなにかに浮かれていたなどと、宗兵衛のいうままに真似て供述していた。

東町奉行所の吟味役といえば、見廻り同心よりもっと恐れられている。

六角牢屋敷に閉じ込め、やがては隠岐島《おきのしま》か九州の五島列島にでも遠島にしてやると脅されれば、素人《しろうと》の誰もが怯えるのは当然だった。

相当、肝の据わった人物でも、不眠不休で脅しをかけて責められれば、もうどうにでもなれという気持になる。相手の考えた図式通りの自供をするのは、今も昔も変わらなかった。

それが割り屋の太田宗兵衛の手にかかれば、ましてであった。

宗兵衛はこのところ四カ月余り、事件らしい事件の吟味に当たっていなかった。

ここで評判を落しては出世の妨げになる。

三十をすぎたばかりのかれの望みは、吟味役組頭になり、その切れ者ぶりを町奉行に認められ、お奉行交代の折には直臣《じきしん》に登用され、江戸に上ることだった。

自分ならそれができる。かれは愚かな己の野望に自信を抱いていた。

「銕蔵、誰かわしらの跡を付けてまいるぞ。四人が固まっていてはまずい。麩屋町通りか富小路通りにそれぞれ散り、相手の目をごまかすのじゃ。おまさはわしが引き受ける。油売りの定助と鍛治屋働きの恒吉には、確かに警固を付けているのじゃな」

菊太郎は河原町通りをすぎたときから、跡を付けてくる人物に気付き、銕蔵たちに命じた。

不審な人物が狙っているのは、おまさ一人に違いなかった。

菊太郎は歩調をゆるめ、怪しい人物が近づくのを待った。

おまさを狙う相手なら、自分を追い越していくだろう。そのほうが全体がはっきり見えるはずだ。

どうやら追跡者は、自分を見くびっているようだった。

やがて前方の闇の中に、おまさが住む長屋の木戸口が見えてきた。

そのとき、追跡者の足音がにわかに高まった。

——わしを追い越し、おまさを斬るつもりのようだな。やはり上手《じょうず》の手から水が漏れたのじゃ。

六角牢屋敷で会った牢番たちの顔が、いくつか菊太郎の脳裏に明滅した。

速くなった足音の人物は、菊太郎を追い抜きざま、腰から刀を鞘走らせ、おまさに襲いかかろうとした。

「おい待て、待つのじゃ」

菊太郎は鋭い制止の声をかれに浴びせ付けた。

「きゃあっ——」

絹を裂くような悲鳴を上げ、おまさは長屋の木戸口に駆け込んでいった。

「そなたは東町奉行所吟味役の太田宗兵衛ではないか——」

「さようにもうすおぬしは何者じゃ」

「ふん、そなたはわしをただの公家《くげ》侍とでも見ていたのか。わしはいま悲鳴を上げて長屋に逃げ込んだおまさを付けていたのじゃ。そなたとてそうであろう。そなたはおまさを一刀の許に斬り捨て、この場からそのまま駆け逃げる。町奉行所の吟味役が、まさかさような無法を働くとは、誰も考えまいでなあ」

「わしを知るどころか、そうまで推察しているおぬしは、いったい何者なのじゃ」

「自分の功名心と悪業を知られたからには、都合の悪い人物として、死んでもらうというわけか。わしは公事宿鯉屋に居候《いそうろう》している者じゃわ。寿屋から出てきたおまさの跡を付けながら、木を見て森を見ていなかったとは、そなたは愚かで迂闊な奴だのう」

その頃になると、各町筋に散っていた銕蔵や染九郎たちが、こちらに駆けつけてきた。

「公事宿鯉屋、さてはおぬし——」

「そなたとてわしの姓名ぐらい耳にしていよう」

「田村菊太郎の奴じゃな」

「ああ、その田村菊太郎じゃ」

「これでわしの望みも失せてしもうたわい。無念な——」

「なにを戯言《たわごと》をもうしている。自分を東町奉行所の吟味役ではなく、人がどのように見ていようが、勝手に町奉行さまでも天下の将軍さまだとでも思い、生きればよいのだわさ。わしなど天下の大将われ一人と思うて、好きに暮らしているぞよ。ただし、人に迷惑をかけてはならぬがなあ。他人が金を持っていようがいまいが、また偉いと見ていようがいまいが、そんなことなど自分には全く関わりがないと思えば、この世は気楽に生きられるはずじゃ。そなたはそれがわからぬど阿呆なのよ」

腰から抜いたままの刀を構え、じりじり近付いてくる太田宗兵衛を揶揄《やゆ》するように、菊太郎はいった。

この結末はどう付くのだろう。

斬り込んでくれば、造作なく腕の一本ぐらい斬り落してやる。

一太刀で首を飛ばすことも、できないではなかった。

だが、非を悔いた自害だけはさせられなかった。

物音をきき付け、油屋町の両側に構えられる店の戸が開き、店内の灯《ひ》が町辻をかすかに明るくさせている。

自分を斬るつもりならかかってくるがいい。だが菊太郎はかれを斬る気はなかった。

近くの闇から、銕蔵や染九郎たちが推移を見つめている。

斬りかかってきたら当て身を食らわせ、気を失わせるつもりであった。

死なせてはならない。東町奉行所がかれが起した事件を今後、どう処理して決着を付けるのか、それを確かめたかった。

父次右衛門の顔につづき、拷問を受けて血まみれになり、大牢に運ばれてきた多吉の姿が、眼裏に浮かんできた。

「血は欲の色をしているそうな。わしはさようなものなど、見たくはないのだが――」

菊太郎が宗兵衛につぶやいたとき、かれが直進して刀をひらめかせた。

だが、一瞬に身体をひらいた菊太郎の激しい拳《こぶし》を食らい、宗兵衛はぐむっと路上に崩れていった。

一匹の猫が光る目で辺りを見廻し、そのかれの身体の上を、ひらりと飛び越えていった。

あざなえる縄

一

公事宿「鯉屋」の外では、冷たい風が吹き、黒地に白く屋号を染め抜いた暖簾が、ぱたぱたと寒々しくはためいていた。

十二月ももう半ば、年の瀬が近かった。

「正太、旦那さまもお店《たな》さまも、なんであんな気味の悪いものを、黙ってかけさせておかはるのやろ」

「おまえは店の短冊掛けの句（俳句）について、文句をいうてるのかいな」

正太が桶から引き上げた雑巾《ぞうきん》を、絞りながら鶴太にたずねた。

「ああ、そうやわい。下代の吉左衛門はんも手代の喜六はんも、みんなよう黙ってはるわ。わしやったら菊太郎の若旦那さまに、お客はんが嫌がられますさかい、別の句に替えていただけしまへんやろかと、やんわり頼んでみるけどなあ」

鶴太は箒《ほうき》を持つ手を止め、中暖簾のそばにかけられた短冊掛けを眺めた。

店はまだ暖簾を掲げたばかりだった。

先程、近くの長屋から姿を見せた吉左衛門は、公事宿仲間（組合）の用のため、同業の「奈良屋」へ喜六を伴って出かけていた。

主の源十郎は昨夜、遅かったらしく、まだ奥で眠っており、店は静かだった。

「朽ち寺や　狐のつどう　古阿弥陀か。鶴太、おまえあの句のどこが気に入らんのやな。朽ちかけて誰も住んでへん寺の阿弥陀さまのそばに、近くに棲《す》む狐たちがきて、寝そべったり毛づくろいをしたりしている。古びた阿弥陀さまは、それを温かい目でじっと見てはるというわけや。狐やさかい、ろうそくや線香の一本も立ててへんけど、いつも独りでいてはる阿弥陀さまも、古寺が賑やかになってよろこんでいはるやろ。あれはあれで、結構ええのとちゃうか。気味が悪いと感じるのは、おまえだけやないのかいな」

「そんなことあらへん。つい昨日も米を届けにきた米屋の手代はんがあれを読んで、なんや縁起でもない句がかけられてるんどすなあと、つぶやいていたわい」

「米屋の手代はんいうたら、丸屋の佐吉《さきち》はんやな。あんなお人に、句や絵のよさなんかわからへんやろ。あの句はいつも若旦那さまがひねられるものと、また一味違うて、どっか温《ぬく》みがあるわいさ。朽ち寺と狐、それに古阿弥陀、そのどれも暗い雰囲気のものやけど、その三つを巧みに組み合わせ、結果、妙句になってるんやがな。それが感じられるさかい、旦那さまやお店さまも黙っていはるのが、おまえにはわからへんのかいな」

正太は口を尖らせ、菊太郎の一句を擁護した。

「そうかなあ。わしはその三つとも、気味が悪うてかなわんねん。特に古阿弥陀が気色《きしょく》悪いわ。狐はただ人を化かすだけやろけど、古阿弥陀さまとなると、おそらく長い間、お経の一つも唱えられてきてへんだけに、腹を立ててはって、どんな祟《たた》りをしはるかしれへんさかい」

「おまえ、なにをばかなことをいうてるねん。阿弥陀さまは、西方《さいほう》にあるという極楽を束ねてはる尊い仏さまなんやで。衆生済度《しゅじょうさいど》のため四十八願《しじゅうはちがん》を立ててそれを成就しはり、ありがたい阿弥陀仏さまにならはったんやわ。その第十八願には、念仏を修して唱えれば、衆生は必ず極楽浄土に往生できると説かれてるわい。そんな阿弥陀さまが、どんなに朽ちかけた寺に放ったらかされていたかて、人に悪さなんかしはらへんわい。そこのところをよう考えてみいな」

正太は真剣な顔になり、鶴太にいいきかせた。

かれは近江の堅田《かたた》の生れだけに、幼い頃から比叡山延暦寺の僧たちに親しみ、仏教についていくらか知識をそなえていた。

それだけにその言葉は理にかなっていた。

「おまえはそういうけど、古い阿弥陀さまが、蜘蛛《くも》の糸を張られたり、埃《ほこり》まみれになったりしているのを実際に見ると、そら恐ろしいありさまやで。正太はそんなん知らんさかい、平気なんやろ」

「おまえはそんな阿弥陀さまを、見たことがあるのかいな」

「ああ、わしが生れた篠山《ささやま》城下に近い村の山中に、無住の古寺があってなあ。そこのご本尊が、阿弥陀さまやったのやわ。村の人たちはわしらに、あの古寺に行ったらあかんと、強《きつ》う戒めていたわいいな」

「それはどうしてやな」

「その古寺の阿弥陀さまは、化け阿弥陀といわれ、人に祟らはると噂されていたからや。近くに深い井戸もあって、どんな陽照りのときでも、いつも青い水をたたえてた。のぞくと、その井戸底に引き込まれそうで、なんや怖かったわ」

鶴太はその光景を思い出したらしく、顔を強張《こわば》らせて説明した。

「それは鶴太、村の人たちの心得違いというものやわいさ。無住の古寺でも、村の人たちが庫裏《くり》までは無理にしても、阿弥陀さまを祀《まつ》ったお堂だけでも、代わるがわる掃除したらよかったのや。そうしてたら、阿弥陀さまも化け阿弥陀と悪口をいわれんようになり、慈悲をほどこしてくれはったのとちゃうか。要するに、村の人たちの信心が足らんかったのやわ。自分たちが折角、そこにいてはるありがたい阿弥陀さまを、化け阿弥陀にしてしもうたんやがな——」

「信心、信心が足らんかったと、正太はいうのかいな。それでも石で組んだ古井戸には、昔から何人もが飛び込み、死んだそうなんやで——」

「おそらくその阿弥陀さまが、化け阿弥陀といわれてしもうたのは、古井戸で何人もが死んだせいなんやろ。阿弥陀さまに罪はなく、要は村の人たちは、その古井戸に近づいたらあかんと、いいたかったわけや。そんな井戸、埋めてしまったらええのやがな。そして阿弥陀さまのお堂をきれいに掃除して、年に一度はお身拭いもするこっちゃな。無住になってるのは、檀家《だんか》が少ないからで、お坊さまが食べていけへんさかいなんやわ。祠堂銭《しどうせん》を少し増やして、本山に掛け合うたら、山寺でも住み付いてくれはるお坊さまの一人ぐらいいるわいさ。その山寺の阿弥陀さまが、もしかして運慶《うんけい》さまや湛慶《たんけい》さまの作らはったものやったら、方々からありがたがって、大勢の人たちがお参りにきてくれるのとちゃうか」

運慶と湛慶は鎌倉時代の仏師、父子だった。

ともに東大寺や興福寺など諸大寺の仏像の制作に当たり、京都の三十三間堂の本尊千手観音《せんじゅかんのん》像は、その代表作といわれている。

江戸時代まで各地の寺では、仏像の貸し借りはたびたび行われてきた。

新しい寺ができると、古い仏像を多数持つ寺から、そこに一体が貸与される。それがいつしか、その新興の寺の本尊とされてしまうことも、さして珍しくはなかった。

こうした傾向は、古くから仏教が栄えた若狭小浜近辺の寺々で、特に著しかった。

明治初年、神仏分離令をきっかけに仏教排斥運動が起った。神道家などを中心にして、各地で寺院・仏像の破壊や僧侶の還俗《げんぞく》強制が行われた。

そのとき比叡山延暦寺では、神道家やその声に従う人々が、多くの堂宇から奈良・平安期に作られた一木彫成の尊像を持ち出し、琵琶湖に運んで捨ててしまった。

そのためそれらの仏像が湖東に漂着し、漁民や農家の人々にひそかに拾われ、仏壇に大切に祀られてきた。

同地を訪れると、ごく普通の民家に一木彫成のとんでもない仏像が、祀られているのに出会ったりするのである。

「運慶さまや湛慶さまやったら、誰でも知っている仏師やさかい、古びた山寺でもそら、そうなるわなあ。正太、今度里帰りしたら、おまえのいまの言葉を、村のお人たちにいうたるわ。化け阿弥陀と悪口をいわれている阿弥陀さまも、誰が作ったものか、調べてもらわなあかん。運慶さまや湛慶さまが拵《こしら》えた仏像やったら、ええのやけどなあ」

「ああ、そうせいや。冗談から駒が出るという諺もあるさかい、なにがどこでどうなるかわからへん。わしは冗談でいうたわけやないけど、これが意外にほんまのことになるかもしれへんで。冗談から本真《ほんま》が出るとか、嘘から出た真ともいうさかいなあ」

「そしたらわしは、公事宿奉公を辞めて篠山に戻り、その山寺の坊主になる途《みち》も、あるいうこっちゃ。わしが初めにいい出したのやさかい、そないさせてもろうてもええわけや」

「おまえ、調子に乗って、ばかなことをいうてたらあかんねんで。どんな山寺で無住でも、いずれかの宗派に属しているはずやさかい、本山の任命がなければ、住職にはなれへんわ。立派な仏像があるとなったら、ましてのこっちゃ。尤も、大金を持ってたら別やけどなあ。それをあっちやこっちにばらまいたら、方法はあるのやわ。世の中のどの業界にでも、陰で権力を形作ってる嫌な連中がいて、その連中に気に入られて仲間に加えてもろたら、なんとかなるのやわいさ」

正太は鶴太より、いくらか世間の仕組みに通じているようだった。

鶴太はなるほどといいたげな顔でうなずいていた。

このとき、ご免やすといい、表戸が開かれた。

冷たい風が土間に吹き込んできた。

「どなたさまでございまっしゃろ」

「はい、わたくしは寺町の天性寺前町《てんしょうじまえちょう》に住んでおります古手（古着）問屋の『高島屋《たかしまや》』八右衛門という者でございます。ちょっと相談に乗っていただきたいことがあり、ご当家さまとお親しい川魚料理屋の『魚勝《うおかつ》』さまから、添え状をいただき、まいったのでございます」
三十五、六歳の男は、丁稚《でっち》の鶴太と正太に腰を屈《かが》めて丁寧《ていねい》にいった。
川魚料理屋の魚勝は、鯉屋の隠居宗琳が贔屓にしている店である。

相談に乗ってもらいたいと訪れたからには、現在の民事訴訟事件に相当する公事、出入物の依頼に違いない。店にとっては客だった。

「鶴太、客間の火鉢に、火は入ってますやろなあ」

「ああ、部屋の中はもう温うなっているはずどす」

「そしたらおまえは、旦那さまに声をかけてきてくれへんか。わしはこの高島屋はんを客間にご案内しますさかい。さあどうぞ、草履を脱いで上がっておくれやす」

正太は高島屋八右衛門を丁重にうながした。

まだ朝早いだけに、帳場は冷えびえとしていた。

間もなく下代の吉左衛門と手代の喜六が、奈良屋から戻ってくるだろう。

正太は中暖簾をくぐり、絹物を着た八右衛門を客間にいざなった。

八右衛門は中暖簾のそばで、思いなしか足を止め、短冊掛けに嵌められた一句を読んだようだった。

――朽ち寺や　狐のつどう　古阿弥陀

お客はん、その句をどない思われます。

店の旦那さまを呼びにいった鶴太の奴は、気味が悪いというてましたけど、人さまに蕪村《ぶそん》さまがお詠みやした句やというても、通るほどのできどっしゃろ。

かれは客にそうたずねたかった。

襖を開け、客を客間に通した。

火鉢では炭火が燃え、部屋の中はほどよい暖かさになっていた。

今頃、主の源十郎は鶴太に客の来訪を告げられ、あわててお店さまのお多佳の手伝いを受けているだろう。

着物をととのえ、髷を撫《な》で付けているに違いない。それにしても古着問屋が持ってきたのは、どんな相談なのか。

仲間内の揉め事か、取引先との金銭の悶着《もんちゃく》かもしれなかった。

「客間にお茶を運ばせてますか――」

源十郎が羽織の紐を結びながら、鶴太にたずねた。

「はい、お与根はんに頼んでおきました」

「それなら結構どす。吉左衛門がまだ戻ってまへなんだら、おまえと正太が客間に小机を運んできて、お客さまからのきき取りを帳面に書きなはれ」

「そ、そんな――」

「これも修業の一つどす。お客さまにはお断りをいい、吉左衛門か喜六が帰ってきたら、その後見をしてもらいますさかい」

「菊太郎の若旦那さまがいてはりますけど――」

「あのお人に、そんなことはさせられしまへん。お客はんをなにかと嬲《なぶ》ってしまい、きき取りにならへんからどす」

源十郎は穏やかに笑いながら、客間に向かった。

外から声をかけて部屋に入る。

「公事宿鯉屋の主源十郎でございます。どうぞその手を上げ、熱いうちに茶など飲んでくだはりませ」

「わたくしは寺町の天性寺前町で、古手問屋をしている高島屋八右衛門ともうします。二年前まで、父親の善右衛門が商いをすべて仕切っておりましたけど、いまはわたくしが店を譲られております。奉公人は番頭が一人に手代が二人、小僧が四人、それに女子衆《おなごし》が三人働いてます」

八右衛門は店の概要を簡単にのべた。

「それはそれは、大勢の奉公人をお使いになって、大変でございまっしゃろ。まだお若いのに、ご苦労さまでございますなあ」

「はい、店を継いでようやく二年がすぎ、商いのあらましはわかったものの、あれやこれやで大忙しにしております」

古手問屋は小売りの古手屋もふくめ、都市生活者には食品と同じように、欠くことのできない商いの一つだった。

衣食住の三つは人間の基本である。

中でも衣は重んじられ、昭和の中頃まで質屋に質入れされる主たる品は呉服、きものであった。

繊維類はそれだけ必要不可欠なもので、庶民の多くが、新品の仕立て下ろしのきものを調達するのは、数年に一度か二度。衣類はほとんど古着屋でまかなうか、貰《もら》いものですまされた。

また一枚のきものは幾度も洗い張りをされ、仕立て直して用いられた。最後には赤ん坊のお襁褓《むつ》か雑巾にされ、その長い命を終えるのである。

だがその後もなお、塗り壁を強固にするため、繊維をほぐされ壁土の中に漉《す》き込まれるのであった。

衣類はそれほど貴重だったのだ。

「わたしの父親の宗琳は、東山・高台寺の近くに隠居してますけど、まだ魚勝はんところに寄せてもろうてますのやろか」

「はい、十日に一度ほどの割りで、おこしやすそうでございます」

この会話で、高島屋八右衛門は一挙に打ち解けたようすになった。

「うちの隠居の悪口をいうわけではございまへんけど、あの歳でそれだけ食い意地が張ってますさかい、元気でいられますのやろなあ——」

「ご隠居さまはお幾つでございます」

「もう七十になりましたやろか。冷たいようどすけど、隠居の歳なんか、考えたこともございまへん」

源十郎は宗琳と一緒に暮らしているお蝶については、なにも触れなかった。

鶴太と正太が、客間に小机を運んできて坐った。

「近所の同業のところへ出かけている下代と手代が、間もなく帰ってまいります。それまでこの二人にきき取りをさせますけど、それを承知しておくんなはれ」

源十郎は八右衛門に断った。

手代見習いの佐之助は身体を病ませ、しばらく前から木津の実家に戻り、一時、休養していた。

一度、工合を見にいってやらねばならないと思いながら、忙しさにまぎれ、まだ実行できていなかった。

「ところで早速でございますけど、今日はわたしどもの店に、なんの相談でおいでになったのでございます」

源十郎はようやく肝心な話を切り出した。

「それでございますが、わたくしの父親の善右衛門は、十年前に店と取り引きのある五条問屋町の古手屋『山科屋《やましなや》』嘉兵衛はんに、四百両の金を貸したのでございます。山科屋の嘉兵衛はんとわたくしの父親は、同じ近江・大溝《おおみぞ》藩の出身。二人はともに十三のとき、同じ村から京都に出て、古手問屋として成功していたいまの高島屋に奉公し、仲良く働いておりました。その後、わたくしの父は祖父の修吉に望まれ、一人娘の婿に納まりました。嘉兵衛はんは同時期に暖簾分けを受け、古手屋の店を開いたのでございます。ところが不運なことが起り、商いができんようになったんどす。それを見かね、父の善右衛門が四百両を用立て、店を立て直させたのでございます」

「四百両とは大金でございますなあ」

「はい、そやさかいわたくしは、山科屋の嘉兵衛はんやいま店を継いではる息子の嘉右衛門はんに、少しずつでもその金を返していただけしまへんやろかと、催促しております。そやけど、それがなかなか実行されしまへん。金を貸したのは父。お父はんから強く催促しておくれやすと頼んでも、そのうちにそのうちにと答えるだけで、さっぱり動こうとしはらしまへん。山科屋の嘉兵衛はん父子に、金を返済する意思はあるようなんどすけど、一両、二両をときどき返してもろうたかて、利子にも足りず、どないにもなりまへん。こんなありさまをどうしたらええものかと、こうして鯉屋はんへ相談にこさせていただいたわけどす」

「いま八右衛門さまは、山科屋はんに不運なことが起ったといわはりましたけど、それはどないなことどす。差し支えがなければ、きかせていただけまへんやろか」

源十郎は相手の腹をさぐる顔でたずねた。

「はい、それは山科屋が火を出したんどす。山科屋が全焼したほか、両隣と裏の一軒を焼くひどい火事どした。それで金を貸したんどすけど、その折、父親の善右衛門が嘉兵衛はんに書いてもろうた借用証文が、ここにございます」

高島屋八右衛門は懐から細長い包み紙を取り出し、中の厚紙を源十郎に差し出した。

もうこの頃には、吉左衛門と喜六が店に戻って客間の隅にひかえ、主と客の話に耳を傾けていた。

源十郎はその借用証文にざっと目を通した。

「そやけど八右衛門さま、ここには金四百両をお借りいたし候。時分が到来すれば、必ずお返しもうし上げますとあるだけで、返済の期日や利子などの条件は、なにも書かれていいしまへんなあ」

「はい、そこなんどすわ。父親にきくと、いつも曖昧《あいまい》な答しか返ってきいしまへん。わたくしはもうこれではあかんと焦《じ》れ切り、こうして相談に寄せさせていただいたわけでございます」

「なるほど、そうどしたか。それでいままでに山科屋はんから、四百両のうちどれぐらい返していただいてはるんどす」

「ほんの二十両ほどでございます。そうやというのに、山科屋は臆面《おくめん》もなくうちの店から古手を仕入れ、商いをしているんどっせ」

八右衛門は苦々しげにいった。

「八右衛門さま、それは四百両近い借金があるさかい、ほかの問屋から仕入れをしたら、むしろ義理を欠くと考えてと違いますか。さて、これをどう処置したらようございまっしゃろなあ」

源十郎が深い溜め息をついていったとき、客間の外で、ごほんと田村菊太郎の咳払いがひびいた。

二

小女のお与根が御膳を二つ並べてくれた。

源十郎と菊太郎は、その前に向かい合って坐った。

遅い朝御飯をこれから取ろうとしているのだ。

「源十郎、わしは先ほどの客の話を、立ちぎきしていたのだが、どこかいささか奇妙だのう」

「へえ、そうどすわ。返済の期限も利子も決めずに、四百両もの金を貸した。その当人は、貸借をうやむやにして、催促に乗り気ではない。そら奇妙に決ってます。それでは息子がいくら催促しても、おいそれとは返してくれしまへんやろ。ひとまず証文を八右衛門はんに返し、どうするか考えさせていただきたいと、お引き取り願いましたけど、なんや世の中には悠長な話もあるもんどすなあ」

かれはいいながら、妻のお多佳から味噌汁の椀を受け取った。

そこには油揚げと豆腐が浮かんでいた。

「それで後どういたすつもりじゃ」

「ともかく、金を貸した当人の高島屋善右衛門、借りた山科屋嘉兵衛の二人から、話をじっくりきいてみななりまへんなあ」

「あの八右衛門ともうす高島屋の若旦那は、二人のうち一人にでも死なれたら、解決が難儀になると思い、このたび強い態度に出たようじゃな。されど、どうやら強欲でもなし、悪気《わるぎ》もなさそうじゃ。店のそろばん合わせを、いまのうちにきっちりしておきたいに過ぎまい。それにしても、返済の期限も利子も決めずに書かれた借用証文など、わしはこれまで見たこともないぞよ」

味噌汁をすすり、麦三分に米七分の御飯に箸を付けながら、菊太郎がいった。

そのかたわらではお多佳がひっそり坐り、二人の話をきいていた。

「これでは目安状（訴状）を書き、町奉行所に訴えて公事にするわけにもまいりまへんなあ」

「かように曖昧な貸借。目安状など書きようがなく、もしそんなものを町奉行所に出したりいたせば、鯉屋ともあろう公事宿が、なにを考えているのじゃと、お叱りを受けるぞよ」

「そうかといい、高島屋からの頼みを断ることもできしまへん。なにしろこれには、口喧《くちやかま》しい高台寺の隠居どのが、一枚かんでおりますさかい」

源十郎は嘆息するようにつぶやいた。

「そなた、これは一応、証文らしいものがあるにせよ、実際には四百両の貸し借りなど、なかったも同然じゃぞ。金を貸す側は普通、返済の期限や利子などの条件を、明記させておかねばならぬ。それが欠けていては、まともな証文とはいえまい。息子の八右衛門が持参した証文は、おそらく高島屋善右衛門が山科屋嘉兵衛に、体裁だけをつくろい、書かせたものだろうな」

「なるほど、そう見てもおかしくございまへんなあ」

これではもう、源十郎と菊太郎のどちらが公事宿の主かわからず、主客が全く転倒していた。

「そこでわしの考えだが、いくら近江の同郷から、京の古手問屋へ一緒に奉公した仲のよい友だとはもうせ、二人の関わりはどこかおかしいぞよ。四百両の金子《きんす》を、世間では通用せぬ曖昧な証文一つで貸してしまうとは、普通では考えられぬ振舞い。高島屋善右衛門には、さようにいたさねばならぬ余儀ない仕儀が、あるのではあるまいか」

「その余儀ない仕儀とは、なんでございまっしゃろ」

「それがわかれば、なんの造作もないわい。ところで山科屋は、どうしてその四百両もの大金が必要だったのじゃ」

菊太郎は三杯目の御飯をお多佳によそってもらいながら、源十郎にたずねた。

お多佳は二人の話に一切、言葉を挟まなかった。

「高島屋の八右衛門はんによれば、なんでも山科屋が火を出し、両隣と裏の一軒を、ほぼ丸焼けにしてしまったからやそうどす。山科屋嘉兵衛はその三軒を、相手のいうまま立派に建て直し、焼けた家財や商品まで賠償したというてました」

「その三軒はなにを商っていたのじゃ」

「あの辺りは問屋町筋といわれる通り、五条坂に近く、やきもの問屋が多いところどす。三軒ともやきもの問屋やそうで、賠償金も相当な額にのぼったはずどす。山科屋はいまも同じ場所で商いをしてますけど、一旦、火を出しただけに、なにかにつけて両隣や裏に遠慮し、町内でも小さくなって暮らしておりまっしゃろ」

「それは当然だろうが、鎮火するや否や、両隣と裏を建て直し、家財や商品まで賠償するという話は、すぐ起ったのであろうか。火を出した山科屋と合わせて四軒の造作《ぞうさく》、さような大事《おおごと》を果たすのは、容易ではないぞよ」

「まあ、いくら資産があったかて、そんなん並大抵ではございまへんやろ。また商品の賠償金など、なかなか勘定できへん質の金どすわなあ。いうたらそれらを、高島屋善右衛門がまるまる肩代わりした工合どすな」

「なればこそわしは、高島屋善右衛門にそういたさねばならぬ深い仔細が、山科屋に対してあるのではないかと考えているのじゃ」

「高島屋が山科屋に深い仔細があるとは、なんでございまっしゃろ」

「またまたそれがわかれば、なんの造作もないわい。そなたはまだ寝起きで、頭の働きが鈍いのではあるまいか――」

「あるいはそうかも知れまへん」

「飯をしっかり食い、お互いもっとしゃんとして、頭の血の巡りをよくせねばならぬ。下代の吉左衛門にも、知恵を絞って考えてもらわねばなるまい。これを明らかにして四百両近い金を取り戻すのは、公事宿鯉屋には大きな金儲けだぞ」

「ここで頭を働かせ、わたしも一言いわせていただきますけど、公事宿鯉屋には大きな金儲けやとは、いつもの若旦那さまらしゅうないお言葉どすなあ」

源十郎は微笑を浮かべていった。

「そなたはわしらしくないともうすが、わしは正義漢を装っているだけじゃ。世の中の多くは色と欲で動き、そこに人の情がいくらか加わっているにすぎぬのは、十分承知しているわい。

正義漢を装っているのもただ便宜上。そうでなければ、公事宿の居候として食うていかれぬからじゃ。実際に世の中を動かしているのは、ひと癖もふた癖もある悪党ばかり。だがわしが今更、そ奴らに揉み手をして、仲間に加えてほしいと寄り添っていったとて、奴らは気味悪がり、どうせ入れてはくれまい。だからこそ、世を拗《す》ねた変わり者でいるだけの話じゃ。わしとて金に執着するのは、なんら人と変わらぬぞよ」

菊太郎は変に威張っていい、ふうっと大きな息をついた。

「まあ若旦那、なんとでも勝手にいうとくれやす。世の中には、天邪鬼《あまのじゃく》もいないけまへんさかいなあ。若旦那は子どもの頃から、人が右にいくがええといえば左にいき、左といえば右にいかはるお人どしたわ。親父の宗琳が、あんな子どもは見たことがないと、ようぼうてました。この鯉屋はそんな天邪鬼に助けられ、養わせていただいていると思うたら、ええだけのことどす。そないなお人も必要どすさかい」

「わしが天邪鬼なら源十郎、そなたはなんだろうな。さしずめ天邪鬼を踏んづけている仁王か四天王であろうか」

「若旦那、妙な冗談はもう止めときまひょ。いまは古手問屋高島屋の一件について、わたしの相談に乗ってくれてるときどっしゃろ」

真顔に戻り、源十郎は箸を置いた。

「高島屋の一件なあ。そうもうせば、相談にまいった若旦那の八右衛門、人柄に癖のなさそうな男だったのう」

「はい、あのお人は欲から、金をなんとしてでも取り立てようとしているのではありまへんやろ。金を貸した父親の善右衛門が、元気でいるうちに、証文をしっかりしたものに書き直しておいてもらいたいと、考えてるだけに見えますわ」

「京で指折りの古手問屋、店の貸借関係ははっきりしておかねばなるまい。まあ、よい心掛けじゃ。それにしても、四百両の金子を借りている山科屋は、それだけの金を果たして返せるのであろうか」

「山科屋はまずまずの古手屋。そんだけの金を、五年や十年で返済するのは、おそらく無理どっしゃろ。いくら働いて金を儲けても、二、三代かかりまっしゃろなあ」

「高島屋善右衛門は、さようにとてつもない大金を、いくら同じ店に奉公していた仲のよい相手にでも、よくぽんと出したものじゃな」

「肝心なのはそこどすなあ」

「ああ、そこになにか、人にいい難い理由があるのではあるまいか」

「わたしもそないに思いますわ」

いつの間にか、吉左衛門が二人のそばに坐っていた。

かれもまた、主の源十郎や菊太郎のいう通りに違いないと考えていた。

「旦那さまに菊太郎の若旦那さま、さようにお思いどしたら、下手な探りを入れんと、高島屋の大旦那に直《じか》にたずねはったらいかがどす。若旦那には内密にして、大旦那の善右衛門さまを料理屋にでも招き、その事情を食事をしながらこっそりきかはったらよろし。そのほうが手っ取り早いのではございまへんか」

「おまえはそない簡単にいいますけど、わたしらの呼び出しに、応じてくれはりますやろか」

「旦那さま、旦那さまと菊太郎さまは、人にいい難い理由があるのではないかと、お考えになっていはるんどっしゃろ。周囲に漏らせへん秘密ほど、人は誰かにきいてほしいもんどす。もしそうなら、高島屋の大旦那さまはこっちの招きに応じ、必ずお出かけになられますわ。そないしはったらいかがどす」

吉左衛門が膝を乗り出して提案した。

「吉左衛門、そなたはさすがに鯉屋の下代じゃ。その読みの深さに、わしは感心したわい。高島屋の善右衛門が、息子の八右衛門にもうせぬ深い事情があって、火事を出した山科屋に四百両の金を貸した。もしそうだといたせば、そなたがもうす通り、善右衛門は覚悟を決めて現われるだろうな。若旦那の八右衛門は、鯉屋と親しい川魚料理屋魚勝の紹介で、ここへ相談にきたともうしていた。魚勝はおそらく高島屋が、客を饗応《きょうおう》するため贔屓にしている店。そこでも一席設けたいと、高島屋の大旦那にもうし入れたらどうだろうなあ。さればでかけてくるか断ってくるか、その動きでおおよそのことがわかるはずじゃ」

「菊太郎の若旦那、そうかも知れまへんなあ」

「三人寄れば文殊《もんじゅ》の知恵ともうすが、吉左衛門はなかなかの知恵者じゃわい」

菊太郎は吉左衛門を褒めそやし、立ち上がりかけた。

「若旦那、どこかへ行かはるんどすか――」

「そのつもりじゃが、まだ相談があるのか――」

「へえ、話はまだ終わっていまへんえ。こうなったら、高島屋の大旦那をいつ魚勝に招くか、それも決めなあきまへん。もうちょっとお知恵を貸しておくれやすな」

「やれやれ、わしはそんなことにまで関わらねばならぬのか。そなたと吉左衛門の二人で、片付けられる話であろうが――」

菊太郎は一旦浮かせた腰を、また元に戻した。

御膳がお与根によって下げられ、お多佳の手で立てられた薄茶が、生菓子とともに三人の前に進められた。

「おお、これは川端道喜《かわばたどうき》のところで作られている菓子じゃな。天皇《みかど》も食べておられるそうな。特別な菓子でわしを釣ろうとするのは、お多佳どのの謀《はかりごと》、細工であろう。食い意地の張っているわしは、それにすぐ飛び付く。これではまるで、面《つら》の前に人参《にんじん》を下げられた馬じゃわい」

「菊太郎の若旦那、乗りかかった船という諺もございまっせ。若旦那が居てはっての公事宿鯉屋。肝心な相談に乗ってくれはらな、困ります。わたしは下代の吉左衛門というより、若旦那とともに、高島屋の大旦那に会いとうおすわ。なにしろどんな相手かわからへんだけに、腕の確かなお人と一緒のほうが、安心どすさかい」

「すると、吉左衛門はお払い箱というわけか」

「そんなつもりでいうてしまへん。この京都で評判の川魚料理屋どすさかい、吉左衛門も含めて三人で出かけ、大旦那からあれこれきき出してもよろしゅうおすなあ」

「ではさようにいたすとするか。それにつけても、大旦那の人柄を少しぐらい探らねばなるまいな」

「へえ、毎日、隠居所に籠もり、火鉢を抱えているような出不精なお人どしたら、話になりまへんさかい」

「吉左衛門、そしたらまず高島屋の大旦那がどんなお人か、調べてみておくれやす。なにもかもそれ次第にしまひょか」

源十郎は吉左衛門の意見を求めるようにいった。

「旦那さま、それが順序どっしゃろなあ。とりあえず、それをすぐ探ってみますわ。物事は早いこと片付けたほうがええに決ってます。いまふと思い付いたんどすけど、町内で古手屋をしている安三はんにたずねたら、わかるのではありまへんやろか」

「それは、安三が古手をどこで仕入れているかによるのではないか」

「安三はんが、高島屋に出入りしてへんのどしたら、誰か出入りしている同業者に、引き合わせてもろうたらええのどすがな」

「なるほど、そうじゃな」

「旦那さまはどないお思いになってはるかわかりまへんけど、公事宿といえば、大概の者はだいたいのことを教えてくれますわ。川西の者とか城下《しろした》などといわれ、あまり好かれてはいまへんけどなあ」

吉左衛門は確信ありげにいった。

江戸の公事宿は旅籠屋から発展した。

だが京大坂の公事宿は、中世の荘園の雑掌《ざつしょう》や口入人《くにゅうにん》の後身。宮門跡《みやもんぜき》や寺社と深い関わりを持ち、名目銭の取次をして、高利の金を貸している店もあるほどだった。

江戸時代、京都人は堀川の西に住む人々を、幕臣たちもふくめ、「川西の人」と呼んで恐れていた。

ほかの土地で城下《じょうか》といえば、身分のある人々の居住地とされたが、京では「城下《しろした》」(二条城の南)と呼び、恐ろしい人々が住む場所として避けられたのであった。

「川西の者に城下どすか。吉左衛門、それくらいのことは、わたしも知ってますえ。そやけどこの仕事は、誰かがせなならん大切な仕事どすさかい。世の中に人間がいるかぎり、揉め事はなくならしまへん。その揉め事をなるべく大きく広げんように治めるのが、この公事宿の務めどすわ」

旧幕時代は現代からすれば、全く驚くほどの階級社会であった。

現在でもその残滓《ざんし》は色濃くうかがわれる。

因《ちな》みに越前の鯖江《さばえ》藩を例に挙げれば、わずか五万石の家中で、家老から徒士《かち》までに六十三階級、小頭から足軽までの間に十二階級の身分があったと、『日本行刑史』には記されている。

門地や格式は厳格に守られ、手紙の書き方すら定められ、「殿」から「どの」までの間に、六通りの用い方があったと伝えられている。南座の桟敷においてすら、町奉行所の与力・同心が坐っていると、「東西、東西、旦那方に御東西――」と呼び、拍子木を打ったものだといわれている。

士農工商四民の中で商人は最下位、中でも公事宿稼業にたずさわる者は低く扱われ、そのくせ恐れられたのであった。

だがそんな身分社会の中でも、心ある武士は数多く存在していた。

明暦三年（一六五七）正月十八日に起った江戸の大火では、死者十万八千人、江戸城も西ノ丸を残すだけで天守閣も消失し、小伝馬町《こでんまちょう》の牢屋敷も炎上した。

その折、奉行の石出帯刀《いしでたてわき》は、猛火が獄舎に迫るのを見て、牢内の囚人をすべて解き放った。

「そなたたちをここで焼死させるのは不憫である。縛《ばく》を解いてくれるゆえ、火事が鎮まったら必ずここに戻ってまいれ」

かれらにこういい、牢屋敷の門を開け放った。

囚人たちは思い思いの方角へ火を避けて逃げ、鎮火した後、ほとんどの者が戻ってきた。帯刀は上申して囚人たちの罪一等を減じさせ、戻ってこなかった囚人数人を探し出し、極刑に処したという。

またかれは、天和三年（一六八三）三月に起った有名な「八百屋お七」の大火で、お七の純情を憐《あわ》れんだ。

残酷な火刑に処さずともすむように、取り調べの折、お七を十五歳以下とするため、誘導尋問をした。

「お七、そなたは十四歳であろうがな」ときいたのだが、お七は迂闊《うかつ》にも本当の歳を答えてしまい、鈴ヶ森で火刑に処せられた。

身分の高い低いは、本当は当人がなにを考えているかによって決り、貴富もこれに準ずる。低い身分に生れたとしても、高邁《こうまい》な精神を持って生きれば、その身分は高いといえるのだ。

世間一般には、そこのところがなかなか理解されず、またわかりたくない人々もいるのである。

翌日の正午《ひる》すぎ、どこかに出かけていた吉左衛門が、店に戻ってくるや、すぐ源十郎の居間に顔をのぞかせた。

「旦那さま、高島屋で仕入れをしている古手屋に、大旦那のことをようきいてまいりました」

「それでどうやったのや」

「高島屋の大旦那は、店にじっとしているのが大嫌いで、この寒いのに毎日、催しごとや寺詣《まい》りなどにいってはるそうどすわ。戻ってくるのは、陽暮れになってから。また店に出入りする者には気楽に声をかけ、ご苦労さまどすご苦労さまどすと、誰にもいわはる気のええお人やそうどす」

「そら、よかったやないか。こっちには全く好都合やわ。そしたらおまえ、どっかで出会ったふうを装って親しくなり、魚勝で食事を一緒にする手筈《てはず》を、なんとか付けてくれしまへんか」

「旦那さまと菊太郎の若旦那さまのご都合は、いつでもよろしゅうおすか」

「ああ、そっちに合わせます。できるだけ早いほうが、ええのと違いますか」

源十郎は吉左衛門にはっきりいった。

庭で寒雀《かんすずめ》がしきりに騒いでいた。

三

川魚料理屋魚勝の離れ座敷。床には与謝《よさ》蕪村筆の「叡岳図《えいがくず》」がかけられていた。

大きな座敷机を挟み、正面に高島屋善右衛門が、向かいに鯉屋源十郎が坐った。

菊太郎と吉左衛門は、その左右にひかえていた。

京都は海からは遠いが、若狭や大坂から新鮮な魚が、魚荷衆によって運ばれてくる。

それにもまして琵琶湖や淀川、桂川などが近く、川魚に恵まれ、川魚料理屋が多かった。店によっては大きな生簀《いけす》まで拵えられており、客に供する川魚は新鮮そのものであった。

「今日は思いがけないお招きを受け、暇があるまま、厚かましく寄せさせていただきました」

高島屋善右衛門は源十郎に挨拶をのべ、左右の二人に軽く低頭した。

「わたしはお招きしても、ご馳走になるいわれはないと、断られるのではないかと案じておりました」

「そんなことはせいしまへん。この魚勝の旦那や、ここを贔屓にしてはる鯉屋のご隠居さまの手前、お断りなんかできまへんわ。うちの八右衛門がつい先頃、なんや鯉屋はんへご相談にいったようだと、番頭から内々にきいてもおりましたさかいなあ」

善右衛門は福々しい顔をしていたが、目だけは大店の商人らしく、ときどき油断のならない光を宿していた。

「ほう、それはわたしたちには幸いでございました。実のところ、面倒な話が切り出しやすおすさかい——」

「その面倒な話、おききするまでもなく、だいたいわかっております。身に覚えがございますさかい。おそらく返済期限も利子も書かれていない、古手屋山科屋の借用証文のことでございまっしゃろ」

高島屋善右衛門はふうっと大きな息をついて話しつづけた。

「息子の八右衛門は悪い奴ではございまへんけど、肝っ玉が小さく、銭勘定はきっちりしておきたい気質。全く融通がきかず、人の気持の推《お》し量《はか》れん男で困ってます。その山科屋へ貸した四百両のことも、わたしが放っておいたらええのやというても、すんなりききよりまへん。貸金は貸金、こんな杜撰《ずさん》な借用証文ではどないにもなりまへん。書き直してもらうか、改めて返してもらえるように、期限の話し合いをせなあきまへんと、わたしに再三迫りますのや。わたしが火事を出した山科屋に四百両の金を貸したについては、実はお恥ずかしい事情がございましてなあ。それを息子に話せば、貸金をあっさり諦めるかもしれまへん。けどそれが、なかなかできなんだのでございます」

善右衛門は最後には苦渋《くじゅう》に満ちた顔でいった。

このとき魚勝の主が、よくおそろいでおいでくださいましたと、座敷へ挨拶に現われたため、話が一旦、中断した。

「それではどうぞ、ごゆっくりしていっておくれやす。板場には腕によりをかけ、料理を作らせてますさかい——」

時候の話をした後、魚勝の主は間もなく座敷から引き上げていき、一同はまた本題に戻った。

「いまでも人さまにはとてもいえへんような話を、みっともなく打ち明けるより、あの借用証文を早く破いておいたらよかったと、正直、悔やんでおります」

かれの顔には後悔の色がにじんでいた。

「おいおい、四百両の借用証文を破り捨てるとは、とんでもない行いだぞ。いったいそなたと山科屋の間に、なにがあったのじゃ。二人は同じ近江の大溝藩ご領内の出身。古手問屋として成功していた高島屋の先代修吉の眼鏡にかない、ともに京に出て奉公いたした。後にそなたは高島屋の婿養子に迎えられ、嘉兵衛は暖簾分けを受け、五条の問屋町にまずまずの店を開いたのだときいた。両者とも幸運に恵まれたともうせるが、一方の山科屋が火事を出し、両隣と裏の一軒を焼いてしまった。人の運とは見定めがたく、わからぬものじゃのう」

菊太郎が感慨深そうな表情で、善右衛門の顔をのぞき込んだ。

「ほんまにそうどす。わたしと山科屋の嘉兵衛は、幼い頃からともに琵琶湖の白浜で遊び、遠くの美濃国の伊吹山を眺め、いったいどんな大人になるのやろうと話し合うていた仲どした。一方になにか悪いことがあったら、互いに助け合おうなあと、誓い合うていたほどどした。その頃はまだ若かった高島屋の先代修吉さまが、村に里帰りしてわたしらに会い、この二人なら、やがては店の役に立つだろうと引き取ったのやと、後になってききました。そして奉公してから、わたしも嘉兵衛も寸暇を惜しんで働きました。古手の買い付けのため、富山や駿府《すんぷ》にも出かけ、山賊に身ぐるみ剝《は》がされたこともございました。嘉兵衛かて同じやったはずどす。ところが高島屋には男の子がなく、一人娘のお豊はんだけどした。やがて跡継ぎをどうするかの話が起り、揉めにもめた覚えがございます。結果、手代のわたしか嘉兵衛のどちらかを、店の婿にすると決められました。けどわたしは、どれだけ大店で身代《しんだい》があったかて、心の中では婿養子になるのはご免やと思うてました。それは嘉兵衛も同じどしたやろ」

「それはまたどうしてでございます」

善右衛門にこうたずねたのは、吉左衛門だった。

源十郎も菊太郎も、かれの話を黙ってきいていた。

輪島塗りの大机の上には、次々と川魚料理が運ばれ、並べられていたが、四人の誰も箸を付けなかった。

代わりに銚子だけがすぐ空になっていた。

「そのわけは、娘のお豊はんにあったのでございます。お豊はんは生れたときから乳母日傘《おんばひがさ》で育ったせいか、人の気持など考えもせいしまへん。小女が過って茶碗を割ったりすると、おまえはその欠け茶碗でご飯を食べなはれと、平然と命じます。またなにか気にくわんことがあれば、古着の洗い張りのため、店の裏に並べてある仰山の張り板を、ばたばたと倒して鬱憤《うっぷん》を晴らしてはりました」

善右衛門は昔日を思い出したのか、昏《くら》い顔でつぶやいた。

古手問屋は全国から品物を仕入れる。

仕入れの主な品は、質流れをしながら買い手のないきものや、地方の古手屋が値段の都合で売りかねている呉服。また地方の古手問屋からも仕入れた。

熱心な手代や見習いになると、思いがけない言動をして仕入れたりもした。

各地の家々の干し物に目を付け、あれを売って貰えないかと、声をかけるのである。

それによって売る人々もいた。

店ではそれらの品物を仕分けし、すぐ売りものにできる品は、仕入れにくる古手屋に売り払う。

そのままでは売れないものは、解《ほど》いて洗い、糊付けをして張り板で乾かし、そのうえで仕立て直して売るのであった。

裕福に育てられた一人娘のお豊には、貧しい人たちの生活の苦労など、到底、わからなかった。

舞や音曲、観劇などにときを費やし、店の商いにはまるで無関心のまま、日々を送っていた。

「どんなに身代があったかて、わしはあのお豊さまの婿になるのだけは嫌やわ。若うてきれいなお人やけど、人の気持のわからへん女子はんはまっぴらや。旦那さまは商売熱心で賢いお方やけど、お豊さまのことになると、まるで目が見えてへんのやわい」

「わしかてそんなんご免やわ。それより村に帰り、田圃《たんぼ》を耕したり小船で漁をしたりして、かつかつでも暮らしてたほうが、なんぼましかわからへん。お多福な嬶《かか》で結構や」

善右衛門と嘉兵衛は、折に触れこう話し合っていたが、結果として善右衛門がお豊の婿に決められた。

しかも辞退するにもできない手筈が、すでにととのえられていた。

かれの両親が身体を患い、臥《ふ》せりがちだったところへ、先代の修吉が見舞いと称し、数十両の金をすでに兄に渡していたのであった。

同時に修吉は、高島屋の娘婿として候補に挙げられていた嘉兵衛の世間体を慮《おもんぱか》り、五条大橋に近い問屋町で、かれに一軒の古手屋を持たせた。

「五条は大和街道に近く、人の出入りも多おす。また高瀬川を使えば、伏見は隣のようなもので、商いには適した土地。いまは並みの古手屋でも、この高島屋から品物はどれだけでも廻してやりますさかい、商いぶり次第では、高島屋みたいな古手問屋になれんこともありまへん」

山科屋の開店には、高島屋から大勢の奉公人が手伝いにきて、大廉売がなされ、大忙しだった。

こうして何事もなく、穏やかに月日がすぎ、六年が経った。

そしてある日、山科屋嘉兵衛の許に、是非とも会って相談したいと、高島屋の跡を継いだ善右衛門から使いがきた。

「是非とも会って相談したいとは、なんのこっちゃろ。先代さまは三年前に亡《の》うならはり、高島屋は善右衛門の才覚で、調子ようやってるはずやけどなあ。跡取り息子の八右衛門が生れたのは、先代さまが死なはった翌年。もう動き出してる年頃やろ。それにくらべ、わしとおみつの間には、まだ子どもが恵まれへん。店の商いは順調やけど、これからもっと気張らなあかんわい」

嘉兵衛は女房のおみつに外出の支度をさせ、善右衛門が指定してきた木屋町筋の小料理屋に急いだ。

「どないしたんどす、善右衛門はん。どっか病んでるのとちゃいますか。顔色が悪おますがな。それとも店の工合がようないのどすか――」

嘉兵衛はかれに近づいてたずねた。

「店の商いはまずまずどす。それより自分ではどうしようもない問題が、起ってしまったんどす」

「どうしようもない問題。それはなんどす。早うきかせておくんなはれ。善右衛門はんの身に起った厄介なら、わたしは自分のこととして、力にならせていただきますさかい」

「嘉兵衛はん、おおきになあ。わしはこれを誰にも相談できんと、実は悶々と悩んでたんどすわ。こんなん、恥ずかしくて誰にも話せしまへん。もしお豊に知れたら、家中が大騒ぎ、手が付けられへんようになりますさかい――」

「お豊さまが騒がはったら、困りますわなあ」

「あの家付き娘の横着者、ほんまにどないにもなりまへんわ。わたしはいままで先代がお亡くなりになった後も、高島屋の旦那さまと立てられながら、実は小そうなって暮らしていたんどす」

「善右衛門はん、わたしはおそらくそうやないかと案じてました」

かれは慰め顔で善右衛門にいった。

「そこでわたしはよく飲みにいく店の女子と、つい深い仲になり、その女子に子どもを産ませてしまったんどす。女子の名はおせつといいますけど、その女子の兄の七造が、ぐれかけた男どしてなあ。わたしにときどき金をせびるんどすわ。このままやと、おせつに店の一軒でも持たせななららんようになりまっしゃろ。幸い、お豊は店の金には無頓着で、どうということもありまへん。けどやがてその子が大きくなったら、高島屋の身代をめぐってひと騒動起るのは確実どす。それを思うと、夜もおちおち眠られしまへん」

善右衛門は肩で大きく息をついて打ち明けた。

「そのおせつはんが産まはったのは、男の子なんどすか」

「はい、それは元気な男の子。いまは町中に一軒借り、住まわせております」

「そしたら善右衛門はん、その男の赤ん坊をわたしにくんなはれ。古手屋山科屋の跡取り息子として、立派に育てさせていただきますさかい」

「そないいきなりあっさりいわはって、おみつはんが突然、子どもを抱いて店に現われたりしたら、人に疑われますやないか」

「そんなん、どうにでも誤魔化《ごまか》せますわ。最初は腹に晒《さらし》をちょっと巻き、それを次第に増やしたらええのどす。そのうち座布団を腹に入れ、周囲に身籠ったというんどす。それより、深い仲になってるおせつはんに、五十両か百両の金を渡し、因果を含めて別れてもらうことどすなあ。なんならその大役、わたしが果たさせていただきまひょか」

嘉兵衛はこれまでなにかにつけ、善右衛門の世話になってきた。

その恩を返すのはこのときとばかり、意気込んでいった。

幸い、善右衛門とおせつとの別れ話は、百両の手切れ金ですんなりまとまり、一方、嘉兵衛の女房おみつの涙ぐましい努力が始まった。

朝には腹部に晒を巻いた。

風呂に入る姿は、誰にも決して見せなかった。

腹に巻いた晒を日を追うごとに増やし、やがて薄い座布団が巻き込まれるようになった。

「うちのお店さまは、身籠らはったんとちゃうか」

「あの腹のふくらみ工合、それに違いあらへん」

こうしてある夜、男の子が生れたといい、一時、外に預けられていた赤ん坊の嘉右衛門が、山科屋に引き取られてきたのである。

乳の出が悪いからとの理由で、すぐ乳母が雇われた。

「まあ、なんとかわいらしい育ちのええ赤ちゃんどすなあ。嘉兵衛はんにそっくりやわ」

「そうでもないで。口許や頰っぺたのところなんか、おみつはんによう似てるわ」

赤ん坊を目にした人々は、よそからの子を無責任に褒めそやした。

こうしてつつがなく旦暮《たんぼ》がすぎたが、やがて思いがけなく山科屋は火を出し、周囲の三軒を焼失させてしまったのである。

高島屋善右衛門にすれば、深い事情からわが子を養子に出した先。順調にいけば、かわいい息子が跡を継ぐ店だ。高島屋の跡継ぎ八右衛門には、かれは異母弟に当たった。

この不幸を放ってもおけず、善右衛門はみんなが幸せになるならと、山科屋へ礼の気持や贖《しょく》罪《ざい》の意識もあり、四百両の金をぽんと出したのであった。

そう決めたとき、お豊は夫の善右衛門を白い目でちらっと見ただけで、さしてなにもいわなかった。

その態度はいまも同じだという。

「そんなわけやから、証文に返済期限も利子も書かれていなかったんどすか。厄介といえば厄介どすなあ。跡継ぎの八右衛門はんにこの話を打ち明けたら、すんなり事情を納得してくれはりますやろか——」

吉左衛門が箸を弄《もてあそ》びながら、菊太郎と源十郎にたずねた。

「わたしにはどちらの息子もかわいおす。そやけど山科屋の嘉右衛門は、なんやえらく困ったことでもあるらしく、店へ仕入れにきて会うたび、どっか怯えているようすなんどすわ」

善右衛門は源十郎に、最後にぽつりとつぶやいた。

その顔は長くて苦《にが》い告白をすませ、いくらか気楽になったように見えないでもなかった。

四

古手屋の山科屋は、伏見街道や五条大橋に近いだけに、その向かいには何軒もの旅籠屋が軒を連ねていた。

「菊太郎の若旦那、若旦那はどうして今日から、山科屋の向かいの旅籠屋に泊り込み、山科屋を見張るといわはるんどす。そないな必要があるんどすか」

これは源十郎たちが、高島屋善右衛門と魚勝で会った翌朝の会話だった。

「源十郎、魚勝の座敷で高島屋が、山科屋の息子が店へ仕入れにくるたび、どっか怯えているようすだと、もうしていたであろうが。それがいかなる理由からなのか、わしは突き止めたいのじゃ。高島屋の八右衛門は、山科屋に四百両の金の返済を、強い態度で求めているわけではない。また大旦那の善右衛門も、まあまあとそれを曖昧にしている。にも拘らず、山科屋の嘉右衛門が、どうしてさように怯えておらねばならぬのじゃ。店の商いはそこそこだともうすではないか」

「若旦那にいわれたら、そうどすなあ。山科屋の若旦那は、高島屋の大旦那がいわはるように、なににそう怯えてるんどっしゃろ。全く御門違《おかどちが》いというものやおへんか」

「それでわしは、山科屋の向かいの旅籠屋に泊り込むことにしたのじゃ。嘉右衛門の背後にあるものが、摑めるのではないかと思うてなあ。しかしながらこの寒さ、わしは鯉屋の居間でのうのうとしていたいわい」

「そこから山科屋の若旦那の動きを、見張らはるんどすな。そしたら銭を余分に持っていき、酒など飲みながら、そこでのうのうと見張っていておくれやす。それならときの経つのも早おすやろ」

「何日で片が付くかわからず、またあるいはこれはわしの見込み違いで、全く的外れかもしれぬぞよ。問題の四百両については、高島屋の大旦那が自分の口から息子の八右衛門に、なにか因縁を付けて説明し、証文は形ばかりのもので、返済を当てにしてはならぬと、はっきり伝えておきますともうしていたが——」

「高島屋の善右衛門はんは、亡くなったご先代から、いまの身代をお豊のお店さまとともに、そっくり譲り受けたのではございまへん。ご自分の代になってから働きに働き、倍まではございまへんけど、相当、身代を増やされたはずどす。そやさかい、無理に因縁を付けてあれこれいわんでも、若旦那もそのうちに理解してくれはりまっしゃろ」

「どうしても納得せねば、家付き娘のお豊が喚《わめ》こうが、鬼婆みたいに怒ろうが、すべてを洗いざらい明かすことじゃ。山科屋の息子の嘉右衛門はおまえの腹違いの弟。その弟のために四百両の金を出してやったとて、おまえになんの文句があるのじゃと、開き直ってしまえばよいのよ」

「いざとなったら、その手もございますわなあ。そやけどそのとき、高島屋の八右衛門はんはどんな顔をしますやろ」

「そなたはこれまで、数々の公事の糺《ただし》（審理）や裁許（判決）の場に同席してきた。そんなとんでもない事態に直面したときの顔を、何度も見てきたであろうが――」

「はい、そら何十回何百回と見てまいりましたわいな。哀しんだり喜んだり、悲喜こもごもの顔を、嫌というほど眺めさせてもらいましたわ」

「今度も場合によってはそうなったとしても、これまでと同様、なんの思い入れもせず、ただ眺めていればよいのじゃ。ただなあ、八右衛門と嘉右衛門は異母兄弟。二人の身体には、父親を同じくする血が流れている。わしと東町奉行所の銕蔵と全く同じじゃ。兄の高島屋八右衛門が事実を知ったとき、異母弟にどう対応するのか、わしはそれをじっくり見てみたいわい」

「菊太郎の若旦那――」

菊太郎のこの言葉で源十郎は後を絶句し、しゅんとしてしまった。

その日から今日で四日目、菊太郎は五条問屋町の山科屋の真向かいにある旅籠屋の「柊屋」に、奈良興福寺の寺侍だと偽り、泊りつづけていた。

「五摂家のさるお人から、ご裁許の一札《いっさつ》をいただくため、それがしははるばる奈良からまいったのでございます」

それが柊屋の主に対する口上だった。

かれの身形といい儒者髷といい、その口上を疑うべきものはなにもない。柊屋の奉公人は、かれを丁重にもてなしていた。

菊太郎はときどきふらっと出かけていた。

初日は特別なことはなにもなく、二日目、六十すぎのならず者めいた男が、山科屋の店内をのぞき込んでいるのに気付いた。

その男が立ち去りかけると、それを追うように、山科屋嘉右衛門が店から出てきた。

そして男の姿を探すようすで、東の鞘町《さやまち》に通じる路地に消えていった。

堅気の商人にならず者の年寄り。その取り合わせに奇異なものが感じられた。

菊太郎は足早に店から出て跡をつけたが、困惑した顔で戻ってくる嘉右衛門と、町筋で行き違っただけだった。

——この嘉右衛門は、わしのことにまるで気付いておらぬ。それにしても、あの年寄りのならず者めいた男は何者だろう。

男の跡を追うことも考えないではなかったが、いずれまた訪れてくるだろうと見切りを付けた。

ついでに鞘町から袋町に行き、方広寺を拝し、再び柊屋に戻ってきた。

「いま方広寺の大仏殿の仮堂を拝してきたが、天正の昔、豊臣家によって安置されていた大仏は、東大寺のそれをも凌《しの》ぐ立派なものだったときいておる。是非一目、拝みたかったわい。またあそこの石垣の石は見事で、奈良では目にすることもできぬ途方もない大きさであったわい」

「あの石垣は一見する価値がございまっしゃろ。方広寺を造るとき、諸国の大名衆が競って積み上げたもので、あれだけの石垣は、そんじょそこらにはあらしまへん。奈良には興福寺の五重塔や東大寺など、見るべきものが多おすやろけど、京も千年の都、すぐれた価値のあるものが仰山ございます」

柊屋の手代は、泊り客の興味を引くためか、べらべらと喋《しゃべ》りつづけた。

「清水寺の舞台など、見物にいかれたらどないどす。あれはただの舞台ではありまへん。願をかけ、音羽の滝に打たれたお人が満願の日に、願いがかなえられるように、西方浄土に向かって手を合わせ、ほんまに飛び下りるのでございます。死人も出ますさかい、寺方では迷惑がって飛び下りを禁じてますけど、これだけはなかなか止められしまへん。つい一カ月ほど前も、清水寺の舞台からひょいと飛び下りたお小僧はんがいてはりました。どこのお小僧はんかわかりまへんけど、怪我もせんと、すたすた歩いて帰っていったそうどすわ。女子はんは傘を広げて飛び下りはります。傘にどれだけの効果があるのか知りまへんけど、舞台の斜《なぞえ》には楓《かえで》などの木々が仰山植えられてますさかい、それらの枝に引っ掛かって落ちたりするんどす。案外、死人は少ないといいますわ」

菊太郎はいくらか辟易《へきえき》しながら、それをきいていた。

三日目は雨。一日中なにもなかったが、山科屋には客が多く、繁盛しているようすだった。

――このままならよいのだが。

菊太郎は二階の窓を少し開け、一日中、酒を飲んですごしたが、四日目の夜になって、異変らしいことが起った。

使いと思われる男が、山科屋に手紙を届けにきたのである。

――これはいささか訝《いぶか》しい。

この手紙で嘉右衛門が出かけると読んだ菊太郎は、その跡をつけるため、身支度をととのえた。

しばらく後、予想した通り、閉められた表戸の小さな潜り戸がちょっと開き、嘉右衛門の姿が現われた。

相当、急いでいるようすだった。

――どこに行くのだろう。

菊太郎は問屋町を北に向かう嘉右衛門の跡を、足音をしのばせてつけた。

嘉右衛門は五条通りを抜け、五条橋の袂《たもと》に急いでいた。

古い五条橋は、現在の場所のものではなく、松原橋がそうだった。

この五条橋は、清水寺の参詣者のため勧進僧によって架けられ、別名を勧進橋、清水橋とも呼ばれていた。伝説のうえで、牛若丸と弁慶が出会った五条橋はこの橋なのである。

嘉右衛門が橋の近くまでくると、石橋のそばに蹲っていた男が、おおきたのやなといい、立ち上がった。

「へえ、お呼び出し通りにまいりましたけど――」

柳の木に身をひそめた菊太郎の耳に、くぐもった低い声がきこえた。

「金は持ってきたやろなあ」

濁った声が嘉右衛門にたずねた。

「一応、持ってまいりましたけど、これを最後にして、もう止めてもらえしまへんやろか」

「なにっ、これを最後にして止めてくれやと。おまえはなにをいうてるんじゃ。わしはおまえのほんまの伯父。おまえは山科屋嘉兵衛夫婦の子どもではなく、わしの妹のおせつが産んだ子なんやで。おまえはほんまの父親が誰か、わしにもいわんと、百両の手切れ金を貰《もろ》うただけで、その男と別れてしもうた。おせつはおまえを手放し、一人で生きようと、小商いを始めたけど、産後の肥立ちが悪うて、ぽっくり死んでしまいよったんやがな」

男は嘉右衛門の肩に手を廻し、濁った声で話しつづけた。

「手切れ金を百両もぽんと払うくらいやさかい、おまえのほんまの父親は相当な金持ち。生れたばかりのおまえは、一時、長屋の婆さまの世話を受けていたようやけど、そのうちどっかへ貰われていったんじゃ。絡《から》んだ糸を解くようにして、わしがようやくたどり着いたのが、古手屋の山科屋やったのやわ。おまえも自分がどっかから貰われてきて、山科屋のほんまの子ではないぐらい、小ちゃな頃から知ってたやろな。おまえのほんまの父親が誰か、山科屋の親っさんからきいたことはあらへんか。きっと告げられているはずや。それをわしにきかせてくれたら、その男に話を付けたる。五百両でも千両でも、出せるだけの金を、わしは払わせたるつもりや。その金を半分、おまえにくれてやるさかい、わしに教えてくれへんか。実の伯父がおまえを探し当て、何遍も頭を下げ、こないに頼んでいるのや。きいてくれてもええやろな。おまえには絶対、迷惑はかけへんさかい。なあ、実の父親の名前を教えてくれや」

「七造はん、いわはることはわからんでもありまへん。そやけどわたしは、自分が山科屋の実の子どもではないなどとは、一遍も考えたことはあらしまへん。兄妹こそいまへんけど、お父はんもお母はんも、それはわたしを大事に育ててくれはりました」

だが嘉右衛門は実のところ、自分の出生を幾度も疑った覚えがあった。

一度など子どもの頃、母親のおみつが父親の嘉兵衛にいっている言葉を、はっきりきいてしまっていた。

「うちは自分の子どもを産まへんと、固く決めてます。生れたのが男の子どしたら、嘉右衛門よりその子に店を継がせたいと思うのは親の情。そないな気持にならんようにどすわ。お腹の子は堕《お》ろさせてもらいます」

幼い頃きいたおみつの悲痛ともいえる声を、かれはいまでも鮮やかに記憶していた。

「ばかなことをいうてたらあかんわいな。おまえはわしの甥《おい》で、貰い子なんじゃ。実の母親の名はおせつ。おまえが生れたばっかしのとき住んでたのは、堀川寺之内の扇町の裏長屋。もしわしの言葉が信じられへんのやったら、扇町の長屋にいき、昔から住んでるお人に、当時のことをきいてこいや。おまえの背中の右側には、黒子《ほくろ》が二つあるわい。わしのいうてることに、少しの間違いもあらへんねんで」

男は鬼の首でも取ったように、勝ち誇った声でいった。

——これでなにもかもがはっきりいたした。わしの推察が当たったのじゃ。

菊太郎は胸で思いながら、柳の木陰からすっと前に進み出た。

「おいそこの男、なんのつもりで山科屋の若旦那に難癖を付け、あれこれ脅しているのじゃ。わしはその嘉右衛門の懇意の者じゃが、次第によっては容赦いたさぬぞ。いや、もう許せぬ。再び山科屋を強請《ゆすり》に現われおったら、次には命がないものと思うがよいわい。これはその証《あかし》じゃ」

かれはすっと七造に近づくと、腰から刀を一閃《いっせん》させ、その髷を瞬時に切り飛ばした。

「そなたにもなにかと都合があろう。これをくれてつかわすゆえ、この金でなんとかいたすのじゃ」

菊太郎は五両二朱ほど入った財布を、七造の足許にぽんと投げ捨てた。

「おまえ、何者か知らんが、わしの邪魔をしおってからに——」

かれは菊太郎に目を据えたまま毒づき、それでも腰を屈めて手をのばし、素速くそれを拾い取った。

「わしに会いたくば、東町奉行所にくるがよい。わしの名は田村菊太郎。誰でも即座にわしの許に連れてきてくれるわい」

これをきき、七造はひえっと悲鳴を迸《ほとばし》らせた。


鯉屋の客間に、高島屋の父子と山科屋の父子の二組が坐り、源十郎と菊太郎がかれらの前にひかえていた。

八右衛門と嘉右衛門は、改めてその顔を見詰め合い、ともに居心地が悪そうだった。

「わたしは八右衛門にも嘉右衛門はんにも、謝らないけまへん。何卒、ばかな親父やと思うて、堪忍しておくんなはれ。八右衛門、四百両の借用証文、みんなの目の前で破らせてもらいますけど、それでええなあ」

「わけを知ったからには、わたしにもうなんの文句もありまへん。人間はあざなえる縄みたいに、好き合うた仲間が、絡み合うて助け合い、生きていかなならんもんどす。そないにしてたら、どんな禍福にも耐えられますさかい。それよりわたしは腹違いとはいえ、弟が一人できてうれしゅうおす」

かれは嘉右衛門に向かいはっきりいった。

「高島屋のお店さまは、知らん顔をしているだけで、ほんまのところ、あるいはなにもかも承知してはるのかもしれまへんなあ」

　源十郎がふと、善右衛門の背筋を凍《こお》らせるような言葉を発し、菊太郎がかれににたりと笑いかけた。

贋の正宗

一

「がんがん、がんがん――」

鉄槌《てっつい》の音が激しくひびいている。

今年の正月松の内は妙に暖かかったが、昨日辺りから少しずつ冷えてきた。

それでも、北山の奥の桟敷《さじき》ヶ岳《たけ》は雪におおわれていると、京見峠をへて長坂越《ながさかごえ》をしてきた人たちが噂していた。

かれらは長坂口までできて、その近くに設けられた腰掛茶屋で熱い茶を一口すすり、ひと息ついているのだ。

長坂越は「京七口」の一つ。長坂越丹波街道といわれ、北に向かえば鷹《たか》ヶ峰《みね》から千束《せんぞく》、長坂峠、杉坂、真弓《まゆみ》などをへて、丹波国細河余野尻へ出る。

山また山の街道だった。

その街道を南に下れば、京の大宮や千本通りとなり、繁華な町筋につながっていた。

腰掛茶屋の近くには、豊臣秀吉が京域を広く囲むように築かせたお土居の一部が、ところどころに残り、かつての面影を伝えている。

がんがんがんがんと鉄槌の音をひびかせているのは、その茶店の隣の馬蹄屋《ばていや》（馬の鍛冶屋）

「枡屋」だった。

奥の深い土間ばかりの小屋に似た店の表には、荷駄を運ぶ馬が二頭つながれ、足に馬蹄を打たれるのを待っていた。

馬蹄は馬のひづめの底に装着し、ひづめの摩滅や損傷、滑走を防ぐ鉄具。後方の欠けた長円形で、外縁はひづめと一致している。

馬蹄屋は馬の脚を立てて膝に持ち上げ、鋭い刃物でその爪を削る。そして太くて短い釘《くぎ》を用い、この馬蹄をひづめに打ち付けるのだ。

店の鍛冶職人の竹七が見守るそばで、膝切り姿の馬の持ち主が、馬の轡《くつわ》を押えている。その脇で若く端整な顔つきだが、荒々しい髭面の男が、磨《す》り減った馬蹄を小ぶりな鋏《やっとこ》ではがしていた。

「これほど馬蹄を磨り減らさせたら、馬の足を痛めてしまうわい。それにしてもこの駄馬は、よう暴れる厄介な奴ちゃなあ」

かれは口汚くいいながら、馬の前脚をぐっと押え、小さな鉄槌を強く叩き、馬蹄の装着をようやくすませた。

筒袖の袖口で、ひたいに浮かんだ汗を拭った。

「岩蔵はん、どうもお世話をかけました」

「ほな竹七はん、つぎの馬を曳いてきてくれや。おまえさんも重い荷を運んでしんどかろうが、親っさんはおまえさんを頼りに稼いでいるのや。精を出して気張ってくれや」

岩蔵はいいながら馬の首をぽんぽんと軽く二つ叩き、店の中を振り返った。

熱した馬蹄を打つ音が止み、それを鉄鋏で挟んだまま、大きな盥桶《たらいおけ》の中に突っ込んだため、じゅんと水の沸く音がひびき、辺りに湯気がただよった。

岩蔵の身形は膝切りに布脚絆、素足に草鞋《わらじ》姿。それでも寒くなさそうで、筒袖の襟許からのぞく胸は筋骨隆々として厚く、その中央一帯に黒い毛がみっしり生えていた。

「枡屋の旦那はん、ここに奉公させてもろうているわしが、苦情をいうのもなんどすけど、いくら馬のひづめでも、それでは手を抜きすぎとちゃいますか。中槌でその程度、叩くだけで型をととのえ、水で冷やしてしもうたら、そんな粗末な造りの馬蹄、すぐ割れてしまいまっせ。うちの馬蹄は、砂鉄を溶かした玉鋼《たまはがね》から造っているのではのうて、どこにでもある古鉄や古釘を、材料にしてまっしゃろ。踏鞴《たたら》（溶鉱炉）でそれを溶かして火造りするにしても、湯加減、水加減にも注意せなあきまへんわ」

背を向けていても岩蔵には、馬蹄を打つ音や回数、踏鞴の動きや水の沸騰する音などだけで、その出来工合がわかるようだった。

かれはこうした造り込みの良否について、身体で感じられる天稟《てんぴん》をそなえていた。

「おまえはほんまにかなわん奴ちゃなあ。わしが少し手を抜いたら、主のわしに文句を付けるのかいな。まあ、わしももう五十すぎやさかい、腰が痛うて手間を省《はぶ》くこともあるわいさ」

「そないに愚痴《ぐち》らはりますけど、商いは大切にせなあきまへんやろ。疲れはったら仕事の手を抜かんと、わしや竹七はんのほか、見習いの重吉を、もっと働かさはったらよろしおすがな」

「おまえは口汚く荒っぽい奴やけど、誰にも優しいことをいうてくれるのやなあ。竹七の奴を指図している声をきいてると、ひやっとするときもある。そやけど相手がおまえやさかい、許されるんやわ」

竹七は同じ馬蹄屋で働く、岩蔵より年上の職人だった。

「口の悪いのは、どうにもならへんわしの癖どすわ。わしには、人さまに諂《へつら》ったりお上手をいうたりする舌があらしまへん。そやさかい、仕事に年季の入ってはる旦那はんにも、ずけずけと文句をいわせてもろうてますのや」

「いやいや、そうではないやろ。この枡屋の店を、わしは親父から漫然と受け継いだだけで、おまえの目から見たら、年季の入った仕事なんかできてへんはずや」

枡屋の主半左衛門は、盥桶から引き上げた馬蹄を、近くに置いた大きな古木箱の中にひょいと投げ入れた。

馬にも大小があり、足の爪の形もさまざま違っている。

客が馬を曳いてきて、馬蹄の取り替えを頼まれると、木箱の中からその馬に合いそうなものを選び出し、それをひづめに打ち付ける。

だがぴったり合致する馬蹄などは滅多にない。大半は荒鑢《あらやすり》で余分な部分を手早く削り落し、ひづめにそれを装着するのであった。

この作業に当たる岩蔵は、主の半左衛門や竹七など及びもつかない速さと正確さで行い、それがかれの持ち味だと、馬子《まご》たちの間で評判されていた。

馬子――とは、馬を曳いて人や荷物を運ぶのを生業《なりわい》とする人の称。馬追い、馬方ともいう。中・近世、馬を用いて運送に従事した馬借《ばしゃく》たちが、いつしか馬子と呼ばれるようになったのである。

先程の馬が、店の前で新しいひづめを確かめるように二、三度足踏みし、お土居門のほうに去っていった。

ついで竹七が、店の表につながれた二頭のうちから、先に栗毛の馬を選んで連れてきた。

枡屋の隣の腰掛茶屋で、茶碗酒を飲んでいた馬子が、あわててその馬の轡を竹七とともに摑んだ。

「岩蔵、おまえはつづけて何頭かの馬のひづめを打ったさかい、どうや、わしが仕事を替わったろか――」

半左衛門がかれに声をかけてきた。

「旦那、わしが馬蹄の造りに文句を付けたさかい、替わったろかというてくれはりますのやな」

「おまえ、そない回りくどう考えんでもええがな。わしかてときには怒るで。おまえが同じ仕事をつづけてるさかい、わしはちょっと替わったろと思うただけや。文句を付けられたからやないわい。おまえも大概、人の言葉を素直にきかなあかん」

「これはすんまへん。いいすぎやったかもしれまへん。なにしろ根性曲がりどすさかい。それでも鉄を鍛《う》つ、それが馬につける馬蹄でも、わしはそのことが大好きどすねん。おおきに、ほな替わってもらいますわ」

岩蔵は意外にあっさり自分の非を認め、主の半左衛門と入れ替わった。

今度、岩蔵は馬蹄造りにかかった。

やがて鞴《ふいご》の音がし、それがしばらくつづいた。

古釘や粗鉄を踏鞴を用いて高熱で溶かし、馬蹄となる地鉄《じがね》を作り始めたのだ。

これがすむと、岩蔵は細長く溶かした赤い地鉄を鉄鋏でがっちり摑み、鉄槌で鍛《きた》え出した。

まず熱した地鉄の荒打ちを行う。

幾度も熱してそれをくり返すたび、火花が激しく辺りに飛び散る。鉄槌が振り下ろされ、その力で地鉄に含まれる夾雑物《きょうざつぶつ》が叩き出される。間もなくその重量は、当初の半分ほどに減っていた。

刀を鍛えるのも馬蹄を鍛えるのも、道理はほぼ同じだった。

すぐれた日本刀は、良質な砂鉄を溶かして鍛錬《たんれん》する。できた鉄塊を大槌で荒割りにしたものを鉧《けら》と呼び、これがさらに砕かれたものが玉鋼なのである。

たとえば二尺三寸（約七十センチ）の刀を造る場合、一貫二百匁（約四・五キログラム）の玉鋼を用意し、高熱で爍《わか》して打つ。そして長方形の一枚の厚板を造り、それを鏨《たがね》を入れて中央から二つに折り返す。

こうした作業を十数回から二、三十回、炉の高熱に炒られながらつづけ、鋼がふくんでいる夾雑物をさらに取り除いていく。

こうされると、鋼の重量は当初の五分の一ぐらいにまで減少する。

積爍《つみわかし》といわれるこれをする間に、泥水をかけたり、藁灰《わらばい》を塗《まぶ》したりする。

これらによって鋼の表面の脱炭《だったん》を防ぎ、折り返しの癒着が助けられ、鍛えかた次第で板目、杢目《もくめ》、柾目《まさめ》などの肌ができてくるのだ。

日本刀の錬造の第一は、皮鉄造《かわがねづく》りのこれから始まり、次に心鉄造《しんがねづく》り、組合せ鍛錬、素延べ、火造り、荒仕上げ、土取り、焼入れ、反《そ》り直《なお》し、仕上げ、研磨――などをへて、完成されるのであった。

「馬の脚を抱いて馬蹄を打ち付けているより、わしはやっぱりこれを叩いているほうが好きやわい」

踏鞴の炭炉から引き出した真っ赤な鉄を、岩蔵は鉄槌でがんと叩いた。

火花が辺りにぱっと散った。

かれが枡屋の職人として雇われたのは八年前。死んだ先代の半左衛門が、丹波・亀岡の在から伴ってきたのである。

野鍛冶だったというが、先代が亀岡の農村を歩いていて、岩蔵が叩く鉄槌の音をきき、おやっと足を止めたそうだった。

野鍛治――とは、鍬《くわ》や鋤《すき》、鎌《かま》などの農具を造る鍛冶屋をいい、江戸時代にはどんな辺鄙な土地にも見かけられた。

先代の半左衛門が足を止めたのは、その音に野鍛冶らしくない澄んだひびきと、強靭《きょうじん》なものを感じたからだった。

――あれは鍬や鋤を打っている音ではないわい。まるで刀鍛冶が刀を鍛えているようやわ。こんなところに、刀鍛冶がいるという話は、きいたことがないがなあ。

かれは藪道《やぶみち》を抜け、音をたどって村社の脇に立った。

そこに粗末な一軒の鍛冶屋が構えられていた。

「ごめんくださりませ――」

かれは澄んだ強靭な音に恐れを覚えながら、ほの暗い茅屋《ぼうおく》の中に大声をかけた。

奥から鞴の音がしきりにきこえていたからだった。

「なんじゃい。わしはいま忙しいんじゃがなあ。ちょっと待っておくれやすか」

野太い声がいい、すぐまた鉄槌の音がひびいてきた。

茅屋のほの暗さに馴《な》れて見ると、声の主は鍬を打っていた。

先代の半左衛門は、へいと答えてその場に立ち、声の主が鍬を鍛え終えるまで、強靭な鉄槌の音にきき惚れていた。

やがて音が止み、表に顔をのぞかせたのが岩蔵だった。

そこでどんなやり取りが交わされたのか、当代の半左衛門は、父親から詳しくきいていないが、ともかく岩蔵はかれに伴われ、京にやってきた。

「あの岩蔵がいたずら半分に鍛えた合口《あいくち》を、わけがあって人から貰うたけど、全くよう切れ、凄みのあるもんやわ。それを目利き自慢の男に鑑《み》せたのや。そしたらこれはなかなか出来のよい古い備前物や。そこそこの値で買うたんやろ。もし手放すつもりがあったら、是非ともわしにとまでいいおった。ほんまに笑わせるわい。目利きいうのも案外、いい加減なものなんやなあ。賢そうな顔と手付きで、もったいぶって鑑ているのを眺め、わしは阿呆《あほ》らしゅうて笑い出しそうになったわい」

「刀剣の手入れや鑑定に当たる本阿弥《ほんあみ》家も、光悦《こうえつ》さまはともかく、江戸に移ってからの代々は、おそらくそんな程度なんとちゃうか。金さえ出したら、美濃物、相州物、備前物と、それらしい鑑定書を作り、備前物なら無銘なれども長船祐定《おさふねすけさだ》、則光《のりみつ》、勝光《かつみつ》とでも、平気で書いてくれるときいたで。世の中は意外にええ加減なものなんやわ」

一時、こんな噂が岩蔵の身辺でささやかれていた。

かれは亀岡の辺鄙な村で野鍛冶として一生をすごすより、京に出て馬蹄屋で馬蹄を鍛えているほうが増しだと考え、先代に付いてきたようだった。

本阿弥家は室町幕府に仕え、刀剣の目利き・磨礪《とぎ》・拭いの三事をつとめる同朋衆的家柄として、京の上層町衆の地位を確立した。やがては特権商人の道をたどり、特に光悦は琳派《りんぱ》の形成にも大きな影響をあたえた。

江戸幕府が成立した後、本阿弥一族の多くは江戸に移り、それぞれが家職とする三事に当たっていた。

野鍛冶をしていた岩蔵には、両親も兄弟もなく、やはり野鍛冶だった叔父に育てられた。かれを京に伴うについて、先代の半左衛門は叔父にそこそこの金を渡し、岩蔵についてなにかの心づもりがあったようだが、一年ほど後にたわいなく他界してしまった。

馬蹄屋枡屋の跡を継ぎ、半左衛門を襲名した当代は、どちらかといえば軟弱な人物だと評されていた。

「先代の一粒種だけに、猫可愛がりにしてきたせいで、あないになってしもうたんや」

「荒っぽい馬子を相手に、店をやっていけるのやろか」

「みんながそう案じてる。そやけど先代の半左衛門はんは、息子があの場所でなんとか馬蹄屋をやっていけるように、後釜《あとがま》めいた職人を、すでに用意して死んでいかはったわいな。丹波・亀岡の在から連れてきた岩蔵はんが、それやがな。あの岩蔵はんは、気性は荒っぽいけど、正直で気のええすっきりした若者や。枡屋の旦那の顔を立て、塩梅《あんばい》ようとんかちやってるがな。山また山がつづく丹波の亀岡から、京に連れてこられたのを、相当な恩義に感じているらしく、当代を助け、枡屋の目付みたいにしてよう働いてるわい」

「ああ、この長坂口の界隈で、岩蔵はんの名を知らん者はいいへん。近くの古手（古着）屋の『一文字屋《いちもんじや》』へ、盗賊が押し込んだときのことをきいてるか。岩蔵はんはあの顔と声で大きな鉄槌を振り廻し、盗賊たちをたじたじとさせ、ついには追っ払ってしまったそうやわ。よその家の戸や柱をがんがんと叩き、何事かいなとみんなが起き出してきたら、さすがの盗賊かて怯《ひる》んでしまうわなあ。幸い古手屋の者に怪我人は出なかったというわ。さらには旅籠屋に泊っていた凄腕のお侍が、さっと一文字屋に飛び込んでいき、盗賊の二人を斬らはった。そもそもは岩蔵はんが夜中、厠《かわや》に起き、一文字屋の異変に気付いたというわいな。鉄槌で背中をぶっ叩かれた盗賊の一人は、後から駆けつけてきた町同心に、戸板で町奉行所に運ばれていったそうや」

「あの岩蔵はんにそんな武勇伝があるのかいな」

「そうやがな。岩蔵はんは見掛け通りの男というわけや」

合口の話とは別に、こんな噂も立てられていた。

合口は匕首とも書かれる。

鍔《つば》がなく、柄口《つかぐち》と鞘口《さやぐち》がよく合うように造られた短刀をいい、時代が下がると、長さは九寸五分と決ってきた。

鞴で風を送り、粗鉄を熱していた岩蔵が、また赤く焼いた地鉄を鉄槌で鍛え始めた。

そのとき枡屋の表で騒動が起った。

「どうぞ旦那さま、勘弁しておくんなはれ」

そんな声とともに、子どもの大きな泣き声がひびいた。

「ほんまにこの餓鬼《がき》はど厚かましい奴ちゃ。そらわたしはこの餓鬼を、親の顔が見たいもんやというて叱ったわい。それを真に受けたのかどうか知らんけど、ここへのこのこと顔を見せにくる親子が、どこにいるかいな。邪魔になるさかい、もうええ加減に去《い》んでおくれやす。勘弁しておくんなはれと謝りながら、子どもがわたしに一つ撲《なぐ》られたさかい、ほんまは文句を付けにきたのではありまへんやろなあ。見ただけでも薄汚いしょうもない親子やわ。わたしはあれこれ胸が癒《い》えしまへん。こんな不快な気持、どうしてくれはるんどす」

わめくように怒鳴っているのは、枡屋の斜め向かいで饅頭《まんじゅう》屋を営む「筒井屋《つついや》」佐兵衛だった。

岩蔵はかれの口汚い言葉をきき、鉄槌を置いて立ち上がった。

幼い子どもの泣き声と、筒井屋佐兵衛に詫びている男の声が、あまりに哀れだったからである。

「どないしたんじゃ――」

岩蔵は長坂口の表に出て、大声をかけた。
六、七歳の子どもの泣き声が一段と高まり、痩せた父親が土下座し、顔を地面にこすり付けんばかりにして、両手をついていた。
枡屋の店では、主の半左衛門が竹七の手伝いを受け、ようやく馬蹄を打ち付け終えたところだった。

二

筒井屋の前には人集《ひとだか》りができていた。

南北にのびる長坂越丹波街道をいく人たちも足を止め、饅頭屋の主佐兵衛と親子のやり取りの帰趨《きすう》を見守っていた。

「いつまでも土下座してぺこぺこ平謝り、このわたしにこれ以上、どうさせたいんどす。さっさと去んでくれというてまっしゃろ。そないに謝られ、わたしは迷惑してますわ。仰山の人集りができてしもうているのが、おまえらには見えしまへんのか。店先でそない平蜘蛛《ひらぐも》になられてたら、筒井屋の信用にも関わりますがな」

佐兵衛が男親にまた怒鳴った。

一旦、低くなっていた男の子の泣き声が、再び大きくひびいた。

かれも土下座して泣いていた。

「ふん、たかが饅頭屋、なにが筒井屋の信用じゃい――」

岩蔵が大声を上げたにも拘らず、佐兵衛はかれをちらっと見ただけで、怒りを静めなかった。

大勢の目が今度は岩蔵に集まった。

「この界隈の子どもたちの何人かが、筒井屋の前で遊んでいて、店先に並べられていた饅頭を一つ、盗んだというのどすわ」

　近所の顔見知りが岩蔵に告げた。

「なにっ、饅頭を一つ盗んだんやと」

「へえ、そうやそうどす」

「それは筒井屋の饅頭やのうて、枡屋の店先に落ちてた馬の糞《ふん》とちゃうか——」

　この一声でどっと笑いが起った。

「確かに饅頭と馬の糞は、よう似てるさかいなあ」

「遊んでた子どもたちは、筒井屋の奉公人の姿を見て、ぱっと逃げ散りました。けどあの八十《やそ》松《まつ》いう子どもが逃げ遅れ、捕まってしもうたんどすわ。そやけど八十松は、自分は盗んでへんといい張ってます。奉公人に頬っぺたを叩かれているとき、店の奥から出てきた旦那の佐兵衛はんが、おまえみたいな強情な奴の親の顔が見たいもんやと、いい出さはったんどす」

「そやさかい八十松は、それを真に受け、病気で寝ている父親の栄三を無理に起し、ここまで連れてきたんどすわ」

「それはきき分けのええ子やろうが、ほんまに連れてくるとは、ばかな奴ちゃ」

「岩蔵はんは、ばかな奴やといいながら、本心では素直な子どもやと思うてはるんどっしゃろ」

「そんなん、あたり前のこっちゃ。横着な子どもなら、病気で臥せる父親を連れてなんかきいへんわい。そこのところがわからへん筒井屋の親父も親父や。商いの邪魔になる、早う去んでくれと怒鳴っているより、自分が鉾《ほこ》を収めるのが先やわ。そうしてさっさと店の中に引っ込んでしもうたら、それで決着やがな。いくら暖かいというても、まだ冬の街道。子どもの親が寒そうに震え、咳き込んで苦しげにしているやないか」

かれがいう通り、八十松の父親は両手をついて謝っているうち、前倒しになり、激しく咳き込んでいた。

それでも筒井屋の佐兵衛は二人の前に立ちはだかり、憎々しげに親子を睨み付けていた。

父親の栄三は、店先から去る機会をすでに逸してこのありさまだったのだ。

「どうしようもないなあ。街道の埃をかぶった饅頭の一つぐらい、盗《と》られたの盗ってへんのと騒ぐことでもないやろ。そやけどこのまま捨てておいたら、親父のほうが死んでしまうわい」

岩蔵はやいといい、三人に近づいた。

「おまえは枡屋の岩蔵——」

「おまえは筒井屋の佐兵衛。なんでこんな揉め事を、いつまでもごたごたと長引かせているんじゃい。てめえが店の中に引っ込んでしもうたら、この親っさんが家に戻れるやないか。寒さのため咳き込み、倒れ込んではるのが見えへんのかいな。無慈悲にもほどがあるわい。こうなったら、わしが面倒を見させてもらうさかいなあ」

岩蔵は佐兵衛を睨み付けていい、うつ伏せに倒れ込んでいる栄三に両手をのばし、ひょいと抱き上げた。

急いで店に戻り、その身体を炉のそばで温めさせようと考えたのであった。

「お父っつぁん――」

八十松が驚いて岩蔵の背後につづいた。

「おまえ、八十松いうのやてなあ。ほんまにばかな奴じゃ。自分が饅頭を盗んでへんのやったら、筒井屋の親父が親の顔が見たいというたかて、連れてこんかったらよかったのや。これは正直者がばかを見るということになるのやわ」

かれは栄三を抱え、枡屋に戻ってくると、主の半左衛門や竹七たちがあっけに取られているのを尻目に、鞴のそばにかれを横たえた。

近くで炉炭が盛んに燃えており、暖かかった。

枡屋の表では、ことの成り行きをうかがっていた人々が、ようやく散り始めていた。

「小六、見たやろ。あれが岩蔵という奴ちゃ。あいつがいたずら半分に打った合口が、無銘やけど備前長船の極めが付けられ、百両で売買されたそうやわ。尤《もっと》も当人は全く知らんことやけどなあ」

「勝五郎の兄貴、そしたらあの岩蔵をうまくいいくるめ、刀でも合口でも造らせたら、大儲けできますなあ」

「まあ、そういうこっちゃ」

「あいつがこっちの思う壺にすんなり嵌《はま》ってくれたら、いうことないのやけど。そうできますやろか――」

「いまのようすを見ていると、岩蔵の奴は話の持っていきようで、わしらの思う壺に嵌ってくれるかも知れへん。栄三の娘のおさんは、いま北野の遊廓《ゆうかく》で女郎働きをしている。西陣で安い給金で働きに働いていた栄三が、胸の病で倒れ、その親父と妹弟二人を食わせていかなならんからや」

勝五郎はひそひそ声でつづけた。

「岩蔵は人が苦労しているのを、黙って見てられへん質《たち》みたいやさかい、親子のどっちからともなく、そんな事情をきっときき出すやろ。そしてなんとかしたいと考えるに決ってるけど、自分には廓《くるわ》からおさんを身請けするだけの銭はあらへん。枡屋の旦那かて、岩蔵がどんなに頼んでも、おまえがどうしてそうまでせなあかんのやといい、金策を断るに違いない。そんな岩蔵に、わしらが巧みに近づく。合口の五、六本でも造っておくれやしたら、解決するのとちゃいますかと、甘い言葉でささやくのやわ」

「さすがは勝五郎の兄貴、早速、うまい算段を付けはりますのやなあ」

「なあに、これも千載一遇《せんざいいちぐう》という奴やわいさ。たまたまここを通りかかり、あんな出来事を目《ま》の当たりにしたさかい、ひょいと頭に浮かんだだけのこっちゃ」

勝五郎は誇らしげに小六に笑いかけた。

かれと若い小六は、北野遊廓を仕切る萬屋《よろずや》重兵衛の小頭と子分だった。

勝五郎は小六に普段から目をかけていた。

「そやけど勝五郎の兄貴、あの枡屋の仕事場で、いたずら半分に見せかけるにしても、五、六本もの合口を造らせるわけにはいかしまへんやろ」

「そうやなあ。それをどこで造らせるか、いま考えていたところや。わしの幼友だちに、粟田口で刀鍛冶をしてる男がいる。粟田口は昔、有名な刀鍛冶が住み着き、刀を造っていた場所やったそうや。けどいまは名前だけになり、わしの幼友だちも、帯刀を許された町人が、腰に差す鈍刀《なまくらがたな》を造ってるにすぎへん。その幼友だちは松次というてなあ。博奕好きな男で、金の匂いさえ嗅《か》がせたら、すぐにでも鍛冶場を貸してくれるはずや。岩蔵の奴に近づいたうえ、粟田口に引っ張り込んだらええのや。粟田口の鍛冶場でなら、刀でも合口でも、どれだけ鉄槌の音をひびかせていたかて、誰にも怪しまれへんさかい」

「それは好都合どすなあ。勝五郎の兄貴、そうしまひょ。岩蔵の奴に凄い合口を造らせ、それに本阿弥家か、目利き自慢に極めを付けさせたらよろしいわ」

「いまのところ、わしとおまえの間で話はとんとん拍子に進んでるけど、さて岩蔵の奴、こっちの思惑通りになるやろかなあ。奴は自分の造った刀をどう思うているのか、それをまず知りたいところや。それにいざ刀を造らせる段になったら、刀剣屋を廻らせ、名高い刀や合口を、買う振りをして、奴にいろいろ見せて学ばせなあかんわい。どんな刀でも合口でも、ええというわけにはいかんさかい」

「なるほど、そうどすなあ」

小六は勝五郎の考えに感心していった。

「それより先に、わしらが岩蔵の奴とどうして関わりを持つかを、思案せなあかん」

「あの岩蔵、女郎屋通いか酒、それとも博奕でもせいしまへんやろか――」

「女子や博奕の話はきかんけど、酒だけは好きなようや」

「博奕はともかく、女子を抱く気もないとは、男として情けない奴どすなあ。そやけど酒好きとは、こっちには好都合どすがな。どこへ酒を飲みに出かけるのか、それを探らないけまへんなあ」

「岩蔵の奴はときどき街道を南に下り、蓮台野《れんだいの》村のはずれにある『安楽《あんらく》』いう居酒屋に行くそうやわ」

「もうちょっと南に下ってくれたら、萬屋の島（勢力範囲）に入るのに残念どす」

「残念は残念やけど、島に入ってこられたら、わしらの企みが、重兵衛親分の耳に届いてしまう。その面倒を考えると、いまのままのほうが安全とちゃうか。わしらが居酒屋の安楽に、網を張ってたらええのやさかい。親分に隠れてまとまった銭を摑むため、わしらも慎重にせなあかんのやわい」

「勝五郎の兄貴がいわはる通りどすわ」

小六は納得した顔でうなずいた。

枡屋では栄三が、暖を取ったせいか、ようやく炭炉のそばから起き上がった。

八十松が、岩蔵が盆にのせて持ってきた雑炊を、父親に食べさせようとしていた。

北山から吹き付ける風が、冷たさを加えていた。


岩蔵は三日に一度ぐらいの割で、長坂口を南に向かい、居酒屋の安楽に出かけていた。

枡屋に住み込んでいるかれは、鍛冶場の隅に設けられた小部屋で寝起きしている。そこで独り酒を飲んでいても味気ないため、安楽に出かけていくのであった。

安楽は長坂越丹波街道に沿った居酒屋。近くに数軒の安宿があり、その客は京見峠を越え損ねた人々が多かった。

安楽の向かい側に大徳寺の藪が鬱蒼《うっそう》と繁り、南には北野遊廓の明かりが見えるほどの距離だった。

この界隈は、洛中で最も高い場所に位置し、南に大きな伽藍《がらん》を構える東寺の五重塔の九輪の先と、ほぼ同じ高さだといわれていた。

京はそれほど高低差の激しい町なのである。

その夜、岩蔵は竹七とともに安楽にくると、肘《ひじ》付き台の前に腰を下ろし、旬の若狭鰈《がれい》を肴《さかな》に、猪口（盃）で酒を飲んでいた。

狭い店に四つ置かれた飯台は満席。店は賑やかだった。

「岩蔵はん、先日の騒ぎには驚きましたわいな」

「あの八十松というばかたれ。饅頭を盗んでもいいへんのに、逃げ遅れてひっ捕えられてしもうた。筒井屋の親父から、親の顔が見たいといわれたさかい、ほんまに父親を連れてくるとは、全く考えられへんどじな奴ちゃ」

岩蔵は腹立たしげな口調でいい、猪口をぐっとあおった。

かれは人を褒めるとき、ばかだのどじだのと口汚くいう癖がある。

本当は八十松に好意を抱いているのが、竹七にはわかっていた。

竹七は枡屋で岩蔵の兄貴分になるが、いまではすっかりかれに信頼を寄せ、万事、ひかえめにしている。

一方、岩蔵は人前では竹七を、なるべく立てるようにしていた。

「ほんまに岩蔵はんがいわはる通りどすわ。盗ってもいない饅頭を、盗ったのではないかと疑われ、父親まであの始末どすさかい。それにしても、八十松の姉のおさんは十八歳。病気で臥せる父親や弟妹の暮らしを立てるため、北野遊廓へ六年の年季奉公とは、哀れな話どすなあ。六年の年季奉公というても、一旦、遊女となれば、あれこれと次第に借金がかさみ、なかなかあの世界から足を洗えしまへん。やがては身体を病ませ、死んでいく者が多おす」

「北野遊廓で年季奉公をしている女子たちは、だいたい丹波や丹後の農村や漁村からきている。

わしは女衒《ぜげん》たちが、どっかに食い詰めている家、年頃の娘のいる家はあらへんかと、へらへら顔で村々を廻っている姿を、よう見かけたわい。丹後や丹波から北野遊廓に身売りしてくる女子たちはなあ、大概、京の西陣へ奉公に行くと、外面《そとづら》を繕ってるのや。そんな哀れな泣き別れの姿を、わしは何度も何度も見てきたんじゃ。わしが女子に生れてたら、おそらくそうされてたやろ。そやさかいわしは、北野遊廓には行く気にならへんのじゃわい」

「京の西陣へ奉公に行くというて、女郎働きにどすか――」

「ああ、ほんまのところはそうやわいな」

竹七が岩蔵から感じているのは、どうやらかれは両親や兄弟を子どもの頃に失い、叔父の鍛治屋に独り育てられたらしいことだった。

岩蔵は自分の出自について、誰にも語ろうとはしなかった。

かれを京に伴ってきた先代の半左衛門は、叔父の鍛治屋にそれなりの謝礼を払ってきたそうだとだけはきいていた。

枡屋からこの居酒屋へ酒を飲みにくると、岩蔵は遠くで明滅する北野遊廓の小さな明かりを、しばしば立ち止まって見つめているときがあった。

竹七はその姿と先日の出来事を回想し、岩蔵にはあるいは姉か妹がおり、彼女らがそこで身売り奉公をしているのではないかと考えたりした。

岩蔵の姉がかれよりずっと年上だとすれば、顔さえもうわからなくなっているだろう。遊廓の明かりを見る岩蔵の目付きは、そんな思いを竹七に抱かせるものだった。

たとえば二人で北野遊廓に遊びに出かけたとする。部屋に入ってきた敵娼《あいかた》が、もし自分の姉か妹だったらどうなるのだ。

そんな場面を想像すると、竹七は頑丈な体軀《たいく》の岩蔵が、無性に不憫に感じられた。

そうした危惧の気持が、先日、店先で起った出来事へ、岩蔵が見せた対応に表われているのではあるまいか。

かれは栄三と八十松の親子から事情をきいた後、一旦、自分の部屋に戻り、なにかを八十松に握らせた。

一朱金などの金に違いなかった。

「竹七の兄貴、そしたらもう戻りまひょか——」

岩蔵は懐から巾着を取り出すと、突然、かれをうながした。

「そうやなあ。今夜は寒いさかい、早う帰って寝てしまおか」

二人が勘定をすませ、肘付き台の席から腰を上げたとき、安楽の表戸が開かれた。

店に入ってきたのは、勝五郎と小六だった。

「おやっ、これはこれは——」

勝五郎が二人に向かい慇懃な声を発した。

「どなたさまでございましょう」

岩蔵は丁寧にたずねた。

「へえ、詮ない事情が重なり、いまはしがない稼業をしている者どす。数日前、長坂口で見せていただいたおまえさまはお見事。弱きを助け強きを挫《くじ》くその扱いぶりには、感心させられた次第どす」

「おまえさまたちは、あの騒動の場にいてはったんどすな」

「はいな、しっかり拝見させていただきました。お近付きの印に、もうしばらくご一緒にいかがどす」

「お褒めいただいたうえに、ありがたいお勧めやけど、いま帰ろうとしたところどす。ご無礼ながら、またにしておくれやすか」

この安楽で何度か見た顔だと思いながら、岩蔵はきっぱり断った。

「さようどすか。不粋にお引き止めしまへんけど、次にお会いしたときには、盃の一つでも受けておくれやす」

「へえ、そうさせておくんなはれ。それではお先に失礼させてもらいますわ」

岩蔵は竹七をうながし、外に出た。

「兄貴、惜しいことをしましたなあ」

「まあ、初めはあれでええのや。ことを急《せ》いたら仕損じてしまうわいな」

岩蔵たちが空けた席に腰を下ろしながら、小六と勝五郎はこんなささやきを交わした。

「ああ、外は寒いなあ――」

満天に輝く星を仰ぎ、岩蔵がつぶやいた。

三

あちこちで梅の花が咲いている。

どこからともなくきこえてくる鶯《うぐいす》の鳴き声が、のどかであった。

公事宿「鯉屋」の客間には、四条・高倉で刀剣屋を営む「柏屋《かしわや》」の主平兵衛が峻厳な顔で坐り、主の源十郎や田村菊太郎と向き合っていた。

いま菊太郎の手には、白鞘から抜かれた長さ七寸一分余り（二十一・六センチ）の短刀（合口）が握られている。

じっと見つめられ、茎《なかご》が柄《つか》に納められたところだった。

短刀の反りはわずか。元幅は一寸二分余り（約三・八センチ）。長さにくらべて身幅の広い平造り。丸棟《まるむね》で重《かさ》ねは薄く、鍛えは板目肌、地沸《じにえ》は厚かった。

刃文はゆったりとして、帽子は乱《みだ》れ込み、先はわずかに尖《とが》り気味。茎は舟型、生《うぶ》で無銘。一見して「庖丁正宗」に似ていた。

菊太郎はふうっと大きな息をつき、その短刀を白鞘に納めた。

「柏屋の主どの、この刀はいかにも豪宕《ごうとう》なできで、人の腕でもすぱっと落せそうじゃ。腹をかっさばくのも容易であろう。だがわしが鑑たところ、凄い短刀だが品に欠け、おそらく正宗の贋物《がんぶつ》であろう。もうしてはなんだが、これは鍛《う》たれてからまだ日が浅く、大袈裟にいえば、刀身が熱いぐらいじゃ。されど凄い短刀には間違いない。いまの世に、これほどの贋物を造る刀鍛冶がいるとは驚きじゃわい。かほどの刀鍛冶、贋物など造らず、己の銘を鏨《たがね》で刻めばよいものになあ。本阿弥光悦の極めまでが贋物とは、念の入った仕業じゃ。わしは刀の目利きではないが、それくらいわかるわい」

「菊太郎の若旦那、やっぱりそうどしたか——」

最初から肩を落していた柏屋平兵衛と同様に、源十郎もがっかりした顔でつぶやいた。

「わたくしも刀剣屋を営む商人。店に持ち込まれた刀を一見するなり、これは相州正宗だと、欲に目を眩《くら》ませて思い込み、百五十両でつい買うてしまいました。けどやっぱりどしたんや」

「人間、欲に目を眩ませると、ろくなことがありまへんなあ。わたしも気を付けなあきまへん」

柏屋平兵衛は、貧乏浪人の後家だと名乗った年増が、店に持ってきたこれに大金を出したのであった。

彼女は死んだ夫が大切にしていた重代の家宝だと、その来歴をのべていた。

平兵衛は鯉屋を訪れるまでに、すでに三人の目利きに、正宗だと思い込んだこの短刀を披露していた。

一人はとんでもない掘り出し物だと目を輝かせたが、あとの二人はいずれも首をひねった。

数日、その短刀を見ていると、なぜか次第に魅力が失《う》せて感じられた。自分の欲がこの短刀を、無銘なれども正宗だと決め付けただけなのに、やがて気付かされた。

だがそれでもまだ諦め切れない。それで懇意にしている鯉屋源十郎に鑑せにきたのであった。

刀工正宗の名は、幼い子どもでも知っている。

鎌倉末期、相州（相模国《さがみのくに》）に住した巨匠。一条兼良《かねら》の『尺素往来《せきそおうらい》』には、「近世の名人」「不動の利剣に異ならざる者か」と記されている。だがかれには在銘の作が少なく、明治の中頃には正宗抹殺論が敷衍《ふえん》したほどだった。

ところが室町時代の刀剣書には、正宗が刀に銘を刻まなかったのは、「自分の作った刀は世にまぎれのないものであり、銘をきる必要はなかった」からだと記されている。またかれは鎌倉幕府のお抱え刀鍛冶のため、幕府御用で鍛刀したものが多く、無銘にされていたというのである。

刀剣の鑑定は極めてむずかしい。ことに相州上作物《じょうさくもの》の鑑定は困難とされ、よほどの目利きにしかできなかった。

庖丁正宗——と名づけられた短刀は、『享保名物牒《ちょう》』にのせられており、まさに庖丁の趣を持つ短刀。日向《ひゅうが》・延岡藩主内藤家伝来のものもそれに似ており、護摩箸《ごまばし》の透彫《すかしぼ》りが施されているため、別名「庖丁スカシ正宗」ともいわれている。

このほかはっきりした正宗の刀は、武州・忍《おし》城主松平下総守《しもうさのかみ》家伝来のもので、元は安国寺恵瓊《えけい》が所持したというが、いまは国宝に指定され、細川家に蔵されている。

また尾張徳川家伝来の短刀が、国宝に指定されていると、『日本の美術』（佐藤寒山編）にのべられている。

それほど正宗の刀は少なく、その有銘作はほとんどが短刀。さらに名物不動正宗、大黒正宗、京極家伝来正宗、本庄正宗などが知られ、大黒正宗には「正宗作」の銘がはっきり刻まれているると、前述の書物に記されている。

「欲に目を眩ませ、売りにきたご浪人の後家から、百五十両で買い取られたともうされたが、それで柏屋平兵衛どのは、これをいくらで売ろうとされていたのでござる」

かれにたずねたのは菊太郎だった。

「へえ、二千両か三千両。それくらいなら、どこでも売れると考えておりました」

「二千両か三千両。百五十両で買い取ったものを、そうまで高額で売ろうとはあきれますわい」

「そやけど菊太郎の若旦那、およそ古物を扱う業者は、そんなもんどっせ。安う買うて高う売らな、商いにならしまへん。毎日、売れる品ではありまへんさかいなあ」

「そなたはさようにもうすが、だからこそ商人は、士農工商と身分が定められている中で、一番下に位置付けられているのじゃ」

「そやけど、世の中を動かしているのは、武士ではのうて、ほんまは商人ではございまへんかいな」

「石田梅岩《いしだばいがん》が石門心学によって、商人が利を得るのは武士が主から禄を給されるのと同じだと説き始めてから、商人はにわかに勢いを得て、商い熱心になった。だが商人は同時に、勤勉で質素に暮らせとか、世間をまっとうにするさまざまな責務を、課されているのじゃぞ。されどいまの商人は、正直なところそれを果たしているとは思われぬ。このままでは、とんでもない世の中になってしまおうぞ」

「若旦那、ここでそんな議論は止めときまひょ。それよりこない巧みに造られた短刀が、世間に出廻ったら、ひどい損をこうむる人々が、後々もつづきますわ。どこでこれほどの短刀が造られているかわかりまへんけど、その点はどうどっしゃろ」

　源十郎が菊太郎の正論をほかに向けた。

「柏屋平兵衛どの、とんでもない贋物を鑑せられたため、つい徒《いたずら》な言葉を吐いてしまいましたが、お許しいただきたい。世の中にまっとうな商人がいるぐらい、承知しておりもうす。それでこの短刀が、どこで造られているかについてのべれば、やはり畿内でございましょうなあ」

「若旦那、それはどうしてどす」

　たずねたのは源十郎だった。

「これほどの短刀には、質のよい砂鉄を溶かしてつくった玉鋼が必要だからじゃ。わが国のあちこちから、良質の砂鉄は産出されるが、それを溶かして玉鋼にしたものとなれば畿内。しかもこの京での入手が最も容易であろう。京の釜師大西家では、良質の玉鋼を得るため、古刀を買い集め、その一部を用いているそうじゃ。それほど玉鋼は得難いもの。古鉄を集めていくら叩いたとて、すぐれた刀はできぬわい。わしはもしかいたせば、とてつもなく腕の立つ刀鍛冶が、どこからかならず者たちに連れてこられ、京のいずこかでいまも無理強《じ》いされ、贋正宗を造らされているのではないかと案じておる。玉鋼はそれを打つ音だけでも並みとは異なろう。ましてやかほどの刀を造る輩《やから》、槌音はただならぬものに決っておる」

「若旦那はそう思わはりますか――」

「いかにもじゃ」

「そしたら若旦那なら、それをどのようにして探索しはります」

「わしに探索をともうすのなら、刀を打つ音を探って突き止めるわい。これほどの贋正宗、鉄槌の音をきいただけでわかるはずじゃ。この京でなら、さしずめ粟田口であろうな。あの界隈にはいまも刀鍛冶が住み付き、町人が腰に帯びる鈍刀を造っているからのう」

菊太郎はあっさりいってのけた。

粟田口は京の七口の一つ。三条大橋以東、日ノ岡に至る東海道（大津街道）沿いの一帯を指す。鎌倉期以降は刀工の居住地として知られていた。

粟田口鍛冶は、三条小鍛冶と並び称されている。江戸初期に粟田口焼きが興り、中期には茶碗の同業者町が形成されたが、刀鍛冶は少数ながら、いまでも数打ちの鈍刀を造って生業を立てていた。

刀剣鑑定には五カ伝という言葉がある。

これは山城・大和・備前・相州・美濃の五カ国の作風が基で、ほかの国の刀工は、この五カ国のいずれかの流れを汲むものとされる意。京では平安末期から鎌倉時代にかけて三条、粟田口、来《らい》――などの諸派が生れている。

粟田口は三条にも等しく、ここからは宗近《むねちか》や三条吉家《よしいえ》が出ており、鎌倉時代には粟田口国友・久国・吉光《よしみつ》など、さらに次の世代には粟田口則国《のりくに》・国吉たちなどすぐれた刀工を輩出した。

「そうすると若旦那は、粟田口の辺りをぶらぶら歩いてみるといわはるのどすな」

「まあそうだが、京の北の上賀茂村や東の浄土寺村、南の吉祥院村の辺りも廻ってみるわい。野鍛冶がいたしているかもしれぬのでなあ」

「野鍛冶、鍬や鋤など農具を手がける野鍛冶が、こんな見事な贋物を造りますやろか」

刀剣屋の柏屋平兵衛は、醒めた声でつぶやいた。

「野鍛冶とて人物と腕次第。侮《あなど》れぬわい。ついで京七口の近辺に店を構える馬蹄屋にも、注意いたさねばなるまい。馬のひづめを造る蹄鉄屋じゃ。そんな店の奥で鉄槌を振るうていたとて、誰も不審には思うまいでなあ」

「なるほど、さようでございますなあ」

これは源十郎の言葉。菊太郎の考察は、ぐっと核心に近づいていた。

翌日からぶっさき羽織に伊賀袴、足許を草鞋で固めた姿で、菊太郎のぶらぶら歩きが始められた。

「こんな贋正宗を摑まされ、大損をするのは、わたくし一人で結構どす。こんなんでは、刀剣屋はおちおち商いをしてられしまへん。どんな刀を巧みに造られ、売られるかわからへんからどす。そやけど恥ずかしゅうて、町奉行所に被害の届けなんか出せしまへん。ともかく贋物造りの連中を突き止めておくんなはれ。その不埒を厳しゅう罰してもらわなあきまへん。それで大損をしたついでに、百両払わせていただきますさかい、是非ともお願いいたしますわ」

菊太郎の探索は、柏屋平兵衛の憤懣《ふんまん》やる方ない言葉に、すっと誘われてのものだった。

「源十郎、これは公事宿のいたすべき仕事だろうかなあ。わしは百両の金をといわれ、つい承知してしまったのじゃが——」

平兵衛が鯉屋から辞していった後、菊太郎は源十郎にたずねた。

「そんなん、わたしは知りまへん。わたしには若旦那が、話をそっちのほうに持っていったように見えましたで。結果が知れ、柏屋はんから百両の金を出されたかて、わたしは受け取らしまへん。そのままそっくり若旦那にお渡ししますわ」

「正宗は誰もが欲しがる刀じゃ。全国に将軍直参《じきさん》で、知行一万石以上をいただく大名諸侯がどれだけいるのか、正確には知らぬ。だがそんな大名諸侯が、相州正宗のほか村正や備州長船景《かげ》光《みつ》、関の孫六、新刀では丹波守吉道など、この後、続々と出てくるであろう贋刀を、競い合って買い求める。それらを柳営で小躍りして披露し合っている姿を想像すると、阿呆らしくて笑えてくるわい。金にいたせば何十万両かが、誰かの懐にごっそり入るのだからなあ」

「大名諸侯は四百数十。一人の刀鍛冶がどんなに長生きしたかて、それだけの数は造れしまへんわ。そやけど、そんな不埒をいわはってはなりまへん。若旦那のご実家の田村家は、曾祖父さまの代から東町奉行所の同心組頭。銕蔵さまのお立場やご身分にも障りますがな」

「立場や身分か。まことのところ、あれほど厄介なものはないのじゃがなあ」

「そらそうどすけど、田村家の中に若旦那みたいなお人が一人いるのも、また厄介どっせ。そやけどその厄介者が、思いがけない出来事が起ったときには、妙に役立つのどすさかい、やっぱり厄介者ではありまへんわなあ」

「わしは世の中に、厄介者など一人もいないと考えているわい。厄介者もならず者も、さらにはあれこれいわれる者がいてこそ世の中。ならず者とて必要とされる場合もあるはずじゃ。駕籠に乗る人担ぐ人、そのまた草鞋をつくる人との諺があろうが。この諺は身分の違いを指しているのではないぞよ。それぞれいずれも必要な役割だともうしているのだと、わしは解しているのだが、どうだろうなあ」

「わたしもその通りだと思いますけど、世の中はそうではございまへんわ。身分の違いを示しているのやと、一般には考えられてます」

「聖人賢人の至言もまっとうに解釈されず、歪んで受け止められているのじゃ。尤もそれもまた世の中かも知れぬわい」

菊太郎は源十郎とのそんな会話を思い出しながら、三条口から廻り始め、五条橋口、東寺口、鞍馬《くらま》口を二日かけて巡った。

馬蹄屋は馬の足屋ともいわれている。

だがあちこちに馬蹄屋は幾軒か構えられているものの、それらしい音はどこからもきこえなかった。

七口の一つに近い腰掛茶屋で休んだ。

玉鋼を鍛える音を探るためだった。

馬蹄を打つ音をきき分けるため、その茶屋に長居をしていた。

「失礼ながら、お武家さまにおたずねいたしますけど、お武家さまはここでどなたさまかと、待ち合わせをしておられるのどすか——」

そうきいてくる主もあった。

「いや、そうではないが、わしは馬蹄を鍛える音が好きでなあ。その音をこうして楽しんでいるのじゃ」

「人をお待ちどしたら、外はまだ寒おすさかい、竈《かまど》のそばにお誘いしようと声をかけさせていただいたんどす。それにしても、妙なものがお好きなんどすなあ」

「さよう、全く妙なものじゃな。とんかちとんかち馬蹄を鍛えている音をきいていると、自分が刀を鍛えているような気がしてな。わしは侍の家に生れなければ、刀鍛冶になっていたかもしれぬ」

菊太郎はこう主に水を向けたが、鞍馬口の腰掛茶屋では、目的に引っかかる言葉は返ってこなかった。

次に丹波口、長坂口、大原口を廻ったが、ただ凡庸な音をきくだけだった。

「今日も駄目どしたか――」

鯉屋に戻ると、下代《げだい》の吉左衛門にたずねられた。

その通りだと菊太郎は黙ってうなずき、明日は粟田口にまいろうと思うているとだけ答え、草鞋の紐を解きにかかった。

正太がすぐさま濯ぎ盥を運んできた。

翌日、かれは粟田口を探るため、三条大橋を東に渡った。

東海道は賑わっていた。

比叡山麓から流れ下ってくる白川の小橋を渡り、粟田口村に入った。

右の山沿いに建つ粟田天王社をすぎると、いきなり刀を鍛える音がひびいてきた。

一瞬、身構えたが、それはさほど気合のこもった槌音《つちおと》ではなかった。

ところが、その音の近くからさらにきこえてくる別の音は、調子のととのった力強いものであった。

二つの槌音の違いが、菊太郎にははっきりわかり、かれの神経がぴりっと緊張した。

――これは並みの刀鍛冶が、鋼《はがね》を鍛える音ではないわい。やはりあの贋正宗は、ここで造られていたのじゃ。

かれは周りの気配に注意しながら、その音をたどって近づいた。

そこには刀鍛冶たちが刀を造るための茅屋が、数軒建っていた。

菊太郎が耳にしている音は、数軒かたまった茅屋から、少し東に離れた一軒からひびいていた。

鋼を刀にするには、多くの場合、二人以上で鍛える。

鋼を精錬するため、鞴を用いて熱処理を行う。把手《とって》を手で押し、火に風を送るその鞴の音がはっきりきこえ、また調子のととのった力強い音がつづいた。

相打ちの刀鍛冶と、間合いを取りながら鋼をのばしているのは岩蔵だった。

かれのそばに勝五郎と弟分の小六が立ち、岩蔵の仕事振りをじっと見ていた。

茅屋の周りには、勝五郎が仲間に引き入れたならず者が二人、警戒のため徘徊《はいかい》していた。

菊太郎は早くからそれに気付き、草叢《くさむら》に身体を隠し、注意に怠りはなかった。

「岩蔵、気を抜かんと、しっかり刀を造らなあかんねんで。おまえに贋物やったけど、正宗の刀をちゃんと見せてきたやろ。あれ以上の上物を拵えるんや」

「長坂口の居酒屋で、わしに如才のう近づいてきたのは、こんなことをさせるためやったんか。最初、わしが造った贋の正宗、あれを確かに売って、八十松の姉のおさんを廓から身請けし、栄三の親父たちに小商いでも始められるだけの金を、渡しておいてくれたやろなあ」

「ああ、おまえとのその約束は大丈夫、きちんと果たしたわい。最初の刀は百五十両で売れたさかい、栄三は戻ってきたおさんと一緒に、丹波街道のどこかで、一膳飯屋をするつもりやそうや。おまえはいま四本目の正宗を造っているわけやけど、こんなん、いつまでもせいとはいうてへん。十本造ってくれたらええわ。こうしておまえが造った正宗を、江戸や大坂にも持ち込み、ゆっくり売り捌《さば》いて金にするのや。そやけどそれらを売るにしたかて、いろいろ小細工が要り、関わってくれたお人をただ働きさせられへん。すでに二十両の金を受け取ったおまえかて、もうわしらと同じ立派な悪の仲間なんやで。後々、分け前を十分やるさかい、おまえはその金を持ってこの京から立ち退《の》き、好きなことをするこっちゃなあ」

「こうなったらわしも、そう覚悟してるわ。京大坂の刀剣屋を随分、連れられて廻り、名人の造った刀をじっくり見せてもろうた。わしには大いに役立ったわい」

「それにしてもおまえは、どうしてそんなに刀を造るのが巧みなんやろ」

「勝五郎はん、わしはただ鋼を鍛えるのと、刀を見るのが好きなだけや。本物の村正を見たときには、背筋がぞくっと粟立ったがな」

「十本も正宗の刀を造ったら、その村正を買う金ぐらい十分にできるやろ」

勝五郎と話しながら、岩蔵は馬蹄屋の先代・半左衛門が、どうして自分を養ってくれた野鍛冶の叔父に十両もの金を払い、京に引き取ったのか、わかるような気がしていた。

半左衛門は自分が鉄を打つ音をきいただけで、刀鍛冶になる天賦《てんぷ》の才があると、感じたに相違なかった。

そう図ろうとする前に死ぬことになり、かれはどれだけ口惜《くや》しかっただろう。

だが意に沿う形ではないものの、それでも自分はこうして玉鋼を打ちのばしている。

岩蔵はあの世の半左衛門の耳に届けとばかり、鉄槌を振り下ろした。

四

鯉屋の客間に面した狭い中庭で、侘助《わびすけ》が可憐な白い花を咲かせていた。

その客間に田村銕蔵は、火鉢に両手をかざしながら、いささか不機嫌な顔で坐っていた。

異腹兄の菊太郎が現われるのを、待っているのであった。

そこから少し離れた菊太郎の居間の襖が開き、歩廊にかすかに足音が立つのをきき、銕蔵は居住まいを正した。

「銕蔵、待たせて悪かったなあ」

「いや、そうでもございませぬ。されど今日は兄上どのに、少し苦情をもうし上げねばなりませぬ」

「わしに苦情とは、そなた恐ろしいことをもうすのじゃな。それはおそらくそなたに無断で、手下の弥助を使っていることであろうが――」

菊太郎は火鉢の反対側に坐りながらかれにたずねた。

左手に、白布にくるまれた七寸余りの細長い物を摑んでいる。

かれはそれをかたわらに置き、小さくふくみ笑いをもらした。

「いかにも、さようでございます。わたくしの立場として、弥助が兄上どののご用を果たすのは、一向にかまいませぬ。されど配下への手前もありますれば、一応、断りを入れていただきたいのでございます」

「それはまことに尤もなことじゃ。この件についてはわしが悪かった、謝る。されど緊急を要する事態のため、そなたに断りもなく、つい弥助に頼んでしまった次第じゃ。もうしわけなかったわい。まあ許せ、許してくれ」

菊太郎は端座したまま、銕蔵に頭を下げた。

「兄上どの、なにもさほどに詫びられずともようございます。わたくしは今後のために一言、苦言を呈したにすぎませぬ」

「いやいや、そなたの体面を考えなかったわしが悪かったのじゃ。これはわしの驕《おご》りと迂闊。組頭《くみがしら》助《たすけ》の岡田仁兵衛どのは、さぞかし苦々しい思いでおられような」

「そうでもございませぬ。兄上どのがなにかの必要からさようにされたことは、誰もが察しておりますれば――」

「その苦情、わしはしかと胸に刻んでおくわい」

菊太郎は悪怯《わるびれ》ずにはっきりいった。

「ところで兄上どの、緊急を要する事態ともうされましたが、いったいなにが起ったのでございます」

銕蔵は表情を和らげてたずねた。

「そのことで、改めてそなたたち町奉行所の力を借りねばならぬと思うている。そなたの手下の弥助についてもうせば、粟田口のさる場所で、見張りに付いてもろうているのじゃ」

かれはそういいながら、膝許に置いた細長い白布包みの中から、白鞘の短刀を取り出した。

「銕蔵、まずこれを見てくれ――」

菊太郎にうながされ、銕蔵は居場所を横に移した。

両手で白鞘の短刀を受け取り、鞘をはらった。

全体の造りは薄いが、見るからに凄味のある短刀が現われた。

この身幅の広い短刀の鋒《きっさき》を、相手に突き付けただけで、短刀は自ずとその身体の中に吸い込まれていきそうな勢いを持っていた。

「ほう、これは容易ならぬ業物《わざもの》。庖丁正宗といわれる正宗の短刀ではございませぬか」

「いかにも。世上、庖丁正宗と称される逸品じゃ。滅多に手に入るものではなかろう」

「それがどうして兄上どのの手許にあるのでございます」

鋏蔵は驚嘆した声でたずねた。

「そなたは刀について、なかなか造詣《ぞうけい》が深いのう」

「いや、さして深いわけではございませぬが、『能阿弥本銘盡《めいづくし》』などをいささか読んでおりますれば――」

刀剣の研究書は、鎌倉末期頃から刊行され、江戸時代には室町時代の原書をふくむ『古今《こきん》銘盡』『古刀銘盡大全』、また豊臣秀吉に仕えた鑑識家本阿弥光徳《こうとく》の写した『光徳刀絵図』などが版本として刊行された。ここには庖丁正宗も、絵図によってのせられていた。

「わしなど読本《よみほん》ばかり耽読《たんどく》しているが、さすがにそなたは違うわい。これを一目見るなり、庖丁正宗といい当てるとは、なかなかの目利きじゃ」

「それでその正宗、いかがされたのでございます。是非、きかせてくだされ」

鋏蔵は目を輝かしたままだった。

「これはさる刀剣屋から預かったものだが、実は惜しいことに贋物なのじゃ」

「こ、これが贋物。兄上どのは贋物と仰せられまするか。いやはや、これが贋物とは信じられませぬ」

「柄を抜き、茎を見てもよいが、まさしくいずれを確かめても庖丁正宗。されど残念ながら、これはいま出来の作。立派に拵えられた極上の贋物なのよ。そして今日もこの手の正宗が、粟田口で鍛えられているはず。わしは弥助をそこに張り付かせているのじゃ」

「この正宗を造っているのは、何者でございます。さぞかし名の知られた刀匠でございましょうな」

「いやいや、それがなんのこともない。弥助とわしとで調べたが、元はただの野鍛冶。それがならず者たちに誑《たぶら》かされ、人を助ける金欲しさから、贋刀を造っているにすぎぬのよ。哀れな者に同情を寄せ、さして悪意もなく悪事をなしている心優しい男だというわい」

蛇《じゃ》の道は蛇《へび》。これは弥助がまたその手下を動かし、長坂口の馬蹄屋・枡屋にたどりつき、主の半左衛門や竹七などからきいてきた話だった。

二人は岩蔵について、北野遊廓を島にしている重兵衛親分の子分たちに誘われ、枡屋から暇を取って出て行ってしまったのどすと嘆いていた。

「あの岩蔵どしたら、肝のすわった男どすさかい、やがてはいっぱしのならず者になりまっしゃろ」

竹七は憤懣やる方ない顔で愚痴っていたと、菊太郎はきいていた。

「そんな元は野鍛冶だった男が、かようにすぐれた贋物を、ならず者たちに造らされているのでございますか」

「残念だが、そういうことよ。世の中にはどれだけ天賦の才をそなえていても、どうにもならぬことが多いものじゃわい。それにしても、かような品が数多く出回れば、世の乱れの一つともなる。わしは源十郎と相談し、まず確証を得るために動き廻った。当座、それだけ判明いたしたところじゃ。さればもうそろそろ鋏蔵たちの出番だろうな」

「それがしどもの出番でございまするか」

「いかにもじゃ――」

「さすれば今日にでも、その不埒者どもをお縄にいたしましょうぞ」

鋏蔵は手にしていた短刀を鞘に納め、それを菊太郎に返していった。

「そなたも気の早い、気儘《きまま》な男じゃわい」

「ついでにおききいたしまするが、その短刀、いずれから預かったのでございます」

「さる刀剣屋が鯉屋に、どうしたらようございましょうと、相談のため持ち込んできたのじゃ。だがその刀剣屋は、これを本物と思い込んで買い取った己の欲と不明を恥じ、名を出すのはご容赦くだされともうしていた。その旨をしっかり胸に刻んでおいてもらいたい」

「さればその被害を、町奉行所には届けぬのでございますか――」

「ああ、そうじゃ」

「それでは事件の立証がむずかしゅうございまする」

「それならわしが、さる刀剣屋から買い受け、大損をしたということにいたせば、どうじゃ。わしとて武士の端くれ。その刀剣屋の名は決して明かせぬと、お白洲で詮議の与力に頑張れば、それで通らぬかのう」

「兄上どのは欲に目を眩ませた愚か者扱いをいたされまするぞ。それでもよいのでございますか」

「歴代、東町奉行所同心組頭を務める田村家の中に、妙な男が一人いるぐらい、広く知られていよう。それゆえ、わしは痴《し》れ者だと笑われてもよいが、異母弟とはもうせ、そなたはどうなのじゃ」

「わたくしとてかまいませぬぞ。まあ兄上どのが吟味の与力どのに、その刀剣屋の名は明かせぬと頑張られれば、事情を明察され、あっさりそうかとなりましょうな。兄上どのを拷問蔵に入れ、石を抱かせたり吊るし責めにしたりなどできませぬゆえ。またこの贋正宗、数多く出回り、世を騒がせるまでには至っておりますまい」

「時期から考え、不埒者どもの手から離れて売却されたのは、まだ一振りか二振りだろうな」

「兄上どのが刀剣屋の名を明かされず、またご自分の被害届けも出さぬとなれば、この手の事件は穏便に処理されましょう。相手がいたずら半分だったと強く主張いたせば、それが認められぬでもございませぬ。また売った者とて、本物だと信じていたともうし立てれば、それまでてございますゆえ」

「贋物造りの男は強いお叱りを受け、造らせていたならず者たちは、百叩きぐらいですまされるともうすすか」

「話の持っていき方次第では、そうすることもできましょう」

「ならば、それが一番よいのではあるまいか。町奉行所は徒に罪人を作り立てる場所ではないからなあ。何事も穏便が大切。罪人など出ぬにこしたことはない。捕えられた男たちも、この機に堅気な暮らしに戻ってくれればよいのだが。もしわしがお白洲で、穏便に処置いたさねば、大袈裟に被害届けを出してくれると脅したら、どうなるであろう」

「吟味与力どのが困惑いたされましょうが、お人によっては、面白がられるかも知れませぬ」

「いっそこの贋物の庖丁正宗、わしは道端で拾うたとでも主張しようかのう」

「兄上どの、そこまで無茶をもうされても、お白洲では通りませせぬぞ」

鋏蔵は真顔で菊太郎を諭した。

正午すぎ、粟田口の鍛冶場が鋏蔵たちによって急襲され、岩蔵をはじめ勝五郎と小六、ほかに三名が捕縛された。

「わしは三振りの贋正宗を造り、四振り目を打ちかけていたところや。どうせならあれを仕上げたかったわい」

東町奉行所に連行されるとき、岩蔵は捕り方に加わっていた菊太郎に愚痴った。

かれにはさして罪の意識がないようだった。

お牢に入れられ、詮議を受ける間、岩蔵は鋏蔵から悪行の結果をきかされた。

最初に打った一本が、売却されて換金された。勝五郎と小六の手で、栄三の娘おさんが五十両で北野遊廓の「柊屋」から身請けされ、栄三に三十両が渡され、かれらはいま長坂口で一膳飯屋を開いたばかりだとの話だった。

「勝五郎はんが人を使い、百五十両で売り払ったというてたけど、あれは本当やったんやなあ。八十両が八十松親子に渡ったわけか。わしが二十両もろうてるさかい、あとの五十両がなにやかやに消えてしまったんやな。わしの相槌を務めてくれた粟田口の刀鍛冶は、勝五郎はんに頼まれ、手伝ってくれたにすぎへん。要はこれは人助け。半左衛門さまかて、あの世で怒ってはおられへんはずや。自分の見込んだ通りやったわいと、きっとよろこんでくれてはるやろ」

岩蔵は、贋の正宗を造る茅屋を探り当てたのは自分だと伝えた菊太郎に、満足そうにこういった。

結果、お白洲でのもうし渡しは、岩蔵は強いお叱り、勝五郎と小六、ほかの三人は、予想通り、百叩きで釈放された。

暮らしのどん底で喘いでいた栄三父娘を、かれらが助けたのだと、鯉屋の源十郎が強く主張したからだった。

「わしはまた馬の足屋の枡屋に戻らせてもらうか。やっぱりあそこが一番性に合うてるわい」

東町奉行所の表にまで迎えに出かけた菊太郎に、岩蔵は嘯《うそぶ》いた。

もうすっかり春だった。

羅刹の女

一

寒い日々がすぎ、春めいた陽気になってきた。

桜の蕾が大きくふくらんだとの話が、あちこちで交わされていた。

それでも鴨川・二条東の頂妙寺に近い新車屋町の古びた裏長屋は、東に竹藪がびっしり繁っているせいもあってか、まだ冷えびえとした雰囲気のままであった。

近辺では、一棟が四軒、向かい合わせて八軒になるこの長屋を、〈強突《ごうつ》く長屋〉とひそかに呼んでいた。

強突くとは、ひどく欲張りで頑固なさまをいう。その呼び名の理由は店子《たなこ》にではなく、近くの吉永町で酒や味噌醬油を商う家主の「伊勢屋《いせや》」徳兵衛にあった。

徳兵衛が欲が深く、店子たちに家賃の滞納を、十日と許さないほどの人物だからであった。

「うかうかしてると、ひと月ぐらいすぐ経ってしまうわいな。それで店賃《たなちん》を納めるのをうっかり忘れていようもんなら、番頭がきて、ここから立ち退けといわんばかりの催促や。これでは落ち着いて住んでられへん。そやけどまともな長屋に移りとうても、わしらには按配《あんばい》のええ請人《うけにん》(保証人)がいいへんさかい、このぼろ長屋で我慢してるだけのこっちゃ。ほんまやったら、こんな強突く長屋に一日かていたくないわい」

「わしかて同じで、仕方なくこの長屋に住んでるのや。子どもや嬶《かか》のことを考えんわけやないけど、いっそ火を付け、どっかに逃げてしまったろかとさえ、思うときがあるわいさ」

「ほんまにそんな気持やわ――」

八軒の長屋に住む男たちは、三条大橋が近いだけに、人足稼ぎや馬子《まご》が多かった。

かれらは身形《みなり》が粗末で、荒っぽく見えるが、話をしてみると、意外に心根が優しく、それぞれ相手を思いやる心をそなえていた。

女たちも同じで、家の賄《まかな》いを補うため、みんながあれこれ内職を行っていたが、どの家も夫の稼ぎと合わせ、食うのが精いっぱいだった。

「おいおい、太市に伊助、おまえたち、物騒なことをいうてたらあかんがな。今月は店賃が払われへんとやけくそになって、長屋に火を付けて逃げることなんか、冗談でも口にせんとけや。第一、わしら長屋の者が迷惑するさかいなあ。それに付け火となれば、町奉行所の連中は、草の根を分けても探し出し、おまえたちを捕えるわい。二人が鴨川の四条か五条の川原で磔《はりつけ》になり、四座雑色《しざぞうしき》のお人たちに槍《やり》で突き殺される姿なんか、わしはとても見てられへん。おまえたちはそれで気がすむかもしれへんけど、嬶や小ちゃな子どもの行く末がどうなるかも、考えたらなあかんわいな。幸い、わしんとこはいま少し余裕がある。用立ててやるさかい、それで店賃を払うたらどうやねん」

馬子の清六が、三条大橋の袂から一緒に長屋に戻りながら、驚いた顔で太市と伊助を制した。

西北に聳《そび》える愛宕山《あたごやま》の頂には、まだ雪が残っており、遠い北山の山々もうっすら白かった。

「おまえんとこに余裕があるのやと――」

「みんながかつかつに暮らしているいうのに、清六、どうしておまえんとこだけそうなんや。ちょっと怪しいのとちゃうか」

「まさかどこかで盗みを働いたか、博奕でもして、儲けてきたんやないやろなあ。そんな金やったら、融通してもらうわけにはいかへん。おまえ、自分一人がお縄になるのが怖うて、わしらを道連れにするつもりなんとちゃうかいな」

太市と伊助は声を低め、口々に清六に迫った。

「おまえら、なにをばかなことをいうてるねん。わしが融通したってもええと考えてる金は、まともなもんやわい。わしみたいな者に、盗みなんかする度胸はあらへん。おまえらもそうやろ。わしらは嬶たちのもうし合わせで、博奕を堅く禁じられているはずや。その中でわしがおまえたちの目を盗み、賭場に行ける道理がないがな」

「そしたらその余裕の金、どうして手に入れたんや。きかせてもらおか――」

太市が足を止め、清六にぐっと向き直った。

「ちぇっ、わしが折角、好意から融通してやろうとしてるのに、その金の出所まで明かさなあかんのかいな」

「そらそうや。お互い貧乏人同士、誰が甘い話を持ちかけてきたかて、それはそれで心配せなあかん。甘い話には、必ず裏があるもんやさかいなあ。うっかりそれに乗って、後でえらい騒ぎになることかて、世間にはままある話や。おまえが貸してくれる金が、もし盗賊が仲間を集めるための手付金やったら、わしらどうなるねん。そやさかい、銭の出所をしっかりきいておきたいのやわ。そんなん当然のこっちゃろな」

伊助が理路整然と清六にいった。

「いわれたら、なるほどそうや。金の出所について、そうまで確かめておきたいのやったら打ち明けたるわい。ほんまに阿呆らしいこっちゃけどなあ」

「阿呆らしいやと。おまえいま先《さつき》、なるほどそうやというたばかりやないか」

「伊助、わしにそう理詰めでものをいうないな。わしがおまえたちに融通してもええと考えてる金はなあ、身許のはっきりした旦那さまに、礼金としていただいたもんなんやわ」

「身許のはっきりした旦那さまにいただいた礼金やと——」

太市が眉《まゆ》を翳《かげ》らせて反問した。

「そうや、礼金なんやわ」

「礼金いうて、なんの礼なんや。はっきり確かなことを正直に明かさへんと、わしらおまえから銭なんか借りへんぞ」

「二人ともほんまにしつこい奴ちゃなあ」

しつこい——とはくどいとかうるさい、また執念深いの意であった。

「半月ほど前、わしは客を馬に乗せ、大津に行ったんや。その戻り道、大津街道を日ノ岡の辺りまできたときやった。馬を曳いて三条大橋に向こうてるわしの前で、お供を連れ、旅先から京に戻られるらしい身形の旦那さまが、なにか懐から取り出そうとしはった。その拍子にうっかりしてか、印伝《いんでん》革の財布をぽとりと落さはったんやわ。普通ならすぐ気付くのやろうけど、丁度、使いを乗せた早馬が、道を一散に東へ駆けすぎていきよった。そのためその旦那さまは、財布を落したのに気付かれなんだんやわ。わしはそのずしりと重い財布をすぐさま拾い、旦那さまに声をかけてお届けしたんや」

「そらおまえ、ええことをしたんやなあ」

烏丸・骨屋町で小間物問屋を営む俵屋治右衛門は、手代を連れ、近江八幡まで商用で出かけ、京に戻ろうとしていた。むさ苦しい馬子にいきなり声をかけられ、ぎょっと立ち竦《すく》んだ。

京に戻る空馬、安くしておくから乗ってくれないかと、勧められるのだとすぐに考えた。

清六は髭面、荒々しい感じの顔であった。

「馬子はん、わたしになんの用でございます」

治右衛門は相手から文句を付けられないよう、丁寧な言葉でたずねかけた。

このとき街道には、不思議に人の姿が少なくなっていた。

「旦那さま、いまこれを落さはったのとちゃいますか——」

清六は左手に馬の手綱《たづな》を摑んだまま、右手で街道から拾い上げた財布を、治右衛門にぬっと突き出した。

「そ、それは確かにわたしの財布――」

かれは啞然とした表情で、財布ではなく馬子の清六を見つめた。

自分がそれを落したと思われるとき、早馬が東に駆けすぎていった。その折のざわめきが、不意に思い出された。

あの直前、懐から鼻紙を取り出そうとしていて、財布を落したに違いなかった。

「これは旦那さまのものどっしゃろ。わしは後ろを歩いていて、旦那さまがこれを落さはるのを、確かに見たんどす。あのとき使いを乗せた早馬が、物凄い勢いでわしらのそばを駆け抜けていきましたなあ。浅野内匠頭《たくみのかみ》さまが江戸城の殿中で、吉良《きら》上野介《こうずけのすけ》さまに斬りかからはった。それを知らせに、江戸表から播州赤穂の国許へ向かった萱野《かやの》三平《さんぺい》は、きっとあんな勢いで馬を走らせたんどすやろ」

「おまえさまは粋な喩《たと》えをしはりますわ。それよりわたしがうっかり落したこの財布を、自分の物として猫糞《ねこばば》もせんと、すぐに声をかけてくださるとは、ほんまにご親切。世知辛《せちがら》いこの世の中で、珍しい正直なお人どすなあ。人はつくづく捨てたもんではないと、わたしはいま思うてます。おおきに、おおきに。ありがとうございました」

俵屋治右衛門は清六の人柄を褒め、小さく何度も頭を下げた。

お供の手代は、ただ呆然として清六を見ていた。

「それでは旦那さま、わしは先を急がせていただきますさかい」

清六は馬の手綱を右手に持ち替えた。

「馬子はん、ちょっと待っとくれやす」

歩き出した清六の背に、すぐ声が浴びせかけられた。

「なんどす旦那さま。帰り馬やさかい、乗ってやろうというてくれはるんどすか――」

「いやいや、そうではございまへん。なんなら乗せていただきますけど、それよりこの財布の中身についてどす」

「財布の中身――」

この言葉をきき、清六はぎょっとした。

財布の中身が足りない。自分が猫糞したと、相手はいちゃもんを付ける気ではないか。きっとそうに違いない。

「旦那はわしに、文句を付けはるおつもりなんどすか」

清六はいきなり声を荒らげた。

「いやいや、誤解せんとくれやす。わたしは財布を拾うて正直に届けてくれはったおまえさまに、お礼をと思うたにすぎまへん」

「ああ驚いた。わしはてっきり、いちゃもんを付けられるもんやとばかり、考えてしまいましたわ。わしみたいな馬子の腐った性根《しょうね》を、笑うておくんなはれ」

「なにが腐った性根どすな。こないに正直な尊いお人は、そうざらにはいてはらしまへん。腐った性根とは、わたしみたいに欲が深く、銭勘定ばかりしている商人のほうどすわ。ついてはこの財布には、六両と二朱金が二枚、小粒銀が三つ入ってました。お礼として一両、おまえさまに貰っていただきたいと思うてますけど、いかがどっしゃろ。わたしは決して怪しい者ではございまへん。京の烏丸・骨屋町で、小間物問屋を営む俵屋治右衛門という者どす」

「小間物問屋の俵屋治右衛門さま——」

歳は五十すぎ、頭に白髪を交えた丸顔の人のよさそうな治右衛門の顔を、清六はまじまじと見つめた。

「わしらにとって一両は大金。そんな大金を、わしにくれはるんどすか——」

清六は、頭を激しくぶん撲られたような気分でつぶやいた。

六両余り入った財布を拾ったのは幻。本当のところ相手は狐で、木の葉を摑ませて嘲笑《あざわら》うつもりで、いま自分は化かされている最中ではないかと疑ったのである。

「小間物問屋の旦那、それはほんまのことどすか。わしはいま質《たち》の悪い狐に、騙《だま》されているのではありまへんやろなあ」

「おまえさまの名前はなんといわはるんどす」

「わしどしたら、清六どす」

「そしたら清六はん、手綱を摑んでいる馬を見てみなはれ。わたしがもし狐どしたら、おまえさまの馬がその狐に驚き、嘶《いなな》いたり暴れたりしているはずどす。そやけど清六はんの馬は、じっと静かにしてますわなあ」

治右衛門は苦笑しながら、静かな口調で清六に説いた。

見掛けは荒々しい馬子だが、こんなに純情な人間を見るのは、初めての思いであった。

「はい、確かに旦那さまのいわはる通りどす。こいつは黒といううんどすけど、大きな身体の割に肝っ玉の小さい奴。野良犬が吠《ほ》えかかってきても、怯《おび》えて棹立《さおだ》ちになるくらいで、馬子のわしとしては困っているんどすわ。旦那さまは目端の利いた賢いお人なんどすなあ」

「清六はん、そんなん賢いもなにもあらしまへん。そしたらどうぞこの一両、貰うておいておくれやす」

治右衛門は改めて清六に一両小判を差し出した。

「これは旦那さま、ほんまにありがたいことでございます。この一両小判を、日頃、貧乏させている嬶の奴に見せたら、どれだけよろこぶことやら。はてそれより先に、どこの賭場で博奕を打ってきたのやと、怒鳴られななならんかもしれまへん。それとも道で拾うてきたのなら、町番屋に届け出なあかんというに決ってます」

「清六はんはそれほど女房どのに信用がないのでございますか」

「まあ、信用はないかもしれまへんなあ。仕事が仕事どすさかい、仲間の馬子や駕籠かきの中には、賭場に出入りする奴が結構いてますのや。わしも嬶と世帯を持ってから一度だけ、賭場に顔をのぞかせ、それが嬶の奴に知れたんどすわ。そしたら嬶は出刃庖丁を持ち出し、わしを殺して自分も死ぬと騒ぎ、長屋中がひっくり返るような大騒動になりました。以来、仕事仲間の太市と伊助もこれに懲《こ》り、わしら三人は博奕にはぴたっと手を出さんようになったんどす」

「博奕、あれはいけまへん。あれだけは誰に誘われても止めときやす。その一両は、財布を拾い、正直に届けてくれはった清六はんに、わたしがお礼として差し上げたもの。やましい金ではありまへん。それでも女房どのが疑いの目で見はるんどしたら、うちのこの手代を長屋に行かせ、説明させてもよろしゅうございます。手代の名は平蔵、お連れ合いにしっかり説明いたしまっしゃろ」

京に向かいながら話が進み、やがてこう決った。

清六に勧められ、俵屋治右衛門は馬に乗っていた。

「貧乏でも元気で正直に暮らすのがなによりどすなあ。わたしは親父の代からの小間物問屋を継いだもんの、商いにはどうしても駆け引きが付いて廻ります。それに嫌気がさしているんどすわ。嘘に思われるかもしれまへんけど、正直で真っ直ぐな心を持って生きてはる清六はんが、羨《うらや》ましおす」

治右衛門は率直に心の内をのべているらしかった。

「俵屋の旦那さま、口はばったいようどすけど、そない勝手をいうててはなりまへんやろ。世の中はいろいろな仕事をする者がいて、動いているのどすさかい。貧乏も商いの苦労も、それに付いて廻るもんどす。旦那さまがしっかり商いをしてはることによって、俵屋を当てにしている多くの人たちが、生きていけるんどすがな。わしがお客はんを、目的の宿場まで運ぶのが仕事のように、旦那さまは小間物問屋を営み、多くの人たちを美しゅう飾って、また店に奉公している手代やお小僧はん、女子衆《おなごし》を立派に食べさせていはるんどっしゃろ」

清六は鞍《くら》にまたがる俵屋治右衛門の顔を見上げながら、自分なりの意見をのべた。

かれが太市や伊助に融通してもいいといったのは、そんな金だった。

「おまえ、結構なことをしたんやなあ。わしやったら六両も入ったその財布、そのまま掠《かす》め取ってたかもしれへんわ」

伊助が感心した顔つきで清六を褒めた。

「ばかたれっ、てめえにそんな度胸はあらへんわい。六両も入ってる財布を拾うたら、中身を見て驚き、小便でもちびりながら、立ち尽くしているやろ。どないしたんやと人から声をかけられ、わあっと叫び声を上げ、わけもなく逃げ出すのとちゃうか」

「そうやろか。まあ、強気で掠め取ったかもしれへんとはいうたもんの、やっぱり太市がいう通りやろなあ」

かれは首を左右に傾《かし》げてうなずいた。

「伊助、それはわしかて同じやろ。わしらはそないな度胸がないさかい、しがない馬子なんかしているのやわ」

太市はどこかしょんぼりした顔になり、つぶやいた。

「やい太市、わしかて偉そうな口は利けへんけど、わしらは度胸がないさかい、しがない馬子をしているんやないねんで。世の中にはさまざまな仕事につく者がいてなならんのや」

「それはそうやろなあ」

「人にはそれぞれ分《ぶん》いうもんがあって、どの仕事一つが欠けてもならん。みんなそれなりに必要なんじゃ。自分の生業《なりわい》を卑下してどうなるんやな。分を全うして次の分に上がれたら、それが一番ええのやわい」

清六ののべているのは、「分限」についてであった。この分限は一つの思想にまで高められ、「分限思想」といわれていた。

当人の身分・地位・能力の範囲と固定するのではなく、どんなに貧しく低い身分に生れても、天から与えられた己の分を全うすれば、自ずと次の身分に引き上げられると、人間の可能性を期待する思想だった。

「おまえ、なんや調子のええことをいうてんねんやなあ」

「なにが調子がええねん。わしはただの馬子にすぎへんけど、正直に生きてきたわい。そやさかい、一両の金でも天から恵まれたんやわな」

清六は太市と伊助に力《りき》んだ。

「そやけどその一両、わしらに融通してしもうたら、お勝はんが怒らはるのとちゃうか」

「太市、ばかなことをいうてたらあかんわいな。わしとお勝は、お天道《てんと》さまから授けられた一両を、誰かの役に立つときに使おうと、相談して決めてたのや。それで手を付けんと、大事にしてきた。ここで二人の家賃に使うのが、その意に一番かのうてるのやわ。そやさかい、融通した金を返してもらおうとは思うてへん。それでええのやさかい」

清六はきっぱりといい切った。

今日は客が少ないため、三人が珍しくそろい、まだ陽の暮れ切らないうちに、新車屋町の長屋に向かっているのである。

長屋の木戸門に近づいたとき、伊助がおやといいたげに足を止めた。

「あそこの木にもたれ、ぼんやり愛宕山のほうを見ている小さな子ども、長屋のお希世《きよ》ちゃんとちゃうか」

「ああ、あれはお希世ちゃんやがな」

「どないしたんやろ——」

「母親のお葉《よう》はんに絶えず叱られて叩かれ、生疵が絶えへんときくやないか」

「かわいそうに、いつも空きっ腹でいてるそうや。わしんとこのお勝が、お葉はんに内緒で、あれこれ食べさせてるというてたわ」

「わしのとこの嬶もやわ」

太市と伊助が同じようにつぶやいた。

お希世の父親は町大工だったが、事故で若死にしていた。

母親のお葉は夫の死のしばらく後、暮らしの金を稼ぐため、三条木屋町を下った高瀬川筋の居酒屋「亀屋」で働き始めた。

当初は夜の五つ（午後八時）頃には長屋に帰っていたが、そのうちそれが真夜中となり、やがて朝帰りするようになってきた。

「お葉はん、真っ昼間から男はんを家に引き込んでいるそうやわ」

伊助たちが、それぞれの女房からとんでもない話をきかされたのは、お希世が五つになる半年ほど前であった。

お葉の身形は派手になり、化粧も濃く変わっていた。

「お希世ちゃん、もうすぐ陽が暮れるのに、こんなところでどないしたんやな」

清六が彼女に近づき、優しい声でたずねかけた。

「お母ちゃんが、お客はんがきはったさかい、おまえは外で遊んでいよしといわはったんどす」

「こんな寒いのに外でだと」

「客は男だろうが——」

太市と伊助がつづけてきくと、お希世は昏い顔でこっくりとうなずいた。

「ほな、わしんとこにきて、植松に遊んでもらうんや」

清六がお希世の冷たい手を取ってうながした。

彼女の顔がぱっと明るく輝いた。

そうしてお希世を囲み、四人が長屋の木戸門を潜りかけたとき、清六の家の真向かいになるお希世の家の戸が、がらっと開けられた。

一人の侍が、平然とした態度で出てきた。

かれは四人を見ると、ふんと鼻を鳴らし、肩をそびやかした。

さすがにお希世の家の戸は、その背後で急いでそっと閉められた。

夜の帳《とばり》が下りかけていた。

二

「お戻りやす——」

清六が太市や伊助と家の前で別れ、板戸を開けて土間に入ると、女房のお勝がかれを出迎えた。

狭い家には行灯が点《とも》され、一目で中が見渡せたが、家具調度の類《たぐい》は少ないものの、〈強突く長屋〉の一軒にしては、部屋は意外に整然と片付けられていた。

お勝の人柄がそこはかとなくしのばれた。

「おう、いま帰った。家になんも変わったことはなかったか」

「へえ、いつも通りどすわ」

そう答えながら、表の四畳半の間に現われたお勝は、清六がお希世の肩を抱いているのを見て、ちょっと顔を曇らせた。

「お希世ちゃん、どないしたん」

「こんな時刻に家から出され、外に立ってたさかい、連れてきたんや。寒そうにしているさかい、竈のそばで身体を温めさせてやってくれへんか。ほんまにあの畜生、なんのつもりなんじゃ」

清六は苦々しげに舌打ちをしてつぶやいた。

長屋の木戸門で自分たちやお希世を見て、ふんと鼻を鳴らし、肩をそびやかして立ち去った侍の小賢《こざか》しげな姿と、急いで閉められたお希世の家の戸を、思い浮かべたからだった。

彼女の母親のお葉は、訪れてきたあの侍と歓を尽くすため、邪魔なわが子を外へ追い出したに違いない。今頃は化粧や着替えをし、店に出る支度を急いでいるに決っている。

お希世が清六の家に連れてこられたことぐらい、家がどぶ板一枚を隔てる位置にあるだけに、はっきり知っているはずだ。

あの畜生との清六のつぶやきは、そんなお葉と、恥ずかしげもない態度で、自分たちの前から立ち去った中肉中背の侍に対してのものだった。

「お希世ちゃん、外は寒かったやろ。さあ、こっちにきよし」

お勝は清六から彼女を預かると、土間を伝い、台所の竈の前に連れていった。

竈ではまだ火が燃えており、辺りには温もりがただよっていた。

「すぐ御飯やけど、温かいお湯でも飲むか——」

これに対してお希世は、諾《うん》と無言でうなずいた。

「植松にお千代、台所に向かいのお希世ちゃんがきてはるえ。二人で仲良うしてやり」

植松はお希世より二つ年上の八歳、お千代は一つ年下の五歳だった。

「お希世ちゃん、どないしたん。またお母ちゃんに叱られたんか。お希世ちゃんとこのお母ちゃんは、なんでもすぐに怒り、お希世ちゃんに当たらはるんやなあ」

植松は八つになるだけに、自分の感想を率直に漏らした。

お千代は無言のまま、哀しそうな目でお希世を見つめ、粗末なきものの袖を歯で噛みしめていた。

「植松、余計なことはいわんときなはれ」

「そやけどお母ちゃん、お希世ちゃんがかわいそうやないか」

「それはそうやわなあ。そやさかい、お母ちゃんは仲良うしたりというてますのや」

「そんなんわかってるわい。なあ、お希世ちゃん。今夜はわしのとこにいて、なにか面白いことでもして遊ぼか」

植松は子どもながら、お希世がいま置かれている不幸を、はっきり感じ取っているようだった。

お勝から与えられたお湯を、竈の火に当たりながら一口二口飲み、お希世は身体がほっと温まるのを覚えた。それだけではなく、心にもじわっと温もりが伝わってきた感じだった。

「ほなお希世ちゃん、小父ちゃんが待ってはるさかい、中ノ間にいって御飯を食べよか」

お勝が彼女の肩に手をそえ、中ノ間に誘った。

そこでは夫の清六が胡坐をかいて坐り、四人を待ち構えていた。

「今夜は鰯《いわし》の煮付けに、大根と油揚げの炊いたのか。それに煮込み汁。豪勢なおかずやないか」

すでにお勝が二枚の別皿を持ってきていた。

「お希世ちゃん、これもあれも遠慮せんと食べるんや。嫌いなものはないやろ」

お希世は飯台の皿に盛られた品々に、目を見張っていた。

清六がそんな彼女を眺め、太い箸で鰯の煮付けや大根を取り分けてやった。

「お希世ちゃん、おまえ随分、痩せてるのやなあ。あごの生疵はどうしたんやな」

清六が彼女の顔を見てたずねかけた。

「お、小父ちゃん、なんでもあらしまへん。あごの疵はこの間、表で遊んでいたとき、転んで付けたんどす」

お希世はどこか必死な口調で弁解した。

「そうか、それならええのやけど、あれこれ気を付けて遊ばんあかんねんで――」

清六は眉を翳らせ、お千代の皿にさらに鰯の煮付けを取り分けた。

お勝が鍋から煮込み汁をよそい、それぞれの前に次々と置いていった。

「お希世ちゃんもさあ、食べえな」

植松が彼女をうながした。

「お希世ちゃん――」

お千代もつづいて彼女に食べよと急かした。

箸を取り上げたお希世の目に、涙がふくれ上がってきた。

冷えびえとしたわが家。常にけんけんと自分を邪険にする母親のお葉。このところ碌に食べ物も与えられていなかったからである。

腹を空かせているのはいつものこと。乱雑を極める家の中で、六つになる彼女は、ずっと孤独に怯えて暮らしていた。

ときどき長屋の女たちが自分を案じ、優しい声をかけてくれる。

母親のお葉が留守かどうかを確かめ、余り物やけどといい、食べ物を届けてくれたりした。

だがお希世が、ついうっかりそんな食べ物を隠すのを忘れていると、お葉は烈火のごとく怒った。足で蹴ったり、ところかまわず打擲《ちょうちゃく》したりした。

「お母ちゃんが働きに出ている間は、家の中で一人で遊び、長屋の誰とも口を利いたらあかんと、いつもいいきかせてますやろ。おまえの母親はこのうちや。誰の指図も受けとうないのやわ。世間は鬼ばかりどすさかいな。お希世、わかりますやろ」

泣くのをじっと堪《こら》えている彼女を、憎々しげに見下ろし、お葉からこういわれたことが、これまで幾度かあった。

——世間は鬼ばかりどす。

実の母親が子どもにいうからには、それがおそらく本当なのだろう。

お葉はいま二十五歳であった。

夫に若死にされた若い母親が、自分を邪魔だと思っていることなど、お希世は思いもしなかった。

「この煮込み汁、旨いなあ」

「鰯の煮付けも旨いがな」

清六や息子の植松が口々にいうのをききながら、お希世もそれらに箸を運んでいた。

その和らいでいた頰が、表からひびいてきた小さな物音で、急に強張った。

自分の家の戸が開き、お葉が居酒屋の亀屋へ働きに出かける駒下駄の音を、耳にしたからである。

清六やお勝たちも耳をそばだてていた。

「お希世ちゃんのお母はん、仕事に行かはったんやわ」

お希世が向かいの清六の家に連れ込まれた気配は、お葉にも伝わっているはずだった。

それにも拘らず、清六の許に一言の挨拶もせずに出かけていってしまう。そんな母親の仕打ちに、お希世はまた小さな絶望を覚えた。

「お希世ちゃんのお母はんは出かけはったさかい、これでもう安心や。今夜はわしんとこに泊っていったらええわ」

植松が無邪気な顔で彼女にいいかけた。

「こらあ植松、なにを勝手に決めているんや。四つ（午後十時）の夜回りの拍子木の音をきいたら、家に戻って寝てなあかんわい」

わが子を叱り付ける清六の顔を、お希世は寂しそうにちらっと眺めた。

彼女の母親のお葉は、若狭街道の梅ノ木村で生れた。

父親は猟師。継母《ままはは》に育てられ、十三歳で上京の油屋へ女中奉公に出された。

その六年後、油屋の普請直しにきていた若い町大工の定吉と深い仲になって世帯を持ち、すぐに娘のお希世を産んだのであった。

お希世が四つのとき、定吉は普請をしていた二条の川魚料理屋の屋根から足を踏みはずして落ち、頭の打ちどころが悪く、死んでしまったのである。

大工の親方から五両の弔慰金が支払われた。

「お葉はんはまだ二十三の身空で、気の毒に後家はんになってしもうたわけや。五両では少ないかもしれんけど、これでなにか小商売ぐらいできんでもないやろ。そのうち子持ちでもええさかい、嫁にと声をかけてくる鰥夫《やもめ》もいるかもしれへん。そんな話がきたら、わしらにも相談をかけ、また嫁入りするこっちゃなあ。女子の細腕一本で生きていくのは、大変やさかい――」

定吉の弔いの後、親方はこういってお葉を慰めた。

五両は町大工の棟梁《とうりょう》のかれにとって、思い切って出したといえる弔慰金だった。

だがこの金を受け取っても、お葉はすぐに暮らしの方策を考えなかった。

しばらくの間、食事は店屋物ですませ、そのうち外へ出歩き始め、お希世の養育には目を向けなくなってきた。

「お葉はん、今日も酒を飲んで帰ってきはったわ。あのお人は定吉はんが死なはってから、どっか壊れてしまったんと違うやろか」

「壊れたというより、化けの皮が剝がれ、生れつきの本性が出てきたのかもしれまへん。人間、思いがけない金を手にすると、その本性がはっきり現われるといいますさかい」

「かわいそうにお希世ちゃんが、家の中でよう泣かされてますがな」

「人間はむしゃくしゃすると、誰か弱い者に当たり散らしたりするもんどす。お希世ちゃんが邪魔になってますのやろか」

「邪魔いうて、お希世ちゃんは自分が腹を痛めて産んだ子どもやおへんか」

「いまのお葉はんに、母親の自覚なんかありまへんやろ。銭湯に連れていったり、三度の御飯を食べさせたり、着せたり寝かし付けたりするのが、面倒臭うてかなわんみたいどっせ。お希世ちゃんは垢《あか》まみれ、髪に虱《しらみ》をわかせてますがな」

「こんなとき、普通なら大家に相談をかけるのが筋どすけど、大家は強突く張り、なんの役にも立ちまへんしなあ」

「お葉はんがこの長屋に住み始めた頃、きいた話どすけど、お葉はんは継母に育てられ、随分、苦労してきたようどすわ。なにかちょっと悪いことをすると、御飯も食べさせてもらえんかったというてました。そうして育った子どもが大人になった場合、自分は子どもをしっかり育てなあかんと考える女子と、育ててくれた母親にそっくりになってしまう女子とに、分かれるそうどすえ」

「そしたらお葉はんは、継母に似た気持になって、いまお希世ちゃんを育ててはるというわけどすな」

「簡単にいうたら、そうかもしれまへん」

長屋の井戸端で、女たちがそんなひそひそ話をしていると、お葉が木戸門を潜って帰ってくるときがあった。

彼女の身形は華美になり、金がかかっているのが一目でわかった。

あごをつんとあげ、継ぎの当たった粗末なきものを着た長屋の女たちを、軽蔑《けいべつ》の目で眺めた。

愛想どころか、会釈一つせずに家の戸を開け、その戸をぴしゃっと閉めた。

「お葉はんのあの態度、いったいなんのつもりなんやろ。これで目を醒ましなはれと、がつんと叩いてやりたいわ」

女の一人が、束子《たわし》で洗っていた細長い大根を掴んで立ち上がった。

「お稲はん、そないに熱《いき》り立つのは止めときなはれ。お葉はんはうちらとは違い、もう向こうのお人になってしまわはったんやわ」

お稲は伊助の女房だった。

「お勝はん、向こうのお人になったとは、どんな意味え」

「お稲はんはそんなこともわからへんのどすか。それは玄人筋《くろうとすじ》のお人になったということどすがな」

「玄人筋のお人にどすか」

「態度や物腰、そうとしか思われしまへん。おいど（臀部《でんぶ》）を色っぽくくねらせて歩き、誰が見たかてそうどっしゃろ」

「お勝はんにいわれたら、ほんまにそうどすなあ」

お稲は大根を洗い桶に戻して嘆息した。

玄人——とは、その道に熟達した人をいい、また芸妓や娼妓らを指す言葉でもあった。

これに対し、素人の言葉があり、これはある物事に経験のない人、その事を職業としない人をいう。世阿弥の『風姿花伝』を持ち出すのは大袈裟だが、「ただ素人の老人が風流、延年なんどに身を飾りて舞ひ奏でんが如し」とか、「素人らしからぬ技量」などと記されている。

「お希世ちゃん、もっと食べえな。うちではみんなが腹いっぱい食べてるんやさかい。遠慮したらあかんねんで——」

お勝が、三杯目の御飯を平らげた彼女の茶碗に手をのばした。

お希世の食べぶりを見て、家族一同がいくらかずつ食べるのをひかえているようだった。

「お希世ちゃん、こんなことをきいてなんやけど、家に男はんがきて泊らはるとき、お希世ちゃんはどこに寝るのえ」

遠慮気味にお勝がたずねた。

いきなりそうきかれ、お希世は戸惑い顔だった。

「いえへん、いいとうないこともあるやろけど、うちらはお希世ちゃんの敵ではなく、味方どす。お希世ちゃんがお母ちゃんとどう暮らしているのかを知らな、もっと強い味方になれしまへん。長屋のお人たちはみんな、あんたのことを心配しているのえ」

彼女の言葉にうながされ、お希世は口を開いた。

「今日きてはったのは、江州《ごうしゅう》彦根藩の京屋敷で、目付役をしてはるお侍さまどす。お母ちゃんが親切にしてもろうてるそうで、家に泊らはるとき、うちは押入れの中か、厠《かわや》のそばの物置で寝させられてます」

「押入れか物置。そんなところで寝させられているのか。これはあきれたこっちゃ。だいたいこんなぼろ長屋に、小さな物置が設けられているのが、強突くな家主の格好付けなんや。そないな場所では寒いし、寂しいやろなあ」

「へえ、そこに押し込められて寝ていると、お母ちゃんと彦根藩のお侍さまが、まだ飲み足りへんのか、折り詰めを開いてお酒を飲み始めはります。旨そうに食べてはっても、うちに一口どうやとは、声もかけてくれはらしまへん」

お希世は六つながら意外に聡明だった。

江州彦根藩は二十万石。井伊掃部頭《かもんのかみ》の領地。京屋敷は河原町三条下ルに構えられ、留守居役は杉原源左衛門が務めていた。

目付役は藩邸に詰める藩士たちの非違を検察している。

京藩邸の中でも、重要視される役職だった。

それだけに藩邸への出入りは勝手次第。外泊するについても、留守居役の許可など不要な立場であった。

「そうかあ。先程、わしらをじろりと見て木戸門から出ていった侍は、彦根藩の目付役なんか。目付役いうたら、腕のほうも相当に凄いのやろなあ」

「おまえさん、そんなん決ってますがな。剣の腕前の劣る目付役なんか、役に立たしまへんやろ」

お勝が溜め息をついていった。

「お葉はんも厄介な男に惚れられたもんや。尤もどっちが惚れたのか、わしにはわからへんけどなあ」

清六は天井を仰いでつぶやいた。

天井裏を鼠《ねずみ》の走る音がきこえてきた。

三

白川の水音が清らかにひびいていた。

「美濃屋」の小座敷の障子戸をちょっと開けると、柳が芽吹きだしているのが見えた。

店の表では、右衛門七が団子を焼いている。

芳《こう》ばしい匂いが、小座敷に机を挟んで坐る田村菊太郎と公事宿「鯉屋」の主源十郎の鼻に漂っていた。

「菊太郎の若旦那、一つ屋根の下で半ば暮らしながら、こうして二人で団子を肴《さかな》に酒を飲むのは、初めてどすなあ」

「考えてみれば、いかにもそうじゃ。お互いなにかと忙しい身だからのう」

菊太郎は猪口（盃）に注がれた酒を一口であおり、源十郎に答えた。

「ええっ、忙しい身どすと。それはわたしだけ、若旦那はそうでもありまへんやろ」

「このわしは暇か――」

菊太郎は思わず居住まいを正しながら、源十郎に声を低めてたずねた。

「これはちょっといい方が悪かったかもしれまへん。若旦那がいてくれはっての鯉屋。鯉屋があっての若旦那。まあ、持ちつ持たれつということどっしゃろか。ついうっかり若旦那を揶揄《やゆ》口《ぐち》で評してしまいました。どうぞ、そんなわたしの迂闊を許しとくれやす」

「謝ることはないぞ。そなたの目にさえさように映り、揶揄口でいわれるのは、わしには本望じゃ。ぶらぶら暮らしていると見えてこそ田村菊太郎。そなたを怒らせ、鯉屋から追い出されたら、わしは行くところがないからなあ」

「若旦那、なにをいうてはりますのや。たとえ鯉屋から追い払われたかて、若旦那ほどのお人どしたら、界隈の公事宿から引く手はあまた。町奉行所かて以前から、仕官いたさぬかと待ち受けてはりますがな。それになにより、この白川・新橋の袂でお信はんが、若旦那を毎日、待ってはります。行くところがないとは、冗談がすぎまっせ」

源十郎は爆笑せんばかりにいった。

「源十郎、それはそなたの誤解じゃぞ。仮にわしがこの美濃屋に居住いたしたら、お信はよろこぶかもしれぬが、わしはただの紐。一月もたたぬうちに、牢屋に閉じ込められたも同然の気持になろう。また町奉行所への仕官など論外。わしの気性として勝手放題をいたし、田村家はすぐお取り潰しになるのは必定《ひつじょう》じゃ。気に入らぬ上役を二、三人斬り、わしは追われる身になるだろうよ」

「あるいはそうかもしれまへんなあ」

「鯉屋と美濃屋。商いに大きな違いはあるものの、二つを根城に行きしているのが、わしにはふさわしいとは思わぬか」

「いわれてみれば、確かに。若旦那にとって鯉屋は戦場《いくさば》。美濃屋は息抜きの場所というわけどすな。若旦那みたいなお人は、そうとでもしてな、やり切れまへんやろなあ。公事宿仲間の中では、菊太郎さまは京都所司代か町奉行所から任ぜられた隠し目付、町目付ではないかと、噂している者もおりますわ」

「隠し目付や町目付か。さように考えてくれていたら、わしは何事もやりやすいわい」

「そんなお人にいてもらえ、ありがたいと思うてます。今日、わたしが美濃屋をお訪ねしたのは、ここしばらく鯉屋へお戻りでないさかい、どうしはったんやろと案じて寄せていただいたんどす」

「それについては、つい不摂生をしてひどい風邪を引いてしまったからだと、もうしたであろうが。一時は高い熱を出し、寝込んでいたくらいじゃ。熱が退き、ようやく床上げしたのが昨日の正午《ひる》すぎ。そして今日、そなたがきたという次第じゃ。見舞いが遅かったというべきかのう」

「ひどい風邪をひいて寝込んではったら、鯉屋にどうして使いをくれはらなんだんどす。水臭うおっせ」

「それはわしの見栄《みえ》。熱にうなされて寝ている姿など、誰にも見られたくないのだわい」

「若旦那は見栄っ張りどすなあ」

「そなたはさようにもうすが、わしのその見栄は、ただの見栄ではないぞ。わしはこの京で、あれこれの事件に関わってきた。それゆえいずこかに複数、わしを亡き者にしたいと思うている敵がいるはずじゃ。そ奴らにわしが病んで寝ているのが知れたら、どのような手段で襲うてくるかわかるまい。源十郎、そなたもそれくらい、考えを巡らせてもらいたいものじゃ」

「若旦那は野放図のように振舞ってはりますけど、やっぱり細心の注意を払うてはりますのやなあ」

「その昔、田村の家を出奔して以来、そうでなければ、無事に生きてこられなんだわい」

菊太郎の言葉をきき、源十郎はかれが敢えて身汚く装うため、褌《ふんどし》一つの裸になったときのことを思い出していた。

連日、拷問蔵で厳しい詮議を受けつづける多吉の無実を明かすべく、菊太郎が食い詰め浪人を装い、六角牢屋敷に潜入した折のことだった。

そのかれの全身に、十数箇所の刀疵があるのを見て、かれがこれまで相当な修羅場《しゅらば》をくぐり抜けてきたのを、源十郎は改めて感じたのであった。

「人とはほんまに見かけだけではわからんものや。菊太郎の若旦那の身体に、くっきり付いていた仰山の刀疵を見たとき、わたしは背中がぞくっと粟立つのを覚えたわいな。若旦那は生半《なまはん》可《か》に生きてきはらなんだのや。いまのお顔やお姿は見せかけのもの。おまえたちもそこをよう承知しておくこっちゃなあ」

かれが妻のお多佳のほか、下代《げだい》の吉左衛門や手代の喜六にいった言葉だった。

いま目前に坐っているのは、ただ武芸に秀でただけの男ではない。生きるための巧みな知恵も、豊かにそなえる人物なのだ。

源十郎は、自堕落と柔弱《にゅうじゃく》を装っている男の胸の奥に、寒々しい険峻《けんしゅん》な山が幾重にも屹立《きつりつ》しているのを再び感じた。

表から右衛門七の客に対する声が届いてくる。

「小父さん、団子を十《とお》おくれやすか――」

「爺《じつ》ちゃん、わしは一本だけやけど、堪忍なあ」

子どもがかれに詫びていた。

「おい坊主、十本買うてくれはるのも、一本のおまえも同じお客はんやわいな。きっと駄賃の小銭を貯め、団子を買いにきてくれたんやろ。そうに決っているさかい、わしが団子をもう一本、おまけに添えさせてもらうわ」

「おおきに、爺ちゃん。そやけどどうして団子は五つなんやろ」

「おまえ、小むずかしい問いを吹っかけてくるのやなあ。わしが考えるに、人として守るべき五つの道、君臣の義・父子の親《しん》・夫婦の別・長幼の序・朋友の信の五つを、丸く象《かたど》ったものとちゃうやろか。またあちこちのお墓にいくと、五輪塔が立ってるわなあ。その五輪塔は下から順に地輪・水輪・火輪・風輪・空輪の五つからなり、地・水・火・風・空の五大を象ったものやというわ。五大は一切のものを生成する要素やそうや。そんなんから団子が作り出され、そやさかい団子は、この世で最も尊い食べ物やときいた覚えがあるけどなあ。尤も、団子屋のむさ苦しい爺がいうのやさかい、大道香具師《やし》のおっちゃんが、物を売るため、大袈裟に口上をのべてるのとあんまり違わへん。そう思うてたほうがええかもしれへんで」

「いや、わしはそないには思わへん。おっちゃんのいうてるのは、確かなこっちゃろ。団子は尊い食い物なんや。人が守らななならん五つの道。それにこの世のすべてを造る地・水・火・風・空の五つか。わし、これで少しは賢うなったわ」

「ぼん、おまえはほんまに素直なお子どすなあ。その素直さをたたえ、もう一本、小母《おば》ちゃんが団子をおまけして上げまひょ」

これは右衛門七と並んで店に立つお信の声だった。

「若旦那、ここで店のようすを見聞きしていると、なんや楽しそうどすなあ。その素直さにもう一本といわはるお信はんの心意気にも、感心させられますわ」

「源十郎、感心するほどのことではなかろう」

「若旦那、ほんまのところ、女子はんではなかなかああはいきまへんえ。若旦那は照れてそういうてはるんどっしゃろ」

源十郎に指摘され、菊太郎は苦笑をもらした。

女客と団子を三本受け取った子どもが去ってから、店先はしばらく静かであった。

ところがそれが急に騒がしくなった。

「おお、おまえ、清六とちゃうか――」

「わ、わしを清六と呼ばはるのは、え、右衛門七はん――」

店へ団子を買いにきた男に、右衛門七がおまえは清六ではないかとたずねたのである。

「わしは確かに右衛門七やわいな」

「右衛門七の兄《あん》ちゃん、会うのは何十年ぶりやろ。お互いにまだ子どもやったけど、わしの顔をよう覚えていてくれはりましたなあ」

「わしはおまえより、幾つ年上やったんかいなあ。その顔、忘れてへんで。昔とちょっとも変わってへんやないか。右眉の上の大きな疵は、わしがおまえをどづき（撲り）倒して付けたもんやさかい。今更、謝ったかてどうにもならんけど、やっぱり堪忍やわ」

「右衛門七の兄ちゃん、なにをいうてはりますのや。そこにいはるのは、兄ちゃんのお連れ合いどすか。いまここで団子屋をしてはりますのやな」

「おまえ、ばかなことをいうたらあかんがな。ここにいはるのは、この美濃屋の女主のお信さま。わしはただの奉公人やわ」

「右衛門七の兄ちゃんは、確かどっかの料理屋で、立派に板前をしてはるときいてたけど――」

「ああ、そやけど酒と女、それに博奕がすぎ、女房子どもを火事で死なせてしまったんじゃ。おまえは親父の跡を継ぎ、馬子をしているようやな」

「右衛門七の兄ちゃん、わしからなにもきかんと、どうしてそれを知ってるのやな」

清六は驚いたようすで目を見張った。

「そんなことぐらい、おまえの顔の色艶《いろつや》を見たら、誰にでもわかるわい」

かれは当然だといわんばかりに嘯《うそぶ》いた。

「右衛門七の小父さん、昔の友だちに何十年ぶりかに会うたんやさかい、奥の小座敷にでも上がってもらい、積もる話をゆっくりしはったらどうえ」

お信がかれに勧め、その手から炭火を煽《あお》ぐ団扇《うちわ》を引き取った。

「おかみさん、そんなん結構どすわ」

「そう遠慮せんと、清六はんとやらに、店に入っておもらいやす」

お信に強く勧められ、右衛門七はではといい、焼き場から横に出て、清六を奥に誘った。

「右衛門七どの、こんなところで昔馴染みに出会うとは、奇遇じゃなあ」

自分たちの向こうに坐ったかれに、菊太郎が声をかけた。

「菊太郎の若旦那さま、昔馴染みというても、わしがまだ十五、六、この男が十二、三の頃のことどすわ」

「それにしても、二人ともよく互いの顔を覚えていたものじゃ」

「こいつの名は清六、父親の跡を継ぎ、馬子をしているそうどす」

右衛門七が清六を菊太郎に引き合わせた。

「わしはこの美濃屋の居候で、田村菊太郎ともうす者じゃ」

「大津街道で稼がせてもろうてます、馬子の清六でございます。どうぞ、お見知りおきのほどをお頼みもうします」

「馬子の清六どのか。ここにおいでなのは、これまたわしを居候に置いていてくださるお人。大宮姉小路《あねやこうじ》に店を構える公事宿鯉屋の主で、源十郎どのともうされる」

「く、公事宿の旦那さま――」

公事宿ときき、清六の表情がにわかに改まった。

その顔にははっきり狼狽がうかがわれた。

これはなにか理由があってに相違なかろう。

菊太郎も、また商売柄、源十郎もそう直感した。

「まあ清六どの、居候が勧めるのもなんじゃが、ごゆっくりしてくだされ。右衛門七どのには、それがしもなにかとお世話になっておりもうす。仕出し屋から一飯を取り寄せ、ともに食べようではないか」

菊太郎は早くも清六の足を留《とど》めたのであった。

「それがようございます」

源十郎が阿吽《あうん》の呼吸で賛同した。

「そ、そんなん、わしは――」

「まあ清六、旦那さまがたがそういうてくださるのや。おまえ、今日は休みなんやろ」

「へ、へえ。休みやさかい、ちょっと用足しに出てきたんどす。長屋の子どもたちに、土産に団子でもと思い、お店に立ち寄らせていただいたんどす」

「そこで子どもの頃、兄貴と慕っていた右衛門七どのと、何十年ぶりかに出会うた。これは祝うべきことじゃ。京は狭いといえども、やはり広い。人生の長い間、ずっと親しくしていたとて、なにかの事情で互いの消息が、ぷっつり絶えてしまうこともよくあるのでなあ。されば久闊《きゅうかつ》を叙するため、一献酌み交わしてもよいではないか」

右衛門七はまだ気付かないでいたが、菊太郎は早くも清六を丸め込みかけていた。

「清六、旦那さまがたがご親切にいうてくれてはるのに、おまえ、お礼ももうし上げんと、なにを遠慮ばかりしているのや。それどころか、なんで震えているのやな」

「右衛門七の兄ちゃん、わしは震えてなんかいいしまへん」

「震えてへんやと。おまえはわしの目を、ただの節穴とでも思うてるのか。おまえの心が震えているぐらい、わしにははっきりわかっているわい」

「右衛門七の兄ちゃん、そうまでわしを追い込まんといてほしいわ。正直、公事宿の旦那さまやときき、わしの心が激しく迷い出したのは事実や。わしにもあれこれ悩みがありますねん」

「おまえに悩みがあるのだと。笑わせるな。そんな悩みがなんじゃい。おまえの悩みなんぞ、公事宿の旦那さまや菊太郎の若旦那さまの、お手を煩わせるまでもないこっちゃろ。わしにちょっと相談をかけたら、それですむに決ってる」

「それがそうやないねん」

「そら、どういうことや。まず事情をわしに話してみいな。このど阿呆が——」

右衛門七は荒い口調で清六を叱り付けた。

昔の右衛門七そのままだった。

「こうなったら、わしもういわな仕方がありまへん。実はなあ、右衛門七の兄ちゃん、いまわしは、二条鴨川東の新車屋町の長屋に住んでますのや。そこの長屋の一軒に、町大工の男親に事故で死なれた母子がいてるんどす。母親はお葉はんというのやけど、歳はまだ二十五。どこで変になってしまったのか、六つになる実の子をあれこれ痛め付け、飯もろくに食わせてへんのどすわ。男が泊りにくると、子どものお希世ちゃんを押入れか小汚い物置に寝させ、それが昼間やったら外に追い出し、夜になっても家に入れしまへんねん」

「男が泊りにくるのだと。それでお葉とやらは、どこかで働いているのか――」

菊太郎が片膝立ちになってきいた。

「へえ、三条木屋町をちょっと下った居酒屋の亀屋で、酌婦をしてはります」

「そのお葉の家に泊りにくる男は、ならず者なのか」

「いんや、そうではございまへん。歴《れっき》としたお侍で、江州彦根藩・井伊さまの京屋敷のお目付役さまどす。子どものお希世ちゃんは、そのお侍にも苛《いじ》められているありさま。見てみぬふりもしてられしまへんさかい、それをどうしたらええのか、わしだけではなく、長屋のみんなが困り果てているんどす」

清六は口から唾を飛ばす勢いでまくし立てた。

「清六はん、長屋でそんなことが起ってるのなら、大家はんか町番屋に相談をかけたらどうどすな。それが一番早い解決策と違いますか」

源十郎がここぞとばかりに口を挟んだ。

「公事宿の旦那さま、ところがそうはいかへんのどす。うちの長屋の大家は、酒と味噌醤油を商う伊勢屋徳兵衛はんといいますけど、家賃を少しでも遅らせると、すぐやいのやいのと催促するような吝嗇《けち》なお人。いままでに二度、長屋の難儀をきいてもらいましたけど、わしらみたいな者の相談には、乗ってくれはらしまへん。町番屋かてうるさがるだけで、なんの役にも立ってくれへんのどす」

清六の顔は泣くように歪んでいた。

「それなら清六はん、その難儀、わたしがただで引き受け、町奉行所に訴えさせていただきまひょ。小さな子どもが実の母親や彦根藩のお侍から苛められているときき、捨てておくわけにはいかしまへん」

源十郎の顔には怒りがはっきり浮かんでいた。

「されど公事にするのは厄介だな」

「菊太郎の若旦那、彦根藩の目付が厄介やといわはるんどっしゃろ。そっちは若旦那にこっそり、始末をつけていただきますわ。彦根藩を相手に争われしまへんさかい――」

「わしに始末をせいともうすのじゃな」

菊太郎は顔に笑みを浮かべ、小さくうなずいた。

「鯉屋の旦那さまに菊太郎の若旦那さま、あ、ありがとうございます」

右衛門七が平伏して畳に額をこすり付けた。

清六は指の太い手で顔を覆い、むせび泣いていた。

美濃屋の表から、お信が団扇を煽ぐ音がかすかにきこえてきた。

白川の水音が、菊太郎たちの耳に再び甦《よみがえ》っていた。

四

「伊勢屋の旦那のところに町奉行所から使いがきて、町番屋の番頭《ばんがしら》とともに、すぐさま出頭いたせとのお沙汰があったそうどすえ」

二日後、清六が仕事を終え長屋に帰ってくると、女房のお勝が息を詰めてかれにいった。

次いで一旦、家の前で別れた伊助が、あわただしく清六の許にやってきて、狼狽した顔でこう告げた。

「その後、伊勢屋の番頭が、長屋にあわててやってきたらしいわ。そうして長屋のみんなに、いつ町奉行所から呼び出されても出頭できるように、心得ておいてほしいと、いやに弱腰で頼んでいきよったときいたがな」

伊助は清六から、お葉とお希世母子の一件は、公事宿の鯉屋が引き受け、解決を図ると約束してくれたときかされていた。

「お勝、それで伊勢屋の番頭は、そのときおまえになにかいうてへんかったか」

「へえ、向かいのお希世ちゃんをしばらく預かってほしい。それが無理なら、大宮姉小路の公事宿鯉屋に預けるようにとの、町奉行所からのお沙汰やと伝えていきました」

「それでいまお希世ちゃんは、どうしてるんやな」

「植松とお千代が、達磨《だるま》落しをして遊んでやってます。お葉はんは朝から留守どすけど、どうしはりましたんやろ」

「子どもの目の前で捕えるのも不憫やさかい、おそらく買い物に出かけた折、長屋の木戸門の近くででも、役人に捕えられたんやろ」

「そしたらその公事宿の鯉屋、すぐに町奉行所に働きかけてくれたんどすなあ」

「ああ、お希世ちゃんだけではなしに、わしらにもありがたいこっちゃ」

清六たちがこう話をしているところへ、太市が戻ってきた。

その後、長屋の男たちが次々に帰ってくるにつれ、みんなが集まり、相談をぶとうやないかと決った。

「お希世ちゃんにはきかせたくない話ばっかりやさかい、相談は伊助のところですることにしようやないか」

こう決めたとき、一人の男が長屋に現われた。

真面目そうな堅気の人物だった。

「わたくしは公事宿鯉屋の手代で、喜六ともうします。こんな夜にお訪ねしたのは、長屋の男はんたちは、昼間は働きに出かけておいでやさかい、夜になってからのほうが都合がよかろうと、考えたからでございます」

「それはまあ、ご苦労さまでございます。とりあえずどうぞ、むさ苦しいところどすけど、部屋に上がっておくんなはれ」

清六や伊助たちにうながされ、喜六は供に連れてきた丁稚の鶴太とともに、伊助の家に招き上げられた。

馬子として働く清六、伊助、太市をはじめ、左官の下働きや人足をしているほかの男たちも、腹ぺこやと愚痴るどころではなかった。

「ここにお集まりのみなさまに、まずもうし上げておきます。今日、大家の伊勢屋はんが町奉行所に出頭させられたことや、その伊勢屋の番頭はんから、長屋のみなさまに伝えられたことは、すべて公事宿の鯉屋が東町奉行所へ働きかけ、一件が解決に向かい進み始めた証《あかし》でございます」

ここで喜六は出された番茶に手をのばした。

「それで鯉屋の手代はん、お葉はんはどうしてしまわはったんどす」

清六がおずおずと喜六にたずねた。

「はっきりもうし上げますと、お葉はんはわが子を虐待してきた廉《かど》で町廻り同心に捕えられ、いまは東町奉行所の仮女牢に入れられております。伊勢屋徳兵衛はんもお牢に入れられ、明日から早速、始められるご吟味を待ってはりますわ。お葉はんと一緒に待合茶屋にいてはった彦根藩・京屋敷目付役の黒田三十郎さまは、お大名のご家来だけに、町奉行所の一存では捕えられしまへん。待合茶屋からひそっと引き返さはったそうどす。そこでどすけど、明日から行われるご吟味には、みなさまにも出てもらわななりまへん。訴え主は公事宿の鯉屋源十郎がなり、ご吟味のため町奉行所に出頭せなあかんお人には、鯉屋から日当が支払われることになってます。明日の一番はまず馬子の清六はん、それにほか誰か一人。どうぞ、そのおつもりでいておくんなはれ」

「わしらに日当なんか要らしまへん。それだけは止めといておくんなはれ」

清六が目の前で手を振って断った。

「この話は鯉屋の旦那さまが、みなさまのご苦労を思っていい出さはったことで、撤回はできしまへん。町奉行所からも当日、みなさまに若干の銭が支払われるはずどすけど、それは雀の涙ほどのものどっしゃろ。どうぞ、鯉屋の旦那さまの意を汲み、気持よう受け取っておくれやす。次にお希世ちゃんを預こうてくれはる清六はんについては、一件が落着するまで、鯉屋が養育費を払わせていただきます」

「それでは鯉屋はんに、まるでおんぶにだっこどすがな。そない甘えるわけにはいかしまへん。長屋のみんなで、お希世ちゃんは世話させてもらいます」

「そのお気持はようわかりますけど、今度の一件は鯉屋が町奉行所に訴えを出したもの。訴えにはどうしても勝たなあきまへん。それには長屋のみなさまのご協力が、なんとしても欠かせへんからどす」

「本来なら、わしらが勇気を出して訴えなあかんことどした」

「いやいや、もうしては失礼になりますけど、日々の暮らしに追われてはる長屋のお人たちに、そないなことはなかなかできにくうございまっしゃろ。現に家主の伊勢屋はんも町番屋も、みなさまの相談を全く無視していはりましたがな。誰かが解決せなあかん難儀を、鯉屋の旦那さまがお引き受けになっただけどす。なにも気にせんと、こっちのいうようにしていただき、正直に証言してくれはったら、それでええのと違いますか」

喜六はしっかりした口調で、長屋の男たちのもうし出を断った。

鶴太は終始、姿勢をただして坐り、黙ってじっとみんなの話をきいていた。

「そしたら明日のご吟味には、清六はんのほか、誰が出たらええのかいな」

馬子の太市が一同の顔を眺め渡した。

長屋の女房たちがこんな男たちを取り巻き、一言もきき漏らすまいと耳をそばだてていた。

「そしたらわしが、まず出させてもらうわ」

膝立ちになり声を上げたのは、高瀬川筋で積荷人足として働く東助だった。

「あのお葉の奴、ほんまに気に入らん女子や。ついこの間、わしがあんまりお希世ちゃんを泣かせたらあかんがなというたら、自分は生みの親や、よその家のことには口を出さんといてんかと、憎々しげな顔でいい返しよったさかい」

「それならそれでええわ。東助はんに行ってもらお——」

清六がいい、全員が賛同してうなずいた。

「ここで一応断っておきます。町奉行所のご吟味は、一人や二人とは限りまへん。三人、四人になる場合もございますさかい、それを承知しておいておくんなはれ」

「へえっ、わかりました」

「それに町奉行所のお白洲に坐るのは、男のお人ばかりではないことも、心得ておいてくんなはれ」

喜六は自分たちを取り囲む長屋の女房たちにもいった。

「公事宿の手代はん、そんなことぐらい承知してますさかい、安心していておくんなはれ」

清六の女房のお勝が健気《けなげ》に答えた。

翌日、清六と東助が、鯉屋の源十郎とともに脇戸からお白洲に入った。

すると、後ろ手に縛られた大家の伊勢屋徳兵衛と、灰色の女囚衣に着替えさせられたお葉の二人が、捕り方に縄先を摑まれ、白洲に坐らされたところだった。

二人を捕えた同心が、白洲に置かれた床几《しょうぎ》に腰を下ろしていた。

「ご吟味役さまのご出座じゃ。ひかえませい」

同心の一人が床几から立ち上がって叫ぶと、正面の襖が開き、総与力、与力助《たすけ》、与力の三人が現われた。

袴を扇子でさばき、上座に着座した。

「左におるそなたが、大家の伊勢屋徳兵衛じゃな」

「はい、さようでござます」

徳兵衛は弱々しい声で答えた。

「そなたに縄を打たせたのは、事前の調べで長屋の人々に対するこれまでの仕打ち、また店子の悩みの相談に乗らぬその横着と罪、町番屋の番頭ともども、町定めによってすでに明白だからである。追って厳しいいい渡しをいたすゆえ、覚悟いたしておくがよい」

「ははあ――」

後ろ手に縛られた徳兵衛は、低頭して恐懼《きょうく》の声を発した。

「次に右にひかえる酌婦お葉、そなたがなせし実の子への虐待、これについてはこれより長屋の住民たちをこの場に次々と呼び出し、詳細に詮議いたさねばなるまい。本日は証人となる住民を、二人出頭させておる。十分に吟味いたしてくれるぞよ。その次第によっては、いかなる罰が下されるかもしれぬ。殊勝になって、己がなした罪を悔いるのじゃ。それくらいわかっておろうな」

総与力の厳しい言葉に対して、お葉は深くうなずいただけだった。

その日から連日、〈強突く長屋〉の人々は、男女ともに東町奉行所に呼び出された。鯉屋源十郎や下代の吉左衛門、手代の喜六が、陪席して事情を聴取された。

かれらの証言は、お葉には不利になるものばかりであった。

この頃、田村菊太郎は彦根藩京屋敷の周りを徘徊していた。

目付役黒田三十郎が姿を現わすのを、待ち構えていたのだ。

――子どもを殺したわけでもなし、まさか彦根藩士の自分にまで詮議の手はのびてこまい。

かれはそう高をくくっていたが、念のためしばらく、慎重に行動をひかえていた。

だが十日ほど経った日の午後、役儀もあってようやく藩邸から外に出かけた。

京藩邸に詰める小者《こもの》の一人が、他藩の小者と揉め事を起した。それで相手側と話し合うため、寺町筋をすぎ、姉小路を西に向かっていた。

東洞院通りの川魚料理屋を目指していた。

かれが南北に通じる高倉通りをすぎ、人通りの絶えた曇華院《どんげいん》宮の小さなお堀に近づいたときだった。

後ろから公家侍らしい身形の男が、急ぎ足でやってきた。

目付役ともなれば、害意を抱く相手なら、その殺気ぐらいすぐに察せられるものだ。

だが相手にそれは全く感じられなかった。

「お先にご免こうむる」

黒田三十郎を追い越しかけた相手は、かれに軽くこういい、一旦、追い越すと見せかけるや、いきなり三十郎に向き直った。

腰から刀を閃《ひらめ》かせ、それをかれの下腹部で奇妙にくねらせた。

一瞬の出来事だった。

「ぎゃあっ――」

黒田三十郎は悲鳴を上げ、その場に昏倒《こんとう》した。

股間を巧みに抉《えぐ》り取られたのである。

「はっきり身に覚えがあろう。幕府の信任の厚い藩家の京目付とて、してならぬことはしてならぬのじゃ。疵の手当てをいたした後、まあ、大人しく暮らすのだな。死ぬことはあるまいよ」

菊太郎は血刀をびゅっと振り、鮮血を飛ばすと、それを鞘にそっと納めた。

それから五日後、お葉と伊勢屋徳兵衛、ならびに町内の番屋頭の三人に、総与力からお裁きの沙汰がもうし渡された。

間之町《あいのまち》通りをさりげないようすで北に上がっていった。

お葉に対しては、わが子を虐待するとは人としてあるまじき行為で言語道断。ゆえに隠岐島へ永代遠島。伊勢屋徳兵衛には、家屋敷ならびに家業を召し上げる闕所《けっしょ》。それに関連して新車屋町の〈強突く長屋〉は、これまで不幸なお希世を一同で助けてきた心を愛《め》で、一軒一軒それぞれの住民に与えるとの沙汰であった。

番屋頭は長屋の難儀をきき捨てにしたとして、畿内から三年の追放を命じられ、町役たちは役を解かれ、百叩きに処せられた。

虐待を受けていたお希世は、まだ幼いものの、烏丸・骨屋町の小間物問屋で小女《こおんな》として雇ってもらうことになった。

清六が財布を拾った褒美として一両の小判をもらった俵屋治右衛門に、相談をかけた結果だった。

「あの淫蕩女、隠岐島に流されたとて、島の男たちの間に揉め事を起し、いずれは誰かに殺されるに相違あるまい」

それが菊太郎と源十郎の感慨だった。

〈強突く長屋〉では、長屋とはいえみんながいきなり一軒持ちの主となり、戸惑っているようすだった。

「子どもは国の宝やわ。わしら貧乏人も一軒持ちになったんや。お希世ちゃんかて小さくても、一軒持ちなんやで。留守中の掃除は、長屋のみんなが持ち廻りでしたらええわ。これからも正直に生き、世の中にできるお返しを、精いっぱいせなあかんわい」

清六が長屋のみんなにそういっていた。

世間ではあそこの桜が咲いた、こちらは五分咲きだと、そんな噂で持ち切りであった。

あとがき

美しい国日本――、安倍晋三元首相が総理大臣に就任されたときの言葉である。

美しい国日本、その日本が未曾有の「東日本大震災」と、それにつづく「東京電力」の原発事故のため、この世のものとは思えない惨状に陥っている。

いまも行方がわからない多くの人々、長期にわたり避難生活を強いられている被災者。また被曝災害から住み馴れた土地を追われた人々の怒りや懊悩《おうのう》は、とても察せられるものではない。そこに放置された牛や馬などの家畜は、どれだけ哀れなことか。

遅々とした政府と野党の対応、どこか「わが事にあらず」というような東京電力の首脳部の対応。震災後、一カ月半がすぎたいまでも、わたしは自分の頑迷もあってか、これらのことをあれこれどうしても考えてしまう。書かねばならない原稿が書けず、昏迷の中で立ち往生している。

東電の社長が事故の一カ月後、福島県の佐藤雄平知事のもとへ陳謝に訪れたとき、知事のとられた態度にわたしは崇高なものを感じた。

荘厳で厳粛、あれほど峻烈で激しい憤りを抑えた美しい姿を、これまで見たことがなかった。それだけに相手の愚鈍さ、さらには政府のそれがいっそう際立った。

被災地のみなさん、全国から救援・復興に駆け付けているボランティアなどのみなさん。わたしたちはいまも出来る限りの救援を果たし、東日本の復興に役立とうとしていますよ。西日本にはそんな人たちがたくさんおり、被災者のみなさんを応援しています。

菅首相は「復興構想会議」の冒頭で、「創造的な復興をぜひ示してほしい」と挨拶されたようだ。だがわたしの目には、構想の底の浅さと、早くも主導権争いが見えてならないのは、心のレンズが歪んでいるからだろうか。今後、起ってくる政・官・財界の癒着がしのばれてならない。

この「公事宿事件書留帳」もこの『血は欲の色』で十九冊目になった。あと一冊で二十冊。節目までたどり着きたいものだ。

刊行に際して担当編集者の森下康樹氏、専務取締役の小玉圭太氏、また掲載誌『星星峡』の編集長竹村優子氏のお世話になりました。深甚の謝意をもうし上げます。

平成二十三年春

澤田ふじ子

初出

闇の蛍　「星星峡」二〇一〇年七月号
雨月の賊　「星星峡」二〇一〇年十月号
血は欲の色　「星星峡」二〇一〇年十二月号
あざなえる縄　「星星峡」二〇一一年一月号
贋の正宗　「星星峡」二〇一一年二月号
羅刹の女　「星星峡」二〇一一年三月号

本作品は「公事宿事件書留帳」シリーズ第十九集です。

〈著者紹介〉
澤田ふじ子　1946年愛知県生まれ。愛知県立女子大学(現愛知県立大学)卒業。73年作家としてデビュー。『陸奥甲冑記』『寂野』で第三回吉川英治文学新人賞を受賞。著書に『螢の橋』『木戸のむこうに』「公事宿事件書留帳」シリーズ、『大蛇の橋』『惜別の海』『黒染の剣』『雁の橋』『幾世の橋』(いずれも小社刊)、『再びの海　足引き寺閻魔帳』(徳間書店)、『深重の橋(上)(下)』『あんでらすの鐘　高瀬川女船歌』(中央公論新社)、『冥府小町　土御門家・陰陽事件簿』(光文社)他多数。

血は欲の色　公事宿事件書留帳
2011年6月25日　第1刷発行

GENTOSHA

著　者　澤田ふじ子
発行者　見城 徹

発行所　株式会社 幻冬舎
〒151-0051 東京都渋谷区千駄ヶ谷4-9-7

電話:03(5411)6211(編集)
03(5411)6222(営業)
振替:00120-8-767643
印刷・製本所:中央精版印刷株式会社

検印廃止

ISBN978-4-344-02005-4 C0093
幻冬舎ホームページアドレス　http://www.gentosha.co.jp/

この本に関するご意見・ご感想をメールでお寄せいただく場合は、
comment@gentosha.co.jpまで。